ハヤカワ文庫 FT
〈FT551〉

英国空中学園譚

ソフロニア嬢、空賊の秘宝を探る

ゲイル・キャリガー
川野靖子訳

早川書房
7142

ETIQUETTE AND ESPIONAGE
FINISHING SCHOOL BOOK THE FIRST

by

Gail Carriger

Translated by
Yasuko Kawano

First published 2013 in Japan by
HAYAKAWA PUBLISHING, INC.
This book is published in Japan by
arrangement with
THE FIELDING AGENCY, LLC
BEVERLY HILLS, CALIFORNIA
acting on behalf of NELSON LITERARY AGENCY
DENVER COLORADO
through TUTTLE-MORI AGENCY, INC., TOKYO.

謝辞

わたしをそれぞれの段階で、最高のやりかたで終《フィニッシュ》わらせてくれた皆様に永遠の感謝を捧げます。

キャシー、キャロル、ハリエット、ジェイムズ、アン、ジョー、ティミ、ジュディス、そしてトム。

教えることほど厳しい仕事はありません――そして、これほど偉大な仕事もないでしょう？　まさに英雄です。

そして、次世代を代表するウィローへ。

目次

ソフロニア嬢、空賊の秘宝を探る

登場人物

ソフロニア・テミニック……学園の新入生。秘密候補生
ディミティ・プラムレイ＝
　　　　テインモット………新入生。ソフロニアの親友
モニク・ド・パルース………学園の上級生
アガサ・ウースモス
プレシア・バス
………新入生
シドヒーグ・マコン…………新入生。正式にはレディ・キングエア
マドモアゼル・
　　　ジェラルディン………学長
ベアトリス・ルフォー
レディ・リネット・
　　　　ド・リモーネ
シスター・マティルダ
ブレイスウォープ教授
ナイオール大尉
……学園の教授
ソープ…………………………ボイラー室で働く少年。本名はフィニアス・B・クロウ
ビエーヴ・ルフォー…………学園で暮らす発明好きの九歳児
ピルオーバー…………………ディミティの弟
バーナクルグース夫人………ソフロニアの母親の友人

第一課　フィニッシュ《終わり》の始まり

ソフロニアは、配膳用小型エレベーターを地下厨房からバーナクルグース夫人がお茶を飲んでいる一階の表に面した応接間の外に引き上げようと考えた。バーナクルグース夫人は見知らぬ人物を連れてやってきた。まったく、おせっかいなガミガミおばさんなんだから。廊下は弟とメカ使用人たちがうろついていて、立ち聞きなど論外だ。となれば、母親とバーナクルグース夫人と見知らぬ客の会話を盗み聞きするには配膳エレベーターのなかにひそむしかない。いよいよバーナクルグース夫人はよその娘をしつけなおそうと決心したようだ。でも、ソフロニアにしつけなおされる気などさらさらない。そこで配膳エレベーターをスパイ行為に引きずりこむことにした。

しかし配膳エレベーターは一階に停止するという考えには応じず、そのまま――四階まで――のぼりつづけた。ソフロニアは天井の巻き上げ機に目を凝らした。配膳エレベーターの動力はぐるぐる巻きにした数本の弾性ゴムだ。あのゴムをほどいたらガタガタして止まるんじゃないかしら？

配膳エレベーターに天板はない。内側に支柱ケーブル、外側に引き上げケーブルがついただけの昇降デッキのようなものだ。ソフロニアは手を伸ばしてゴムをほどいてみた。何も起こらない。そこで、さらにほどいた。

ソフロニアがほどいたゴムを両方のブーツに保護するように巻きつけていたとき――母さんは最近あたしの靴がすぐにすり減ると文句ばかり言っている――エレベーターがガタガタと震えはじめた。

ソフロニアは身をよじって巻き上げケーブルに手を伸ばした。が、つかむまもなくエレベーターは下降しはじめた――速く。かなり速く。恐ろしいほど速く。またたくまに三階の出し入れ扉を通りすぎ、二階の扉も通りすぎた。ゴムをはずすのはあまりいい考えじゃなかったようだ。

次の出し入れ扉のてっぺんが見えたとたん、ソフロニアは開いた扉めがけてダイブし、表の応接間に転がりこんだ。ドレスのトップスカートが扉の縁に引っかかり、びりっと不吉な音を立てた。

不幸にもソフロニアの大脱出は、メイドが食べかけのトライフルをエレベーターに載せるのと同時だった。

ソフロニアはエレベーターから飛びおりざまにトライフルを蹴とばした。メイドは悲鳴を上げ、トライフルは宙に弧を描きながら青い綾織りとクリーム色の家具で美しく調えられた応接間にカスタードクリームとスポンジケーキとイチゴをぶちまけた。

そしてトライフルのボウルはねらったようにバーナクルグース夫人の頭上に落下した。

バーナクルグース夫人にトライフルをおしゃれにかぶるほどのセンスはない。それでも〝上品なレディのボンネットにボウルのなかみが全部ひっくり返るの図〟はなかなかの見物《みもの》だった。黒いビロードのリボンと深紅のダチョウの羽根がついた赤いしゃれたボンネットは、トライフルの襲撃を受けて見るも無惨なありさまだ。ソフロニアはこみあげる勝利の笑みを嚙みころした。おせっかいも度を超すとどうなるか、これで少しはわかるはずよ。

バーナクルグース夫人はでっぷりした、進歩的な女性だ――吸血鬼と人狼との社会融和を支持し、トランプのホイストを愛し、田舎の別邸にゴーストを住まわせ、ときにフランスふうのドレスを着ることさえある。飛行船が次世代の移動手段になり、近いうちに人類がエーテル内を飛ぶ日が来ることを受け入れている。とはいえ、食べ物が宙を飛ぶことを受け入れるほど進歩的ではない。バーナクルグース夫人は恐怖の悲鳴を上げた。

お茶の相手をしていた姉のペチュニアはあまりの無礼に青ざめ、バーナクルグース夫人に駆け寄ってトライフルのボウルをのけるのに手を貸した。母親の姿はどこにもない。この事実にソフロニアは、トライフルで貴婦人を襲撃したことより不安になった。

バーナクルグース夫人は立ち上がり、この状況で可能なかぎりの威厳をかき集め、フラシ天の絨毯にぶざまに倒れたソフロニアを見下ろした。ソフロニアのトップスカートは無残にも引きちぎれていた。あたしったら、お客の前で下着をあらわにしてる！

「お母様はいま大事なかたと会っておられます。終わるまでゆっくり待つつもりでした。でも、おとなしく待ってなどいられません。いまは一八五一年、しかもここはれっきとした文明社会ですよ！　それなのにあなたの振る舞いは、お嬢さん、暴れまわる人狼も同然ではありませんか。誰かが手を打たねばなりません」バーナクルグース夫人はあたかも大英帝国の嘆かわしい状態がすべてソフロニアのせいとでもいうように語気を荒らげ、ひとことの反論も許さず、フリルだらけのスカートにカスタードの塊をぼとぼと落としながら、よたよたと応接間を出ていった。

ソフロニアはため息をついてあおむけに寝転がった。ケガがないかを確かめ、ちぎれたドレスの切れ端を探すべきなのはわかっていた。でも、ここは寝転がったほうが絵になる。そうして目を閉じ、怒り狂った母親から発せられるであろう叱責の数々に思いをはせた。

しかし、瞑想は断ち切られた。「ソフロニア・アンジェリーナ・テミニック！」

おっと。ソフロニアはそろそろと薄目を開けた。「なあに、ペチュニア？」

「まったくなんてことをしてくれたの？　お気の毒なバーナクルグース夫人！」つまり今日は母さんの代わりに姉さんから小言をもらうわけね。なんてファンタスティック。

「あんなこと、やろうと思ってやれるもんじゃないわ」すねた子どもみたいな口ぶりにソフロニアはわれながらうんざりした。でも、姉たちの前ではついこうなってしまう。

「あなたならやりかねないわ。そもそもなんで配膳エレベーターのなかになんかいたわけ？　どうしてブーツにゴムを巻いて、ペチコートをさらしてそんなところに寝っ転がってるの？」

ソフロニアは口ごもった。「ええと、それは、その……」

ペチュニアがエレベーターのなかをのぞきこむと、ソフロニアのスカートの残骸が楽しげにからまっていた。「まあ、あきれた、ソフロニア。またよじのぼったのね！　あなたいったい何？　十歳のリンゴ摘み少年？」

「悪いけど今あたしは立ちなおろうとしてるところなの。完全に回復するまでそっとしておいてくれない？」

自分を立派な大人と思いこんでいる十六歳のペチュニアは聞く耳を持たなかった。「ごらんなさい、このざまを。エルザがかわいそうよ」いまやトライフルを失ったメイドのエルザが、配膳エレベーターから飛び出してきたソフロニアとの衝突で生じた混沌を片づけていた。

ソフロニアはよろよろと這い寄り、部屋じゅうに飛び散ったイチゴとケーキを拾いはじめた。「ごめんなさい、エルザ。悪気はなかったの」

「ソフロニア！」

「わかっています、お嬢様」

ペチュニアはごまかされなかった。「でも、姉さん、正確にはあたしは何もやってないわ」

「そのセリフは気の毒なバーナクルグース夫人のすてきなボンネットに言ってちょうだい」

「トライフルがやったのよ」

ペチュニアは笑いをこらえるように完璧なバラ色の唇をゆがめた。「いいこと、ソフロニア、あなたはもう十四歳だっていうのに、これじゃとても人前には出せないわ。あたしの社交界デビュー舞踏会には出ないでちょうだい。とんでもないことをしでかすに違いないわ――いちばんかっこいい男の子にパンチをぶちまけるとか」

「そんなことするもんですか！」

「いいえ、あなたならやりかねないわ」

「やらないったら。だいたい、かっこいい男の子の知り合いなんかいないくせに」

ペチュニアは嫌味を無視した。「どうしてそんなに口が減らないの？　まったく、ああ言えばこう言う」そこで得意げな顔になり、「でも、ついに母さんはあなたの身の振りかたを決めたみたいよ」と続けた。

「母さんが？　決めた？　何を決めたの？　いったいなんの話？」

「あなたをしつけなおすために吸血鬼のところに奉公に出すんですって。たしかにそろそろいい年ごろよ。いまにあなたも髪を結い上げるようになるわ――それ以外にあなたをおとなしくさせる方法がある？　胸が大きく開いたドレスだって着るようになるかも」

ソフロニアは考えただけで顔が真っ赤になり、唾を飛ばして言い返した。「まさか、母さんがそんなこと！」

「あら、本当よ！　母さんがいま誰と話していると思う？　どうしてこっそり会ってると思う？　吸血鬼が秘密主義だからに決まってるじゃない」

たしかにテミニック家では子どもたちがあまりに言うことを聞かないとき、母親が〝吸血鬼のところにやってしまいますよ〟と言っておどかすのがお決まりだった。でも、まさか現実になるなんて。「でも、今はお茶の時間よ！　吸血鬼が来られるはずないわ。昼間に出歩くことはできないんだから。そのくらい誰だって知ってるわ」

ペチュニアは、いかにもペチュニアふうに片手をぞんざいに振った。「あなたみたいな子のために本物の吸血鬼を送りこむと思う？　まさか――母さんと話しているのはドローンよ。きっといまごろ年季奉公の契約書に署名してるに違いないわ」

「吸血鬼のドローンになんかなりたくない」ソフロニアは顔をしかめた。「ドローンになったら血を吸われて、最新流行のドレスばっかり着せられるんでしょ？」

ペチュニアはわけ知りふうの、ひどくしゃくにさわる顔でうなずいた。「そうね。きっとそうなるわ」

執事のフローブリッチャーが戸口に現われ、ローラーの足を応接間の軌道に乗せ換えた。フローブリッチャーは低木のジンチョウゲと同じくらいの大きさと形をした最新型の使用人メカだ。メカ執事はゴロゴロと近づき、くちばしのように尖った鼻状突起をソフロニアに向けた。漆黒の丸い目は、つねに不満そうだ。

「ミス・ソフロニア、母上がお呼びです、いますぐに」金属製の身体の奥にある音声装置から発せられる声は金属質で、耳にキンキン響く。

ソフロニアはため息をついた。「いよいよ吸血鬼のところにやられるの?」

ペチュニアは鼻にしわを寄せた。「吸血鬼のほうから願い下げってこともあるわね。はっきり言って、ソフロニア、そのみっともない格好といったら!」

執事はまったく同じ口調で繰り返した。「いますぐに、お嬢様」

「馬小屋に隠れちゃダメ?」と、ソフロニア。

「お願いだから少しは大人になってちょうだい!」ペチュニアはあきれ顔だ。

「大人になれば、姉さんみたいなうぬぼれ屋のおべっか使いになれるってわけ?」大人になるってことは、口やかましい姉たちと暮らすうちにいつのまにか感染して姉さんみたいになることなの? ソフロニアはカスタードまみれの両手をエプロンドレスにごしごしこすりつけながらフローブリッチャーのあとをとぼとぼ歩きはじめた。どうかエプロンドレスがみっともないスカート——というよりスカートがない状態——を隠してくれますように。

廊下をゴロゴロと進む執事のあとについて父親の書斎に入ると、豪華なお茶が用意されていた。レースのテーブルクロス。スポンジケーキ。テミニック家でいちばん上等の陶器カップ。バーナクルグース夫人に対してさえ、これほど上等な接待をしたことは一度もない。

紅茶を飲んでいる母親の正面に、大きな帽子をかぶった優雅なレディが不機嫌そうな表情で座っていた。いかにも吸血鬼ドローンにいそうなタイプだ。

「ソフロニアお嬢様をお連れしました、奥様」フローブリッチャーは軌道を変えもせずに戸口から呼びかけ、すべるように去っていった。これから掃除メカを招集して応接間を片づけるのだろう。

「ソフロニア！　あなた、ミセス・バーナクルグースに何をしたの？　ものすごい剣幕でここを出ていって——まあ、いったいなんて格好でしょう！　マドモアゼル、どうか娘の失礼な身なりをお許しください。〝こんなことはめったにない〟と言いたいところですけど、残念ながらいつものことですの。本当に困った子ですわ」

ソフロニアは見知らぬ女性の冷ややかな視線に、六歳の子どもになったような気がして、カスタードまみれの自分がつくづく情けなくなった。ソフロニアを〝優雅〟と形容する者はまずいない。かたや目の前の女性は頭の先からつま先までレディだ。本物のレディにこれほど相手を圧倒する力があるなんて今まで思ったこともなかった。しかも嫌になるほど美しい。抜けるように白い肌。白髪まじりの茶色い髪。白髪まじりなのに顔は若く、年齢はよくわからない。身なりも完璧で、たっぷりしたスカートとビロードで縁どった繊細なレースの旅行ドレスは、ソフロニアがこれまで見たなかでも最高に優雅だった。ソフロニアの母は流行の仕掛け人というより流行にしたがうタイプで、それに比べると、この女性のドレスはまさに最先端だ。

こんなにきれいなのに、なんとなくカラスみたい——そう思いながらソフロニアは自分の足もとを見つめ、〝来客をスパイしていた〟よりもっとましな言いわけはないかと考えをめぐらせた。「その、あたしはただ、どんなしくみかを知りたくて、それで——」

母親が言葉をさえぎった。「〝どんなしくみ〟ですって？　若い娘がなんてことを！　機械なんかに興味を持ってはいけないと、なんど注意したらわかるの？」

ソフロニアは、いまのが質問なのか、ぼやきなのかわからず、ぼやきでなかった場合に備えて、これまで注意された回数を数えはじめた。母親が客を振り返った。

「これでわたくしの言う意味がおわかりでしょう、マドモアゼル？　もうとんでもない疫病神ですの」

「ちょっと、母さん！」ソフロニアはぎょっとした。母さんがレディの前でそんな言葉を使うなんて。

「お黙りなさい、ソフロニア」

「でも――」

「おわかりでしょう、マドモアゼル・ジェラルディン？　わたくしがいかに苦労しているか？　しかもこれが毎日ですの。ほとほと手を焼いています。生まれたときからずっと。ほかの娘たちもたいしたなぐさめにはなりません。まあこれも、もとはと言えばわたくしたち親の責任ですけれど。これだけは自信を持って申し上げます――この子だけはもうどうしようもありません。ええ、本当に。この子が本を読んでいないときは、何かを分解しているか、召使の気を引こうとしているか、何かによじのぼっているかです――木とか、家具とか、ときには人間にも」

「それは昔の話よ！」と、ソフロニア。いったいいつになったら許してもらえるの？　あれは八歳のときの話じゃない！

「お黙りなさい、ソフロニア」テミニック夫人は娘を見もせずに続けた。「こんな女の子を今までお聞きになったことがあります？　こんな子が花嫁学校《フィニシング・スクール》にふさわしくないことはじゅうじゅう承知しています。でも、今回だけ特例ということでお願いできませんかしら？」

フィニシング・スクール？　じゃあ吸血鬼のところに送りこまれずにすむの？　ほっと

したのもつかのま、ソフロニアは新たな恐怖に襲われた。フィニシング・スクール！　フィニシング・スクールといえば授業があるんじゃない？　お辞儀のしかたとか、ドレスの着かたとか、小指を立てた食事のしかたとか。ソフロニアは身震いした。吸血群のほうがましかもしれない。

テミニック夫人がたたみかけるように言った。「この子の受け入れを考えてくださったら、相応のお礼はいたします。ミセス・バーナクルグースから内密に聞きました――貴校はどんな難しい事例にもみごとに対応なさると。輝かしい経歴をお持ちのようですわね。そうそう、つい先週もおたくの生徒が子爵と結婚なさったとか」

ソフロニアがあわてて口をはさんだ。「ちょっと、母さん！」結婚？　この歳で？

それでもカラスは無言だった。母さんのまわりではよくあることだ。謎の女性は紅茶をひとくち飲み、じっとソフロニアを見ている。値踏みするような視線は鋭く、動作は正確で無駄がない。

テミニック夫人が続けた。「それに、大事なペチュニアのデビュー舞踏会のこともありますわ。そのときまでになんとかこの子を人前に出せる程度にしたいんですの。舞踏会は十二月なんですが、いかがでしょう？　ええ、可能なかぎり恥ずかしくない程度に――これだけ欠点のある娘ですから完璧は無理だとしても」

ソフロニアは顔をしかめた。自分が姉たちほど容姿に恵まれていないことはよく知っている。なぜか運命は母親よりも父親の容姿に似せてソフロニアを設計したようだ。でも、そんなことを見知らぬ人に話すなんて！

「できないことはありません」ようやく女性が口を開いた。フランスなまりが強く、聞き取りにくい。「ミス・テミニック、なぜブーツにゴムを巻いているのです？」

ソフロニアはブーツを見下ろした。「いつも母さんに〝靴底がすり減る〟としかられるから」

「おもしろい解決法ね。効果はあった？」

「確かめてはいません」ソフロニアは言葉を切り、「まだ」と続けた。

この答えに、女性は驚いたふうもなければ感心したふうもなかった。

そこへまたしても執事のフローブリッチャーが現われ、エビのハサミのような機械じかけの腕で手招きした。テミニック夫人は立ち上がり、メカ執事に近づいて何やら小声で話しはじめた。フローブリッチャーには〝秘密を持って現われる〟という不吉な癖がある。機械に秘密を握られるのはなんとも嫌な気分だ。

何ごとかささやき交わしたあと、テミニック夫人は顔を真っ赤にして振り向いた。

うわ、やだ。あたし、また何かやらかしたの？

「ちょっと失礼します。新しい配膳エレベーターに問題が生じたようですの」テミニック夫人は娘をじろりとにらんだ。「口をつつしんで、おとなしくしてるのよ！」

「はい、母さん」

テミニック夫人は部屋を出てガチャリと扉を閉めた。

「どこでゴムを調達したの？」カラスがソフロニアの母には目もくれずにたずねた。さっきから改造ブーツが気になってしかたがないようだ。ゴムは高価で、なかなか手に入らない。とくに球形より複雑な形状のものは。

ソフロニアは意味ありげにうなずいた。

「ゴムほしさに配膳エレベーターを壊したの？」

「〝壊した〟わけじゃないけど〝壊さなかった〟わけでもありません」ソフロニアは慎重に言葉を選んだ。いずれにせよこの人はあたしをフィニシング・スクールに叩き入れようとしている。そしてあたしは数年そこで過ごしたあと、年収二千ポンドの、生え際が後退しかけた、どこかの子爵と結婚させられるんだわ。ソフロニアは作戦を変更した――ここは少しばかり大胆かつ賢明な妨害作戦に出たほうがよさそうだ。

「たしかに母さんの言ったことは嘘じゃありません。その……よじのぼるのが好きなことか。でも人によじのぼろうとしたのはずいぶん前の話です。それにあたしは召使といちゃいちゃなんかしません。召使のお気に入りはペチュニアで、あたしじゃありません」

「分解の件は？」

ソフロニアはうなずいた。盗み聞きしようとして配膳エレベーターを壊したと思われるより、分解好きと思われたほうがいい。「機械に興味があります。機械って、とってもおもしろいから。そうは思いませんか?」

女性は小さく首をかしげた。「わたくしは分解するより利用するほうがいいわ。なぜそんなことを? お母様を怒らせるため?」

ソフロニアはしばし考えた。あたしだって人並みに母さんのことは好きだ。でも、困らせたいという気持ちもあるかもしれない。「そうかも」

女性が一瞬ほほえんだ。その瞬間、女性はとても若く見えたが、たちまち笑みは消えた。

「女優の素質はある? お芝居は上手?」

「女優?」教師がそんなことをきくなんて、いったいどんなフィニシング・スクールなの? ソフロニアはむっとした。「顔は汚れてるかもしれないけど、これでもあたしはレディです!」

女性はソフロニアの剝き出しのペチコートを見やった。「それはどうかしら?」そう言って急に興味を失ったように目をそらし、ケーキに手を伸ばした。「あなた、力は強い?」

廊下の奥で何かがバンと爆発する音がした。母親の悲鳴が聞こえたような気がしたが、ソフロニアと客は何ごともなかったかのように会話を続けた。

「力?」ソフロニアはスポンジケーキを見ながらティーワゴンににじり寄った。

「いろんなものによじのぼったり」一瞬の間《ま》。「機械を持ち上げたりするんでしょう?」

ソフロニアは目をぱちくりさせた。「弱くはありません」

「はぐらかすのがとても上手ね」

「悪いことですか?」

「相手によるわ」

ソフロニアは勧められもしないのにケーキをふた切れ取った。客は無言だ。ソフロニアはスプーンを探すふりをしてさっと横を向き、ひと切れをエプロンドレスのポケットに突っこんだ。母さんにエレベーターの一件がばれたら、来週のおやつはおあずけだ。

女性はソフロニアがケーキをくすねたのに気づいたはずだが、何も言わなかった。

「じゃあ、あなたがこのフィニシング・スクールの学長?」

「〝あなたがこのフィニシング・スクールの学長なのですか、マドモアゼル・ジェラルディン?〟」カラスが訂正した。

「あなたがこのフィニシング・スクールの学長なのですか、マドモアゼル・ジェラルディン?」ソフロニアはオウム返しに言いながら、まだ正式に紹介されていないことに気づいた。変なの、フィニシング・スクールの先生のくせに。会話は母さんが戻るまで待つべきじゃないの?

「正式名は〈良家の子女のためのマドモアゼル・ジェラルディン・フィニシング・アカデ

ミー〉よ。聞いたことは？」

聞いたことはある。「とびきり上流家庭の子しか入れないと思ってました」

「ときには例外もあるの」

「あなたがそのマドモアゼル・ジェラルディン？　そんな歳には見えないけど」

「ありがとう、ミス・テミニック、でも目上の人にそのようなことを言うべきじゃないわ」

「ごめんなさい、マダム」

「〝申しわけありません、マドモアゼル・ジェラルディン〟」

「申しわけありません、マドモアゼル・ジェラルディン」

「たいへんけっこう。それ以外にわたくしを見て変に思ったことはある？」

ソフロニアは最初に頭に浮かんだことを口にした。「その白髪。変です」

「なかなか観察眼の鋭いお嬢さんね」次の瞬間、マドモアゼル・ジェラルディンはさっと背中に手を伸ばして小さなクッションをつかみ、ソフロニアに向かって放り投げた。

生まれて初めてレディからクッションを投げられ、ソフロニアは面食らいつつもキャッチした。

「反射神経、良好」マドモアゼル・ジェラルディンはクッションを戻すよう、指を動かした。

ソフロニアは困惑の表情でクッションを手渡した。「どうして――」

マドモアゼル・ジェラルディンは黒い手袋をはめた片手を上げ、質問をさえぎった。

そこへテミニック夫人が戻ってきた。「申しわけありません。大事なお客様をお待たせして。まったく配膳エレベーターに何が起こったのやら。とにかく大変な騒ぎで。でも、こんな家庭内の取るに足らない、ささいな《トライフル》ことなどお聞きになりたくもありませんわね」

テミニック夫人は〝トライフル〟という言葉をわざとらしく強めた。

ソフロニアは顔をしかめた。

テミニック夫人はさっきまでしみひとつなかった手袋についた油じみをこすりながら腰を下ろした。「ソフロニアはちゃんとお相手できましたかしら？」

「ええ、とても」と、マドモアゼル・ジェラルディン。「最近読んだ歴史書について話してくれていたところです。なんという本だったかしら？」

つまりマドモアゼル・ジェラルディンはあたしにクッションを投げたことを母さんには知られたくないってこと？　ソフロニアは話を合わせた。間違ってもバカ正直に答えて相手をがっかりさせるほど鈍感ではない。

「エジプトよ。その本によれば、神話時代直後の古代君主の統治期間が近年、新たに定められて――」

テミニック夫人がさえぎった。「その話はもうたくさんよ、ソフロニア。フィニシング

・スクールの学長は学問などに興味をお持ちではありません。まったくのところ、マドモアゼル・ジェラルディン、いったんこの子に話を始めさせたら最後、止まらないんですの」そう言って期待の表情を浮かべた。「この子がとんでもないおてんばであることはわかっています、でも、どうかそこをなんとか？」
マドモアゼル・ジェラルディンは硬い笑みを浮かべた。「ためしにおあずかりするというのはどうでしょう？　数カ月後の舞踏会にはお嬢様をお返しします。そのときの様子で判断するというのは？」

「まあ、マドモアゼル・ジェラルディン、すばらしいお取りはからいですわ！」テミニック夫人はうれしそうに両手を組み合わせた。「わくわくするわね、ソフロニア？　フィニシング・スクールに入るのよ！」

「フィニシング・スクールになんか行きたくない！」〝パラソルの正しい持ちかた講座〟の様子が頭のなかを駆けめぐり、ソフロニアは思わず口をとがらせた。

「そんなこと言わないの。きっと楽しいわ」

ソフロニアは必死に抵抗した。「でも、マドモアゼル・ジェラルディンはあたしにクッションを投げたのよ！」

「まあ、ソフロニアったら、またそんなでまかせを──母さん、悲しいわ」

ソフロニアはあんぐりと口を開け、すっかり興奮した母親とカラスのような客人を交互に見やった。

「どのくらいで準備ができます？」と、マドモアゼル・ジェラルディン。

テミニック夫人は驚いた。「今すぐ連れていってくださるんですか？」

「わざわざこうしてまいりましたのよ？　また来るのは二度手間でしょう？」

「まあ、こんなに急な話とは……。これから新しいドレスや暖かいコートを買わなければなりませんの。教科書はどうしましょう？」

「ああ、そんなものは全部あとから送ってくだされればけっこうです。必需品のリストをお渡ししますわ。当面はご本人がいれば充分です。なかなか機転のきくお嬢さんのようですから」

「まあ、それでいいとおっしゃるのなら」

「そうしてください」

ソフロニアは驚いた。母さんがこんなにあっさり押し切られるなんて。「でも、母さん！」

「マドモアゼル・ジェラルディンがそうおっしゃるのだから、急いだほうがいいわ。青い上等の服に着替えて、よそゆきの帽子をかぶって。メイドに荷物を詰めさせなきゃ。三十分ほど時間をいただいてよろしいかしら、マドモアゼル？」

「もちろんです。準備が整うまで、ちょっとお庭を見せていただいても？　長旅の前に脚を伸ばしておきたいんですの」

「ええ、どうぞ。いらっしゃい、ソフロニア、やるべきことがたくさんあるわ」

ソフロニアはがっくりと肩を落とし、しぶしぶ母親のあとについて部屋を出た。

こうしてソフロニアは屋根裏部屋にあった古い旅行かばんと帽子箱三個と旅行用手さげをあてがわれ、かろうじておやつを口にしただけで——目的地がどこにあるかも、どれだけ遠いかもわからぬまま——気がつくとあわただしく馬車に押しこまれていた。テミニック夫人は娘の額《ひたい》にキスし、わざとらしくあれこれとかまいながら言った。「わたしのかわいいおチビさん、いつのまにかこんなに大きくなって、レディになるために家を離れる歳になったのね」それで終わりだった。

状況が違えば、兄弟と姉たち全員とメカ使用人の半数が集まり、涙のしみのついたハンカチを振る盛大な見送りの場面が繰り広げられたかもしれない。だが、弟たちは納屋探検に夢中で、兄たちはイートン校にいて、姉たちは装飾品選びか結婚話に忙しく——おそらくその両方だ——メカ使用人たちはゴロゴロと日々の仕事にいそしんでいる。馬番のロジャーが干し草置き場から帽子を振るのが見えたような気がしたが、それ以外は誰ひとり見送る者はおらず、母親でさえおざなりに〝じゃあね〟と小さく指を動かしただけでさっさと屋敷に引き上げた。

第二課　フライウェイマン注意、なぜなら身なりもお行儀も悪いから

乗りこんだ馬車は、最新型自動開閉式屋根と格納式足乗せと折りたたみ式紅茶入れ完備の驚くべきものだった。貸し馬車ながら自家用なみに豪華で、壁には防音用の詰め物をしたミッドナイトブルーのビロードが張られ、座席には防寒用の金色の房つき毛布が置いてある。

ソフロニアがしげしげと観察するまもなくマドモアゼル・ジェラルディンがパラソルの柄で天井をバンと叩き、馬車はぐらりとかしいで動きだした。

だが、豪華な内装より驚きだったのは、すでに先客——二人の生徒——がいたことだ。どうやら二人はマドモアゼル・ジェラルディンが紅茶を飲み、ソフロニアが配膳エレベーターから転げ落ち、身のまわり品を旅行かばんに詰めるあいだ、じっと待っていたらしい。

正面に座っているのは明るい目をした、ソフロニアより少し年下とおぼしき快活そうな少女だ。ハチミツ色の豊かな髪。陶器のように白い丸顔。鮮やかな赤いドレスに、金縁のばかでかい赤いガラスのブローチ。髪とブローチとドレスの組み合わせはなんとも品がな

く、夜のレディになるための訓練中かと思うほどだ。ソフロニアは思わず目を丸くした。

「あら、こんにちは！」赤いドレスの少女がソフロニアを見て声を上げた――ソフロニアの登場が今日でいちばんうれしいできごとでもいうように。でも、なんの気晴らしも楽しみもなくずっと馬車のなかで待たされれば、そう思うのも無理はない。

「はじめまして」ソフロニアが挨拶した。

「はじめまして。すてきな日ね？　本当にすてきだわ。わたしはディミティ。あなたは？」

「ソフロニア」

「それだけ？」

「それだけって？」

「えっと、その、つまり、わたしはディミティ・アン・プラムレイ＝テインモットよ、正式には」

「あたしはソフロニア・アンジェリーナ・テミニック」

「うわ、長ったらしい」

「そう？　まあ、そうかも」〝ディミティ・アン・プラムレイ＝テインモット〟が簡単な名前だとでも言いたいのかしら？　ソフロニアは少女からもうひとりの乗客に目を移し、しげしげと見つめた。大きすぎる山高帽とぶかぶかの油びきの外套《オイルコート》のせいで、その下にどんな生き物がひそんでいるのかを見きわめるのは難しい。しいて言えば薄汚れた少年だ。分厚いメガネをかけ、眉間にしわを寄せ、膝いっぱいに広げた埃っぽい本に熱中している。

「あれは?」ソフロニアは鼻にしわを寄せた。

「ああ、あれ? あれはただのピルオーバー」

「ピルオーバーって、いったい誰?」

「弟」

「ああ、お気の毒に。あたしにも何人かいるからよくわかるわ。まったくどうしようもないわよね、弟って」ソフロニアはうなずいた。これでけったいな帽子とコートの謎が解けた。

ピルオーバーはメガネごしに二人をじろりと見上げた。十三歳くらいのディミティよりふたつかみっつ年下のようだ。

「弟は〈バンソン校〉に入るの」

「どこですって?」

「〈バンソン&ラクロワ少年総合技術専門学校《ポリテクニック》〉よ。ほら、うちの姉妹校の」

ソフロニアはなんのことかまったくわからなかったが、礼儀上わかったふりをした。

ディミティは話しつづけた。ちょっとしゃべりすぎとも思ったが、大家族育ちのソフロニアは気にならなかった。家族もみな話好きだが、内容はディミティのほうがはるかにおもしろい。「パパとママはピルオーバーを邪悪な天才にしたいんだけど、弟はラテン語の詩に夢中なの。そうよね、ピル？」

少年は姉をじろりとにらんだ。

「ピルオーバーは、言うなれば邪悪《バッド》であることがひどく下手《バッド》なの。うちのパパは〈死のイタチ同盟〉の創立メンバーの一人で、ママは家で怪しげな化学に夢中になっているのに、かわいそうにピルときたら〈邪悪な精密拡大レンズ〉でアリ一匹殺せないんだから。そうでしょ、ピル？」

ソフロニアはますます話がわからなくなってきた。「〈死のイタチ同盟〉？」

ディミティは巻き毛を揺らしてうなずいた。「わかるわ——認められないって言いたいんでしょ？　でも、わたしはいい面を見ることにしてるの。少なくともパパはピクルマンじゃないわ」

ソフロニアは目をぱちくりさせた。「えっと、ああ、そうね」ピクルマン？　ピクルマンっていったい何？

「でもパパにとってピルは落胆の種なの」

少年はもう黙ってはいられないとばかりに本を置いた。「ぼくだって〝足を載せたら動きだす関節式足台〟を作ったさ。それから〝なかなか冷めずに固まらないカスタードプディング皿〟も」

ディミティが補足した。「結局、足台はいつだって都合よく前にしか動かなかったし、料理人は丸パンを温めておくのに〈不埒なカスタード・ポット〉を便利に使ってるわ」

「ひどいよ。家族の秘密をそんなふうに話すなんて！」

「現実に向き合いなさい、ピル、しょせんあなたは嘆かわしいほど善良なのよ」

「ふん、よく言うよ！　そういう自分はなんだよ。どこが邪悪なんだ？　自分だって結婚してレディになりたいくせに。そんなの、うちの家系で聞いたことないや。少なくともぼくは邪悪になろうとしてみた」

「あの……フィニシング・スクールって、レディを養成する学校じゃないの？」このくらいはソフロニアも知っている。

少年はあざけるように鼻を鳴らした。「とんでもない。間違ってもこのフィニシング・スクールは違うよ。まったくあべこべのフィニシングだ。それとも表面だけ正しいと言うべきかな？　わかるだろ？」ピルはソフロニアに奇妙な流し目をし、急に恥ずかしくなったように本に視線を戻した。

「いったいどういうこと？」ソフロニアはピルオーバーの言動に困惑し、助けを求めるようにディミティを見た。

「もしかして知らないの？」

「知らないって、何を？」

「まあ、驚いた。ひょっとして、あなた、秘密候補生？　一族の縁故がまったくないっていう？　そんな生徒がいるとは知ってたけど、まさか実物に会うなんて。まあ、すてき！　もしかしてずっと監視されてたの？　そんなこともあるって聞いたわ」

そこでマドモアゼル・ジェラルディンが口をはさんだ。「それくらいにしておきなさい、ミス・プラムレイ＝テインモット」

「はい、マドモアゼル・ジェラルディン」

それきり学長は生徒たちを無視した。

「それで馬車はどこに向かってるの？」と、ソフロニア。学校そのものについて話せなくても、このくらいならたずねてもいいだろう。

「そんなことも知らないの？」ディミティが同情に満ちた声で言った。「もちろん、〈良家の子女のためのマドモアゼル・ジェラルディン・フィニシング・アカデミー〉よ」

ソフロニアは首を振った。「そうじゃなくて、学校のある場所」

「ええと、それは誰も正確には知らないの。でも南のほうよ。ダートムアとか、そのあたり」

「どうして隠そうとするの？」

ディミティは巻き毛をぶんぶん揺らして首を振った。「違うの、そうじゃなくて。つまり、その、決まった場所に固定してるわけじゃないの」

「固定してないって何が？」

「学校よ」

ソフロニアは悲鳴を上げる少女たちをぎっしり乗せた校舎が、興奮しすぎた巨大メカさながら荒れ地にめぐらされた軌道上を猛スピードで移動するさまを思い浮かべた。「校舎が移動するの？　何百もの小さな脚を動かして？」

「脚？　まあ、たしかに動くけど、脚で動くわけじゃないわ。つまり、ほら」ディミティが頭をそらして天井を見上げた。

ソフロニアが詳しくたずねようとしたとき、座席が激しく揺れて馬車が急停止し、ディミティはソフロニアの上に、ピルオーバーはマドモアゼル・ジェラルディンの上に倒れこんだ。

マドモアゼル・ジェラルディンが悲鳴を上げた。薄汚いコートに触れるのが耐えられないとばかりに、ピルオーバーを押しのけようと両手両脚をばたつかせている。

ソフロニアとディミティはからみ合った身体をほどきながらくすっと笑った。

ピルオーバーはこの年齢と身なりの少年にしては実に冷静に学長から身をほどき、床に落ちた山高帽を拾い上げた。

「いったい何ごと？」マドモアゼル・ジェラルディンがパラソルで馬車の天井をバンと叩いた。「どうしたの？　返事をなさい！」

馬車はまったく動かない。少なくとも前に進む気配はない。海に浮かんでいるかのように、ときおり上に動くだけだ。

馬車の扉が引き開けられた。立っていたのは御者ではなく、奇妙な格好をした男だった。これから狩りにでも出かけるかのようなツイードの乗馬ズボンにブーツ。赤い上着に乗馬帽。しかもゴーグルをはめ、北極探検隊が身につけるような長いスカーフで顔の下半分をおおっている。

ふたたび馬車が大きく揺れ、馬が大きくいなないた。

クラバットにタマネギをかたどった大きな真鍮製のピンをつけた奇妙な男が、恐ろしげな拳銃を向けた。ソフロニアは目をみはった。本物の銃をまぢかで見るのは初めてだ。まあ、なんて恐ろしい。あれって弾が出るんでしょ？　誰かがケガでもしたらどうするの！

「辻強盗《ハイウェイマン》！」ピルオーバーが叫んだ。

「いいえ」マドモアゼル・ジェラルディンが歯ぎしりしながら訂正した。「もっと悪いわ――空強盗《フライウェイマン》よ」さほど驚いた様子はない。それを見てソフロニアは首をかしげた。マドモアゼル・ジェラルディンも空強盗もなんだか怪しい。

マドモアゼル・ジェラルディンは長いまつげをぱちぱちさせた。「いったいわたくしたちになんのご用？　わたくしは生徒たちを最終目的地まで送り届けようとしているただの学長よ」

そのもったいぶった口ぶりに、またしてもソフロニアは首をかしげた。

「金目《かねめ》のものなど何もないわ。わたくしたちは——」

リーダーらしき男が言葉をさえぎった。「黙れ。おまえがそのきれいな手袋のなかに何を持っているかはよくわかっている。試作品《プロトタイプ》をよこせ」

「なんのことだかさっぱり」マドモアゼル・ジェラルディンはおびえた笑みを浮かべたが、まったく通用しなかった。

「とぼけるな。どこにやった？」

マドモアゼル・ジェラルディンは上品にまつげを伏せ、首を横に振った。

「だったらこっちで調べさせてもらうまでだ」

男は一瞬、扉から顔を引っこめると、空に向かって何やらわけのわからない言葉を叫んだ。

馬車の屋根から何かがどさっと落ちる音がした。車内の四人はなすすべもなく、自分たちの旅行かばんや手さげ、帽子箱が屋根から地面に乱暴に投げ落とされるのを無言で見つめた。地面に落ちると同時に荷物の蓋が開き、土ぼこり舞う道路に服や帽子や靴が散らばった。

やがてリーダーと同じような身なりの二人の空強盗が飛び下り、散乱した荷物をくまなく探しはじめた。なんにせよ目的のものはかなり小さいらしく、どんな小さな荷物も片っぱしからひっくり返している。一人の男が隠しポケットがないかとナイフでかばんの底を切り裂いた。

まあ、なんてこと——公道のまんなかで身のまわり品をぶちまけられるなんて！　とりわけソフロニアはピルオーバーに下着類を見られたことが恥ずかしかった——知り合ったばかりの、しかも男の子に！　マドモアゼル・ジェラルディンのかばんからはやけに色っぽいナイトガウンがこぼれ落ちた。紫色のフランネルのナイトガウン。まあ、紫なんて！

空強盗たちが焦りはじめた。リーダーはソフロニアたちを見張りながら、なんども背後の道路を振り返っている。

十五分後、拳銃を持つ男の手が疲れて震えはじめた。

「どこに隠した？」男がマドモアゼル・ジェラルディンにおどすようにささやいた。

「だから言ったでしょう——ここには何もないって。それがなんであろうと」マドモアゼル・ジェラルディンはつんと頭をそらした。まあ、本当にそらしたわ！

「とぼけるな。おまえが持っていることはわかっている。さっさと出せ！」

マドモアゼル・ジェラルディンは鼻を上向け、遠い地平線を見やった。「どうやら嘘の情報をつかまされたようね」

「こっちへ来い。おまえたち子どもはここにじっとしてろ」男はマドモアゼル・ジェラルディンを馬車から引きずり出した。学長はつかのま抵抗したが、男の力にはかなわないと観念しておとなしくしたがった。

「御者はどうしたのかしら?」ソフロニアがディミティとピルオーバーにささやいた。

「なぐられて伸びてるんじゃない?」と、ディミティ。

「死んでるかも」と、ピルオーバー。

「男たちはどうやって近づいたの? 蹄《ひづめ》の音も何も聞こえなかったけど」

ピルオーバーが頭上を指さした。「空強盗だよ。聞いたことないの?」

「聞いたことはあるけど、まさか現実にいるとは思わなかったわ」

ピルオーバーは肩をすくめた。

「きっと誰かに雇われたのね」と、ディミティ。「なんのための試作品かしら?」

「いまはそれどころじゃないだろ?」と、ピルオーバー。

「本当にマドモアゼル・ジェラルディンが持ってると思う?」と、ソフロニア。

ピルオーバーは茶色い目にあわれみらしきものを浮かべてソフロニアを見た。「もちろんさ。問題は、どれほどうまく隠したかってことじゃないの?」

「それとも複製を作ったとか?」と、ディミティ。

「空強盗の言いなりになっていいの?」

「学長はこうなることを想定してたのかしら?」

ソフロニアは推理合戦を中断させた。「これじゃきりがないわ」

荷物をひっかきまわす男たちにマドモアゼル・ジェラルディンが鋭く叫ぶ声が聞こえた。何ごとかと開いたままの馬車の扉から外を見ると、拳銃を持った男が空いた手でマドモアゼル・ジェラルディンの顔を張り飛ばしていた。

「あらまあ。なんて乱暴な」ソフロニアはパニックと、なぜかこみ上げる笑いを押し殺した。大人の男が女性をなぐるのを見るのは初めてだ。

ディミティがかすかに青ざめた。

ピルオーバーはメガネをかけた小さな顔をこわばらせている。「いくらなんでもこれは想定外だったと思うよ」

少年の言葉どおりマドモアゼル・ジェラルディンはヒステリーの発作を起こし、ついに道のまんなかで派手に失神した。

「みごとな気絶ぶりね。ペチュニア姉さんもネズミを見てあんなふうに失神してみせたことがあるわ」

「演技ってこと?」ディミティは本当だと思ったようだ。

「演技にしろ本当にしろ、学長はあたしたちを見捨てたみたいね」ソフロニアは唇をぐっと引き結んだ。フィニシング・スクールには行きたくないけれど、空強盗に誘拐されるのはもっとごめんだ。

またしても馬車ががくんと揺れた。

ソフロニアは天井を見上げた。どうやら空強盗の移動手段は屋根の荷物レールにくくりつけてあるようだ。ソフロニアは状況を整理した。空強盗はゴーグルをはめ、タマネギ型のクラバットピンをつけていた。ということは……気球だ。ソフロニアは危機を打開すべく行動を起こすことにした。「まず係留ロープを馬車から切り離すわ。それから御者席に移動して馬車を走らせる。いったん走りだせば振りきれるんじゃない？」

ピルオーバーがうなずいた。「これまで、地上走行車より速い空中移動装置の製作に成功した科学者はいない。もっとも《青少年のための最新科学と超道徳優位性の手引き》の先月号には興味ぶかい飛行船の試作品のことがいくつか載っていた。なんでもエーテル流を利用するらしいけど、気球については何も書かれてなかったから、たぶん——」

ディミティが弟の言葉をさえぎった。「そうね、ありがとう、ピル」どうやら〝おしゃべり〟はピルオーバーでさえたまにおちいるプラムレイ＝テインモット家の血筋のようだ。

「となれば必要なのは道具ね。あなたたち、何を持ってる？」

ピルオーバーがぶかぶかのコートのポケットをひっくり返した。松ヤニ《パインサップ》ガム、棒つき片《モ》メガネ《ノクル》——これが例の〈邪悪な精密拡大レンズ〉？　そしておそらくかつては姉の髪に結んであったとおぼしき一本の長いリボン。ディミティは足もとの小さな蓋つきカゴからサンドイッチの箱と木のスプーン、タコの編みぐるみを取り出した。ソフロニアが取り出したのはお茶のテーブルからくすねてエプロンドレスのポケットに突っこみ、いまや悲しげにつぶれたスポンジケーキがひとつだけ。

ソフロニアはケーキを三等分し、分け合って食べながら作戦を練った。

敵はソフロニアたちには目もくれない。三人の空強盗は荷物探しをあきらめ、立ったまま言い争っている。マドモアゼル・ジェラルディンはなおもしっかり失神したままだ。

「いまよ」ソフロニアはピルオーバーの拡大鏡をつかみ、空強盗たちがいない側の小さい窓から身を乗り出した。

やってみると、馬車にのぼるのは配膳エレベーターより簡単だった。ソフロニアは下にいる空強盗たちに気づかれずに屋根によじのぼった。屋根には派手な色の大型飛行艇がくくりつけられていた。気球はひとつではなく四つあり、小型こぎ船くらいの大きさのゴンドラの四隅に結んである。ゴンドラの中央からは気球より高く帆柱がそびえて帆がひるがえり、その下に操縦プロペラがぶらさがっていた。プロペラはかすかに動きながら、馬車の屋根を這うソフロニアの真上に浮かんでいる。先端はいかにも鋭そうだ。ソフロニアはプロペラの動きを警戒しつつ、係留地点まで這いすすんだ。

係留ロープは荷物レールにしっかりと結んであった。とてもほどけそうにない。

ソフロニアはピルオーバーの拡大鏡を取り出すと、角度をさだめて日光をとらえ、ロープを燃やしはじめた。繊維の焦げるツンとするにおいがあたりに立ちこめたが、誰も気づかない。燃える速度は遅く、気が遠くなりそうだったが、それでもロープは少しずつ焦げて細くなり、ソフロニアが力を入れるとぷつんと切れた。そのとたん飛行艇はふわりと浮き上がり、そよ風に乗ってただよいはじめた。

成果を確かめるまもなくソフロニアは屋根を伝って御者席にすべりこんだ。御者は片側にぐったりともたれている。額《ひたい》には大きな赤いあざ。ソフロニアは御者の手から手綱を奪い、舌を鳴らして馬を歩かせはじめた。十四歳のうら若きレディが馬車を操縦するのがいかにあるまじき行為であるかはよくわかっている。でも、背に腹は代えられない。

ここにきてようやく空強盗たちは事態に気づき、ソフロニアに何やら叫びはじめた。リーダーが銃を放ったが、弾はむなしく近くの木に当たっただけだ。別の一人が走って飛行艇を追いかけ、三人目が御者席のソフロニアに向かって駆けだした。

ソフロニアが馬にムチを入れ、速歩《はやあし》を命じると、背後の馬車が大きく揺れた。最新型とはいえ、これほどのスピードは想定外だ。ソフロニアはつかのま手綱をゆるめて馬を自由に走らせたあと、ふたたび速歩を命じた。道幅が広くなったところでようやく向きを変え、馬車を止めて御者席から飛び降り、馬車のなかをのぞきこんだ。

ピルオーバーとディミティが驚嘆に目を丸くして見返した。

「大丈夫?」と、ソフロニア。

「大丈夫」と、ディミティ。

「きみって、どんな女の子?」ピルオーバーがひどく青ざめた顔でぼそっとつぶやいた。

「あなたがスカウトされたわけがわかったわ」と、ディミティ。「こんなに大人になるまで放っておかれたのが不思議なくらいよ」

ソフロニアは顔を赤らめた。こんなことをしてほめられたのは生まれて初めてだ。今まであたしを大人と言ってくれた人もいない。ソフロニアはすごく誇らしい気分になった。

「いったいどこで馬車の走らせかたを習ったの？」と、ピルオーバー。〝女の子に手綱を握られるなんて男子の沽券《こけん》にかかわる〟とでも言いたげだ。

ソフロニアはにっこり笑った。「馬小屋にいる時間が長かったから」

「かっこいい馬番でもいたの？」と、ディミティ。

ソフロニアは軽くにらみ返した。「それで――学長のところに戻る？」

「せっかくここまで逃げたのに？」ピルオーバーはソフロニアの提案に目を剝《む》いた。「あの人にそこまでする価値があるの？」

「礼儀上、戻るべきよ。悪党たちのなかに見捨てるわけにはいかないわ」と、ディミティ。

「それに御者が気を失ってるの。御者以外に行き先を知っているのは学長だけよ」ソフロニアは礼儀というより、理詰めで説得した。

「でも、向こうは銃を持ってるんだよ」ピルオーバーも理詰めで反論した。

「そうね」ソフロニアはしばし考えてからディミティを見た。「マドモアゼル・ジェラルディンって、どれくらい役に立つのかしら？」

ディミティは眉をひそめた。「あの人、あなたの前で小さな嘘をついた?」

ソフロニアはうなずいた。

「何を考えてるにせよ、たいして役に立つとは思えないわ。しょせん大人なんてそんなものよ。でも、ほっとくわけにもいかないわ」

「銃だよ?」

「もう、あんたは黙って、ピル」ディミティは弟を無視してソフロニアを振り返った。

「どうする?」

「あたしが馬車で駆け抜けるから、あなたとミスター・ピルオーバーは馬車に身体をくくりつけて道路から学長をつかみ上げるってのはどう?」

「ちょっと二人とも、銃だよ?」ピルオーバーが繰り返した。

ディミティがうなずいた。「となると、わたしとピルオーバー、二人の力が必要ね。マドモアゼル・ジェラルディンは細身だけど、そこまで細身じゃないもの」

なおもピルオーバーは抵抗した。「そんなことしてぼくたちに発砲したらどうするんだよ?」

「黙って、ピル」ソフロニアとディミティが声をそろえて言った。

「でも、つなぎとめるロープがないわ」

ソフロニアがピルオーバーのポケットから長いリボンを引っ張り出してぶらさげた。ディミティは唇を引き結んでリボンをつかみ、きっぱりとうなずいて作業に取りかかった。

ソフロニアは馬車の扉を閉め、ふたたび御者席によじのぼった。

御者はうつろな表情でまばたきし、両手で頭をつかんでいる。

「しっかりつかまって」と、ソフロニア。「ちょっと揺れるわよ」

「なんだって？　きみはいったい？」御者が言いおわらないうちに青いドレスの少女は手綱をつかみ、馬にムチを入れて速歩を命じた。

馬車は道路のまんなかに山と積まれた服と荷物に向かって猛然と駆けだした。いまやマドモアゼル・ジェラルディンは空強盗のリーダーから少し離れた場所に立ち、帽子箱を見ていかにも悲しげに泣いている。ほかの二人の空強盗はどこかに消えていた。

ひとり残った空強盗が突進してくる馬車に発砲した。

弾はソフロニアの頭上をひゅんとかすめた。こんちくしょう――ソフロニアは心のなかで男に毒づいた。馬番のロジャーから教わった悪態だ。

御者は恐怖の叫びを上げて身をかがめた。さいわいソフロニアから手綱を奪おうとはしなかった。悪い夢を見ているとでも思ったのだろう。

ソフロニアは馬車を引きずりながらまわりこんでマドモアゼル・ジェラルディンの真横につけ、手綱を引いた。それを合図に馬車の扉がバンと開き、四本の細い腕がマドモアゼル・ジェラルディンの豪華なドレスの黒レースをつかみ、ぐいと引き上げた。同時に何かがびりっと裂けた。マドモアゼル・ジェラルディンは悲鳴を上げ、脚をからませたまま頭から馬車のなかに倒れこんだ。

空強盗が銃を捨て、マドモアゼル・ジェラルディンに突進した。学長は哀れっぽい芝居をやめて力まかせに足を蹴り出し、靴と一緒に空強盗の手を振りきった。空強盗は道に倒れこんだ——一足の黒いサテンのサンダルを胸にしっかと抱いて。

ソフロニアはムチをひらめかせて正面を向いた。だが、それ以上ムチを入れる必要はなかった。すでに二頭の馬は銃声と少女御者のとんでもない手綱さばきにおびえ、はじかれたように猛然と駆けだしていた。

第三課　紹介をしない方法

　ようやく御者は正気を取り戻し、目の前のできごとが悪夢でないことをさとった。現実に、くすんだ茶色い髪の十四歳の少女が真剣な表情で馬車を走らせている。御者は少女から手綱を奪って馬車を止めた。二頭の馬はうなだれ、脇腹を波打たせている。

「あとはよろしく」ソフロニアは鼻をつんと上げて言い捨て、御者席から降りた。馬車のなかから泣き声が聞こえる。扉を開けると、座席で本を読むピルオーバーの足もとの床にディミティが倒れていた。

　ピルオーバーがディミティに向かってあごをしゃくった。「撃たれた」血を分けた姉に対する愛情のひとかけらも感じられない、あきれるほどそっけない口調だ。

「まあ、大変！」ソフロニアはあわてて友人の容体を確かめた。弾が肩をかすめていた。ドレスが裂け、火傷のような跡があるが、さほど重傷ではなさそうだ。

　ソフロニアはほかにケガがないことを確かめ、しゃがみこんだ。「ケガはこれだけ？あたしは紅茶を飲んでて、もっとひどい火傷をしたことがあるわ。どうしてこれくらいで倒れるの？」

ピルオーバーはうんざりして目をまわした。「血を見ると気絶するんだ、ディミティは。いつも。〝腰抜け〟ってパパは言ってる。自分の血でなくてもダメなんだ」

ソフロニアはあきれて鼻を鳴らした。

「まったくだよ。しかも嗅ぎ塩は旅行かばんのなか。いまやはるかかなただ。ほっとけばいいよ。じきに気がつくさ」

ソフロニアは泣き声の出どころに視線を移した。「それで、こっちは？」マドモアゼル・ジェラルディンが身体を丸め、両手で顔をおおい、哀れっぽく泣いていた。学長もケガをしたの？

ピルオーバーはまたしてもうんざりして言った。「ぼくたちが馬車のなかに引きずりこんでからずっとこの調子だ。ぼくが見るかぎり、どこもケガはない——脳みそ以外はね」

ソフロニアはマドモアゼル・ジェラルディンに顔を近づけた。顔をおおった両手の隙間からこっそりこちらを見ている。泣きまねだ。でも、どうして？　泣けば何も説明せずにすむと思ってるの？　なんて変な学長かしら。

そのとき初めてソフロニアは、冷笑を浮かべるピルオーバーもまた気分が悪そうなことに気づいた。

ソフロニアは少年に向きなおった。「そういうあなたは大丈夫、ミスター・ピルオーバー？」

「どんなに調子のいいときでも乗り物は苦手なんだ、ミス・ソフロニア。最後の一キロはもう少し速度を落としてもよかったんじゃないの？」

ソフロニアは笑みをこらえた。「そうね。でも、それじゃつまらないでしょ？」

「なるほど。きみはそういう女の子なんだ」

ソフロニアは心配そうに目を細めた。「御者席に座らせてもらったらどう？　新鮮な空気を吸えば気分もよくなるわ」

ピルオーバーはさっと顔をこわばらせた。「農夫みたいに外に座れっていうの？　冗談じゃない」

ソフロニアは肩をすくめた。「あたしは平気だけど」

ピルオーバーは〝勇敢な救出劇を演じたつもりかもしれないけど、ぼくに言わせれば低級なだけだ〟と言いたげな目で見返した。

ソフロニアは泣きつづける学長に視線を戻した。「さて、どうしようかしら？」そして、はっきりこう言った。「誰もだまされないわよ」

どうやらピルオーバーはだまされていたらしい。「泣きまねなの？　ふん、もうつきあいきれないよ。御者も〈バンソン校〉までの行き道は知ってる。そこまで行けば誰かがなんとかしてくれるさ」

ソフロニアはうなずき、馬車の窓から頭を突き出した。「御者さん？」

「なんです、お嬢さん？」御者は人生のすべてにうんざりしているようだ。

「〈バンソン校〉までの道順は知ってるのね？」

「ええ、それは知ってます。でも、ここで勘弁してくれませんか？　空強盗に道を邪魔されるなんざ、初めてだ」

まずいわ。こんなとき、母さんならどうする？　ソフロニアはできるだけ背筋を伸ばし、正面から御者を見つめた。「代金がほしかったら目的地まで行ってちょうだい。ふつうの速度で進めて空を見張っていれば、二度とあんな目にはあわないわ」ソフロニアはわが身の大胆さに驚いた。でも、けっこう威圧的に聞こえたんじゃない？

御者の耳にもそう聞こえたらしく、無言のまま安定した速歩《はやあし》で進みはじめた。

ピルオーバーがメガネの縁ごしにソフロニアを見上げた。「うまいんだね」

「何が？」

「人に命令するのが。ぼくにはとても無理だ」

そういうあなたは――薄汚い男の子にしては――紳士ぶるのがすごくうまいじゃない？

ソフロニアがそう言おうとしたとき、マドモアゼル・ジェラルディンの泣き声がますます大きくなった。

「お願いだから、下手な芝居はやめて説明してちょうだい」と、ソフロニア。われながら偉そうな口調だ。

意外にも学長は芝居をやめ、わざとらしい泣きまねを剝き出しの怒りに変えてソフロニアに浴びせた。「言っとくけど、好きで引き受けたわけじゃないわ。簡単な任務だって言われたから」いつのまにかフランスなまりが消えている。「たいしたことはない――その場しのぎの芝居をするだけだって。新入候補生をその場で評価するだけ。大人のふりをして、ちょっと言葉になまりを入れて、きれいなドレスを着るだけの簡単なフィニシングだって。〝ほかの人ならよほど運が必要だけれど、あなたなら必ずやりとおせるはずだ〟って。でも、違った。まったく話が違ったわ。見知らぬ妨害者の予期せぬ攻撃をかわしながら回収とスカウトを同時にやるなんて。しかも補佐もなしに。よくも補佐もつけずに送りこんでくれたものだわ。このあたしを！　だいたい、いつあたしがこんなことを頼んだ？　あたしはひとことだって頼んでない。いったい誰が実地訓練をしたいなんて言った？　あたしにそんなものは必要ない。まったく冗談じゃないわ！」マドモアゼル・ジェラルディンはしだいに興奮し、いよいよ独善的な口調になった。

ソフロニアは怒濤のような言葉をせきとめようと質問を変えた。「それで学長どの、あたしたちに何かできることはないの？　なんだか怒っているようだけど」

「怒ってる？　怒ってるに決まってるじゃない！　それから〝学長どの〟なんて呼ばないで。学長なんてくそくらえよ」

あまりに下品な言葉にソフロニアは息をのんだ。いくらなんでもあんまりだ！　マドモアゼル・ジェラルディンは背筋を伸ばし、ソフロニアこそ諸悪の根源とでも言いたげににらみつけた。「顔は痛いし、ドレスはずたずたで、そのうえサンダルまでなくしたんだから！」最後の恨みがましい繰りごとは、ほとんど泣き声まじりだ。

「じゃあ、あなたは学長じゃないの？」

「どうしてあたしが？　あたしはまだ十七よ。十七でフィニシング・スクールの学長になれると思う？　あなたもそこまでバカじゃないはずよ」

「でも、あたしたちにはそう思わせようとしてたわ」

「ぼくは最初からそうは思わなかったけど」ピルオーバーがぼそりとつぶやき、本に視線を戻した。

「じゃあ、あ、あなたは誰？」ソフロニアがたずねた。

「あたしはミス・モニク・ド・パルースよ！」そう言って間《ま》を取った――この名を言えばしかるべき反応が返ってくるはずだとでもいうように。

だがソフロニアは無表情で見返しただけだ。「だったら――本物のマドモアゼル・ジェラルディンはどこなの？」

「ふん」モニクは片手を振って鼻を鳴らした。「本物が出かけることはめったにないわ。あの人が出かけてもなんの役にも立たないし。いつだってあの人たちは偽者を送りこむの」

「そうなの？」

「そうよ。そのほうが楽だし、フィニッシュにはそのほうがいいわ」

「ところであの人たちって？」

「教師たちに決まってるじゃない。ちょっと、あたしとあたしの問題について話してたんじゃなかった？」

ソフロニアはモニクを上から下までしげしげとながめまわした。「あなたの問題が馬車に乗っているあいだに解決するとは思えないわ」

ピルオーバーが本の向こうからたしなめるように舌を鳴らしたが、おもしろがっているのはあきらかだ。

モニクが鼻で笑った。「あなた、何様のつもり？　秘密候補生よ。それほど特別でもなければ、優秀でもない。候補生に選ばれて、少しばかり馬車救出作戦が成功して得意がってるようだけど、あなたの助けなんかいらなかったんだから！　あたしはいつもトップクラスよ、フィニシングの課題では。だからこうして三人の役立たずのお子様を連れてくるよう命じられたのよ」

大型本の向こうからピルオーバーの声が聞こえた。「それだけとは思えないけど」

「もちろんそれだけじゃないわ」モニクがぴしゃりと言い返した。「試作品まで回収しなきゃならなかったんだから」

これにはピルオーバーも興味を示した。「空強盗がほしがっていたやつ？」

「なんの試作品なの？」と、ソフロニア。

「バカなこと聞かないで。そ、そ、そ、そんなの知るもんですか」

「そろそろフィニシングの本当の意味を教えてくれない？」ソフロニアはこのフィニシング・スクールにますます興味が出てきた。どうやら母さんはこの学校を完全に誤解しているようだ。

「嫌よ」モニクはこれ以上ないほど憎々しげににらみ返し、それきりそっぽを向いて窓の外を見つめた。

こんなに嫌われるなんて、いったいあたしが何をしたというの？　こんなことなら空強盗の隣に置き去りにすればよかった。ソフロニアはピルオーバーを見たが、少年は本に夢中だ。ソフロニアはため息をつき、不満げに座りなおした。それからしばらくしてピルオーバーの隣に移動し、かすかなヤギのようなにおいにもかまわず肩ごしに本を盗み見た。男の子というのはみんなヤギのにおいがする。その後は何ごともなく馬車は進み、やがてスウィフル＝オン＝エクセという小さい退屈そうな町に入った。

馬車がゴトリと揺れて止まり、ディミティがまばたきして目を覚ました。「あら。えっ？　わたし、眠ってたの？」

「いや、気絶。血で」ピルオーバーがそっけなく答えた。

「あら、本当？　それはごめんなさい」ディミティはケガをした自分の肩を見下ろし、

「ああ！」とまたしても白目を剝きかけた。

すばやくソフロニアが身を乗り出し、片手で傷口をおおった。「もう気絶はダメよ！」

ディミティの目の焦点が戻りはじめた。「痛い。ねえ、何かで傷口を巻いてくれない？」

「いい考えだわ。ちょっと目を閉じてて」ソフロニアは扉内側のバーから長いヘアリボンをほどき、ディミティの肩に巻いた。

「ああ、つくづくママみたいだったらと思うわ。わたしのママはとてもいかめしいの。顔ももう少しママに似たかったわ。あんな顔だったら何かと便利なのに」そう言ってディミティは上体を起こした。

「どうして？　お母様はどんなふうなの？」

「わたしよりピルオーバーに似てるの」

ぶかぶかの服以外、ピルオーバーの顔かたちをよく知らないソフロニアは「へえ？」としか答えようがなかった。

「つまり〝陰鬱で物憂げ〟ってことよ。ああ、わたしも陰鬱で物憂げになりたいわ。すごくロマンチックで、占い師みたいでしょ？　たとえわたしの人生が陰鬱で物憂げになれる

かどうかにかかっているとしても、わたしには無理だわ」

「でも、肩にリボンを巻いてると、ちょっと占い師っぽく見えなくもないわ」

「あら、そう？　うれしい。ねえ、ソフロニア、あなたもその気になればできるわよ」

「できるって何が？」

「陰鬱で物憂げになること」

平凡な茶色の髪で、そばかすの顔で、薄い緑色の目のあたしに〝物憂げ〟は似合わない。それを言うなら〝陰鬱〟も無理だ。

ディミティの関心は早くも別のことに移っていた。「それで、ここはどこ？」

「〈バンソン校〉だよ、ようやく」ピルオーバーはぱたんと本を閉じ、そわそわと降りる準備を始めた。でも、荷物がないことを考えると、まるで命令をあたえられぬまま蒸気が切れるまで意味もなく回転するメカのようだ。

馬車の扉を開けたのは高性能戸外型とおぼしき、ぎくしゃくした動きのメカ使用人だった。

「まあ、何これ？」ソフロニアは息をのんだ。こんな怪物じみたメカ使用人を見るのは初めてだ。フローブリッチャーより背が高く、身体は円錐形で、背中に手押し車がついており、顔の部分は、ちょうど柱時計の裏側のようにいくつもの歯車がかみ合っている。

「メカポーターだよ」ピルオーバーは大型の文学本をつかんで立ち上がり、馬車から飛び降りて振り向きもせずにたずねた。「きみたちも来る？」

「お荷物はどこですか、ヤング・サー？」メカポーターがたずねた。フローブリッチャーより大音量の、キンキンした金属質の声だ。灰色の縁なし帽を後ろ向きにかぶり、首に巻いたクラバットをタコ形の真鍮のピンでとめている。変なの——ソフロニアは思った——服を着たメカ使用人なんて。

ピルオーバーが答えた。「ああ、それなら十五キロ離れた道路のまんなかだ」

「サー？」メカポーターは困惑して身体を左右に揺らした。ポーターは小型列車の線路のような軌道上に乗っている。

このポーターは分解可能かしら？　ソフロニアはもっとよく見ようと馬車から降りた。ディミティもあとに続いた。

とたんにメカポーターが振り向いた。

「女性禁止です、ヤング・サー」ポーターメカはうなりを上げ、しゅっという音を立ててクラバットの下から蒸気を噴き出した。クラバットがひるがえって時計じかけの顔に当たり、ふたたびもとの位置に戻った。

ピルオーバーが振り向いた。「なんだって？」

「女性は立ち入り禁止です、ヤング・サー」またしてもポーターは蒸気を吐き、クラバットがぱたぱたとはためいた。

「この二人は女性じゃない。女の子だ。これからフィニシング・アカデミーに行くところなんだ」

「表示は〝女性〟と出ています」

「まあ、そう堅いこと言うなよ」

ソフロニアは外交的手段に出た。「責任者と話をさせてちょうだい。馬車が襲われて、引率者が混乱しているの」

「女性禁止！」メカポーターは頑として譲らない。次の瞬間、ポーターの胸部パネルが横にスライドし、武器のようなものが現われた。銃にしては大きすぎる。

ソフロニアが呆気にとられて立っていると、武器は火花を散らしてシューッと動きだし、ディミティの髪を焦がさんばかりに青い炎を噴き出した。

ソフロニアとディミティが馬車に駆けもどると、これ以上、バカ騒ぎにつきあうのはたくさんとばかりに御者はあわてて馬車を走らせはじめた。さいわい火吹きポーターは追ってはこなかった。

馬車はいったん校庭の外で止まった。ソフロニアは扉の上部の窓ガラスに鼻を押しつけ、外を見た。〈バンソン校〉は巨大だが、いろんな建物を寄せ集めたような奇妙な造りで、名門学校には少しも見えなかった。四角い塔に丸い塔、古いものに新しいもの、なかには妙に異国ふうのものもある。塔と塔のあいだには鉄線が伸び、外に向かって突き出た棒の先端から網がぶらさがっている。あちこちの窓にオレンジ色の明かりがともり、そこここから蒸気が噴き出し、一本の大きな煙突が空にもくもくと黒い煙を吐いていた。

ソフロニアがディミティを見た。「どうする？」

「弟はあんな子よ。なかに入ったとたんにわたしたちのことなんか忘れるわ」

「暗くなってきたわ」ソフロニアはもと学長に振り向いた。「とにかく任務を果たしてもらわなきゃ」

ディミティは深くため息をついてモニクの隣に座り、モニクの腕を揺り動かした。

「何よ？」

「わたしたちは学園の場所を知らないし、御者も知らないの」

モニク・ド・パルースは無言だ。

ソフロニアは腕を組んでモニクをにらんだ。ディミティはしばらくソフロニアとモニクの顔を見比べていたが、やがて同じように腕を組み——あまり怖そうではないが——モニクをにらんだ。

ついにモニクが折れた。「ああ、もうわかったわよ！」パラソルの柄で天井を叩くと、
馬車の扉が開き、御者が顔を出した。

「シュラベリー通りの〈ニブ&クリンクル・パブ〉の先を左に曲がって、生け垣の裏のヤギ道を進んで。一時間ほどしたら道は雑木林でとぎれるから、そこを右に曲がるの。そこ

から先はまた指示するわ。とにかく急いで。日暮れまでに着かないと、まず見つからないわ」

「しかし、マダム、それじゃあ荒れ地に向かってまっすぐ進むことになりますが」

「そうよ。どうしてあたしたちが荒れ地の手前で止まるなんて思うの？」

「ダートムアには恐ろしい話がたくさんありますぜ。霧のなかで道に迷って二度と戻れないとか、人狼に食べられるとか、吸血鬼にさらわれるとか、空強盗に殺されるとか」

　このときモニクは、命令するのがソフロニアよりはるかにうまいことを証明した。「つべこべ言わないで。日が暮れる前にって言ったのが聞こえなかった？」

　御者はいかにも不安そうにしぶしぶ席に戻り、疲れた馬をふたたび歩かせはじめた。

　最初は何ごともなく過ぎたが、ヤギ道をしばらく進んだところで馬車が揺れだし、経験したこともない激しい突風にあおられはじめた。ソフロニアは馬車の窓に顔を押しつけた。

　周囲には夏の暑さで茶色く枯れた草地がえんえんと広がり、風に揺れている。荒れ地の向こうは霧におおわれ、単調な風景のなかに、ところどころ鮮やかな緑色を叩きつけたような低木の茂みやねじくれた小さな下生えがあるだけだ。

「これが噂の荒れ地？」ソフロニアがけげんそうにたずねた。

　ディミティは肩をすくめた。「すごい風ね」

「とんでもない」モニクが冷ややかな笑みを浮かべた。「こんなのはまだ序の口よ。いまに折れた骨みたいな岩がいくつも突き出てきて、みるみる霧が濃くなって、どこに行くのかも、どこにいたのかもわからなくなるんだから」

ソフロニアはおどかされなかった。「あたしがそんな話を怖がるとでも思う？　言っとくけど、あたしには姉が何人もいるの」

モニクは苦々しげににらみ返すと、ふたたび天井を叩いて次の道順を伝えた。

馬車は向きを変え、こんどはヒースが生い茂る見えない小道を進みはじめた。周囲に霧が迫ってきたのか、それとも馬車が霧のなかに向かっているのか、よくわからない。

ソフロニアは胃の奥でかすかに恐怖を感じはじめた。本当に人狼が荒れ地をうろついていたらどうしよう？

そう思った瞬間、霧が晴れ、校舎が姿を現わした。沈む直前の太陽が馬車の長い影を伸ばし、〈良家の子女のためのマドモアゼル・ジェラルディン・フィニシング・アカデミー〉を照らし出している。それは、たしかに何百もの小さな脚で荒れ地を駆けずりまわってはいなかった。ずんぐりした姿で悠然と宙に浮かんでいた。

第四課　フィニシング・スクールの正確な形状

「何これ」ソフロニアが声を上げた。「食べ過ぎたイモムシみたい」

まさにそうとしか言いようがない。それは飛行船というより、みっつの飛行船を寄せ集めてくっつけ、細長い鎖型にして空気を入れた気球のようだった。イモムシ型気球の下からは何層ものデッキがぶらさがり、大半は吹きさらしだが、壁で囲われたものもあって、ところどころに窓があり、沈みゆく太陽を反射している。イモムシのしっぽのほうでは巨大プロペラがゆっくりと回転し、その上で大きな帆が風にはためいていた――推進のためというより、方向を変えるためのものだろう。後方の下層デッキからは大量の蒸気が噴き出し、ふわふわとただよってはその一部とでもいうように霧と混じり合い、三本の高い煙突からは黒い煙が静かに立ちのぼっている。

ソフロニアはすっかり心を奪われた。こんなにおもしろそうなものを見るのは生まれて初めてだ。しかも、これまで聞いたフィニシング・スクール――姉たちの話によればたいていはスイスのお城のなかにある――とはまったく違う。でも、こんなものが好きだとは思われたくなくて――それじゃまるで子どもだ――さりげなく言った。「思ったよりずいぶん大きいのね」

「それに、ずいぶん高く浮かんでない？」ディミティは不安そうだ。

馬車が近づくにつれ、宙に浮かぶ校舎が思ったよりずっと速く動いているのに気づいた。それはおそらく、木々を一方向に向かせるほどダートムアにひっきりなしに吹きつける強風にあおられているせいだ。もう少しで到着すると思ったところで、馬が恐怖にいななき、馬車はがくんと停止した。

馬車の扉がさっと開き、目の前に若い男が立っていた。長身で浅黒い肌。ペチュニアがうっとりしそうな、だらしなさがかえって魅力的なタイプのハンサムで、黒絹のシルクハットをかぶり、首から足首まですっぽりおおう外套をはおっている。父さんが見たら、いかにも不愉快そうに〝粗野な若造〟と言いそうだ。ソフロニアは一瞬、新手の空強盗かと身構えた。でも、ゴーグルをつけていないし、何よりにっこり笑いかけている。

「ご婦人《レディーズ》がた！」

モニクがレディらしく顔を赤らめた。「まあ、大尉」

「今夜は風が強くて高度を下げられない。きみたちレディには日が沈むまで待ってもらうよ。日が沈んだらわたしが上まで運ぼう」

「あら」モニクはほっそりした小さい鼻にしわを寄せた。「どうしても？」

モニクの不満げな反応にも、男の陽気な表情は変わらない。「どうしても」

「しかたないわね」モニクは片手を男にあずけ、馬車から降りた。

男はモニクをそのままにして、ディミティとソフロニアを探るように見た。「レディーズ。さあ、きみたちも」

ディミティは小さなカゴを床から拾い上げ、やはりひどく顔を赤らめながら男の大きな手に片手を載せた。

男はディミティを降ろし、こんどはソフロニアを振り返った。「お嬢さん？」

ソフロニアはあわてて忘れ物がないかと馬車のなかを見まわした。

これを見て男は茶色い目をきらめかせた。「用心ぶかいお嬢さんだ」

ソフロニアは無言だった。何かわからないが、この人には――魅力的である以外に――どこか奇妙なところがある。

外に出ると風は身を切るように激しく、巨大飛行船はますます異様に見えた。馬は落ち着かず、白目を剝いて引き綱に抵抗し、御者が必死に抑えている。ソフロニアは首をかしげた。馬が暴れる理由など何もなさそうなのに。男が代金を払おうと御者に近づくと、馬はますますおびえた。御者は手綱をつかんだまま、やっとのことで代金を受け取ると馬の向きを変え、馬の望むままに猛スピードで荒れ地を走り去った。

ディミティがソフロニアにすり寄ってささやいた。「すてきな人ね？」

ソフロニアはわざととぼけた。「御者のこと？」

「まさか。彼よ！」ディミティは新しい付添人を頭で指した。

「ちょっと年上すぎない？」

ディミティは考え、二十一歳くらいと当たりをつけた。「たしかにそうね。でもモニクはそうは思ってないみたい。見てよ、あのいちゃいちゃぶり！　みっともないわ」

モニクは男に荷物がない理由を話していた――大きく手を動かし、襲撃されて荷物を奪われ、かろうじて脱出したことをソフロニアの場面はすっとばし、自分の活躍ばかりを強調して。反論してもよかったが、ソフロニアは黙っていた。モニクの話しぶりには自己顕示欲だけではない何かがあるようだ。

「モニクは何か隠してるみたい。初めからずっと――自分の正体だけじゃなくて」

「能力とか？」と、ディミティ。

「それに、あの人、靴をはいてないわ」

「まあ！　本当だわ。変ね」

「しかも馬が怖がってた。あの人が近づくたびにあとずさってたわ」

「なぜかしら？」

「馬特有の流儀があるのかも――裸足は許せないとか」

ディミティがくすくす笑った。

男がモニクの話にうんざりした様子で二人に近づいた。

あとからついてきたモニクは、そこでようやく礼儀を思い出した。「あなたたち、こちらはナイオール大尉よ」

ディミティが膝を折ってお辞儀した。「はじめまして、大尉」

続いてソフロニアもお辞儀したが、ディミティの何倍も下手くそで、はるかに格好悪い。

「はじめまして、大尉」

「こちらは正式入学者のミス・ディミティ・プラムレイ＝ティンモット。こちらは秘密候補生のミス・ソフロニア・アンジェリーナ・テミニック」モニクは唇をゆがめた。

大尉はシルクハットのつばに手を触れ、それぞれにお辞儀した。

ナイオール大尉はすてきな笑顔の持ち主だ。ソフロニアはそのなめらかな動きに魅せられた。ただし、外套の下にクラバットをしていないのはいただけない。しかもシルクハットをあごひもでくくりつけている――赤ちゃんがかぶる帽子のように。でも、面と向かって身なりの欠点を指摘するのは失礼だ。そこでこう言った。「御者が無事に街まで帰りつけるといいんですけど」

「そんな気づかいができるとは感心だ、ミス・テミニック。だが、心配はいらない」

背後で太陽が完全に沈んだ。飛行船型校舎はゆらゆらとただよいながら霧ぶかい紫色の空に消えはじめ、ますます見えにくくなった。

「すぐに戻る」若い大尉は岩の小さな割れ目にそってゆっくり歩きだし、巨大な岩の背後に消えた。

見えるのは上下に動くシルクハットだけで、それもつかのま、やがてシルクハットも霧に溶けて見えなくなった。しゃがんだのかしら？　風の音のほかにはほとんど何も聞こえず、耳は吹きつける風で痛いほどだが、それでもたしかにソフロニアには痛みにうめく声が聞こえたような気がした。

次の瞬間、巨岩の背後から大きな狼が一匹、割れ目にそって小走りで近づいてきた。ひょろりとした体型。黒と茶色のまだら毛。先っぽだけが白いふさふさのしっぽ。

ディミティが驚いて悲鳴を上げた。

ソフロニアが凍りついたのは一瞬だった。人狼！　そう気づいたとたん、すべて合点がいった。裸足。身体をすっぽりおおう外套。そのまぎれもなき人狼が今まさにこちらに向かってきている。

ソフロニアはくるりと背を向けるや、近くの雑木林めがけてまっしぐらに駆けだした。わが身を守ることしか頭になかった。〝待ちなさい！〟というモニクの声も耳に入らない。ディミティのことを考える余裕もなかった。ソフロニアは、まさに追われる獲物の本能にかられていた。すなわち、〝ひたすら走り、身を隠し、捕食者から逃れる〟。

人狼はどんな俊足の狼よりはるかに速い速度で追ってきた。こんな恐ろしい怪物を見るのは生まれて初めてだ。異界族のスピードと力についてはいろんな噂を聞かされてきたけれど、ほとんど信じていなかった。でも、この人狼を見ておとぎ話が本当だとわかった。何歩も行かないうちにソフロニアは追いつかれ、人狼は頭上を越えて身をひるがえし、ソフロニアの正面にすたっと着地して行く手をさえぎった。

ソフロニアはそのまま人狼にぶつかり、あえぎながら背中から荒れ地に倒れこんだ。上体を起こすまもなく巨大な前脚が胸もとに迫り、頭上に恐ろしげな狼の顔がぬっと現われた。濡れた黒い鼻。剝き出しの歯。その顔が近づき……何も起こらなかった。

ソフロニアはぎゅっと目をつぶって顔をそむけ、もう片方の前脚から魔の一撃が振り下ろされる――もしくは恐ろしげに光る犬歯が首を引き裂くのを待った。

だが何も起こらない。

どうやらあたしはまだ死んでないらしい――ソフロニアはおそるおそる目を開け、狼の黄色い目を見上げた。狼は黄色い目もとにしわを寄せ、舌をだらりと垂らし、にっと笑ってふさふさの大きなしっぽを前後に動かしている。何より驚いたのは、例のシルクハットがいまもしっかり頭にくくりつけられていることだ。

この珍妙な取り合わせにソフロニアは冷静さを取り戻した。のちにソフロニアは思った。ナイオール大尉がつねに――変身するときも――シルクハットをかぶっているのは、こんなふうに相手を安心させるためかもしれない。それとも、どんな姿であれ、紳士たるもの帽子なしで人前に出てはならないと思っているから？

ソフロニアは上体を起こしかけ、動きを封じようとする人狼に言った。「もう逃げません。ごめんなさい。驚いただけです。人狼に会うのは初めてだから」

ナイオール大尉は小さくうなずき、あとずさった。

ディミティがソフロニアを助け起こし、「ソフロニアの両親は保守派なんです」と大尉に説明した。おそるおそる動いている様子から判断すると、進歩的な家庭で育ったディミティも人狼には慣れていないようだ。それとも人狼の前ではこんなふうに振る舞うべきなの？　ソフロニアはディミティにならってゆっくり立ち上がった。

モニクが気取った足取りで近づいた。「もう恥さらしは終わった、秘密候補生さん？」

ソフロニアはむっとして言い返した。「守れない約束をする気はないわ」

「そうね、これからどんな恥をさらすかわからないものね。あたしが最初に行きます、大尉。どうやるのか、この子たちに手本を見せる必要がありそうだわ」

大尉はシルクハットをかぶった毛むくじゃらの頭でうなずいた。

次の瞬間、驚いたことにモニク・ド・パルースは人狼の背に――シェトランド・ポニーにでも乗るように――横乗りになった。

「しがみつくのよ、こんなふうに」モニクが両手を狼の分厚い首毛にうずめ、得意げに説明した。「そしてできるだけ身を前に倒すの」

ソフロニアにはモニクのコルセットのきしみが聞こえたような気がした。

人狼は軽やかな足どりでみるみる加速し、やがて空中校舎に向かって荒れ地を猛然と突っ走るおぼろげなひとつの点になった。

目を細めて動きを追っていると、人狼は飛行船めがけて信じられないほど高く飛び上がった。たしかに人狼は異界族で力も強い。でもいくらなんでも空は飛べないはず。よく見ると空を飛んだのではなく、空中のどこか高いところに着地したようだ。

「きっとプラットフォームみたいなものがあるのね」と、ディミティ。

ソフロニアはうなずいた。「長いひもみたいなものでぶらさがってるのよ、たぶん」

ナイオール大尉はモニクを降ろして地面に飛び下り、ふたたび猛スピードで戻ってきた。

そしてうながすようにディミティを見た。

ディミティはソフロニアをちらっと見やった。「ああ、どうしよう」

ソフロニアがにっこり笑った。「落ちるのが怖ければ、またがればいいわ。馬に乗るときも、そのほうがずっと簡単よ」

ディミティはソフロニアの言葉に顔をこわばらせた。

「あくまでひとつの提案だけど」

「あなたって冷静なのね」

ソフロニアは肩をすくめた。「どうやら不思議なできごとにさらされすぎちゃったみたい。なんならあたしが先に行ってもいいけど」

ディミティはほっとし、どうぞというように片手を振った。

ソフロニアは人狼の背によじのぼった。若い娘が動物の背にまたがるなんて――たとえ人狼でなくても――母さんが聞いたらヒステリーを起こすに違いない！　ソフロニアは両手両脚をすばやく狼に巻きつけて声をかけた。「準備完了」狼の毛皮は干し草とビャクダンとポークソーセージのにおいがした。

ソフロニアが感覚に慣れるよう、人狼はゆっくり歩きだし、しだいに速度を上げた。馬に乗るのとはまったく違う！　足もとで草地や岩が飛ぶように過ぎてゆくのを見ながらソフロニアは身を伏せた。校舎に近づくと、ナイオール大尉は思いきり後ろ脚をたわめ、ものすごい脚力で宙に飛び上がった。

その夢のような瞬間、ソフロニアは空を飛んだ。風で髪とドレスがふわりと浮かび、周囲には何もなく、地面ははるか下だ。やがて人狼は、小型プラットフォームの上で退屈そうに待っているモニクの隣に軽やかに着地した。

ソフロニアは狼の背から降りた。「ありがとうございました。とても楽しかったわ」

ナイオール大尉はディミティを迎えにふたたび飛び下りた。

モニクは相変わらず知らんぷりだ。ソフロニアはプラットフォームの構造を観察した。分厚いガラス製で、なかは箱のような空洞になっており、四本の鎖でぶらさがっている。

鎖が四隅の巻き上げ機に巻いてあるところを見ると、ガラスの箱全体がひとつの装置として上下するようだ。

首をひねって見上げたが、校舎の下部には穴もなければ連結装置らしきものもない。

遠くから聞こえる悲鳴がぐんぐん大きくなり、ディミティの到来を告げた。

着いたとたんディミティは、さすがにみっともないと思ったのか叫ぶのをやめ、人狼の背から降りるや、へなへなとプラットフォームに座りこんだ。

モニクが声を立てて笑った。

ソフロニアがあわてて駆け寄った。「大丈夫？」

「ちょっと神経が高ぶってるみたい。ええ、大丈夫。膝がまともに動くまで待ってちょうだい。少しばかり強烈だったわ」

「あたしはすごくおもしろかったけど」

「だんだんあなたの性格がわかってきたわ。長所かどうかはわからないけど、たしかに役には立ちそうね」ディミティは震える手で顔に張りついた髪を払った。

ナイオール大尉は口にくわえていたディミティのカゴを隣に置き、傲然と一声ほえると、片足を伸ばして身を乗り出し、狼式お辞儀をした。

ソフロニアとモニクが礼儀正しく膝を曲げ、ディミティが座りこんだ場所から会釈すると、大尉は下の荒れ地に飛び下りて消えた。

「大尉は来ないの？」ソフロニアが首をかしげた。

「大尉は学校には住んでないわ。彼は人狼よ。人狼は空には浮かばない。そんなことも知らないの？」

たしかに知らなかったけど、あなたに責められる筋合いはないわ。ソフロニアはなんだか取り残された気分になった。ナイオール大尉の裸足と奇妙な身なりのわけがわかってからは好感を持ちはじめていた。味方になってくれそうだと思ったのに。

でも、あたしにはディミティがいる。

ソフロニアの思いが通じたかのようにディミティが笑いかけた。「あなたがいてよかった。一人じゃ不安だったの。きっとまわりは、みな知り合いどうしだもの」

ソフロニアはしゃがみこんで友人の手をぎゅっと握った。そのときしゃがんでいたのはさいわいだった——というのもいきなりプラットフォームが左右に揺れ、頭上の校舎に向かって上昇しはじめたからだ。

プラットフォームが動きだしたとたんモニクはバランスを崩してよろけ、あわや端から落ちそうになって悲鳴を上げた。そして自分が最初に思いついたかのように座りこんだ。

プラットフォームは速度を上げ、ぐんぐんのぼりはじめた。校舎の下部は硬い木と金属でできている。あんなものにぶつかったら、どんな石頭でも耐えられない！　ソフロニアは両腕で頭をおおいたい衝動を必死にこらえた。モニクは平然と座っている。モニクの前でこれ以上、弱みを見せたくはない。

ソフロニアとディミティはおびえた目と目を見交わした。

〝ぶつかる！〟と思った瞬間、頭上のハッチがぱかっと開き、プラットフォームは飛行船型校舎のなかにすべりこんだ。気がつくと三人は凍えるような夜気ではなく、暖かい暗闇のなかにいた。

プラットフォームが停止し、背後でハッチがぴしゃりと閉じた。あたりは真っ暗だ。ゴーゴーとうなる強風の世界から、打って変わって圧倒されるような静寂に包まれた。

ソフロニアの目はすぐに暗さに慣れた。洞窟のように広い、納屋のような部屋で、周囲には剝き出しの梁《はり》や柱が見えるが、全体は特大こぎ船の内部のようにカーブしている。

最初に聞こえたのはおしゃべりの声だった。快活で、議論が好きそうな女性たちの声。やがて正面の扉が開いて黄色い光の筋が射しこみ、みっつの黒い人影が次々に現われた。全員が上流階級の英国女性にふさわしいたっぷりしたドレスを着ている。一人めは光る金髪の巻き毛を揺らす中肉中背の女性。次に長身の女性。そして最後は小柄でぽっちゃりした女性。

ランプを持った〈ミス・中肉中背〉はほかの二人よりはるかに顔立ちがいいが、せっかくの美貌はオペラの踊り子も顔負けの濃い化粧ですっかり隠れていた。

ディミティが目を奪われた。「あの頬紅を見て！」

「なんですって？」ソフロニアはぎょっとした。身持ちの悪い女でもないかぎり、あんなに紅をはたくなんてありえない。教師に夜の女を雇うなんて、いったいどんなフィニシング・スクールなの？

「頬紅よ――頬についている、赤いやつ」

「あら！　あたしはてっきりジャムかと」

「まあ、ほんとね！」ディミティも合わせてくすっと笑った。

〈ミス・小柄でぽっちゃり〉は修道女のようないでたちだ。もっとも、ドレスのデザインや縫製は今ふうで、たっぷりしたスカートにひだ飾りやレースがついており、頭にはふわふわのレース帽と修道女の頭巾をかけ合わせたような帽子をかぶっている。

〈ミス・長身〉は三人のなかで唯一、本物の先生らしく見えた。ソフロニアはこの女性の特徴を〝長身〟から〝ありえないほど角ばった〟に変更した。まるで人間帽子かけみたい。身なりは地味で、顔は〝すべてのしわがしかめつらのせいではなく笑いじわだったらきれいなのに〟と思わせるほどいかめしい。たとえて言うなら、お腹の調子が悪いオコジョだ。

モニクがプラットフォームから降りて三人に近づいた。「単純な回収任務だって言ったじゃない。なんの危険もないって！」生徒が先生に対して使う口調とはとても思えない。

「まあまあ、そう興奮しないで」と、修道女。

「〝いとも簡単なフィニシングよ、モニク〟たしかにそう言ったわ！」

「いいこと、モニク、あれはあなたに対する試験だったのよ」

「あたしが危機的状況でも冷静なタイプだからよかったものの！　空強盗に襲われたのよ！　逃げるのがどんなに大変だったことか」

「説明してちょうだい」長身の女性が命じた。こちらのフランスなまりは本物っぽい。

「それから、そのバカげたカツラを取りなさい」

「御者は役立たずだし、この二人はパニックを起こすし」モニクはカツラをむしり取り――本当の髪は金髪だ――ソフロニアとディミティに向かって振りまわした。「あたしが手綱を握って大脱出劇を演じなきゃならなかったのよ。くやしいけど荷物はあきらめるしかなかったわ」

ソフロニアはしらじらしい嘘のオンパレードに仰天した。どうやらモニクには別の目的がありそうだ。いったいどういうこと？

ディミティが反論した。「あら、違うわ！　いまのはまったくのでたらめです」

「この二人は状況判断でも規約遵守でもミスばかり。しかも不適切な場面で失神までしたのよ。何かというとあたしに反抗して。まったくわけがわからないわ。あたしは最初から最後まで完璧に礼儀正しく接したのに。この子たちはあたしの賢明な行動を自分たちの手柄にしたいのよ。あたしにフィニッシュさせたくないのよ！」

「なんですって？」ソフロニアはあぜんとして思わず口を開いた。

「見てよ、しらばっくれて！　ずるがしこい子ね。あたしなら監視をつけるわ」

「いまのは全部、嘘です」ほかに言葉もなく、ソフロニアは淡々と言った。

頬紅女が口をはさんだ。「いまは詳しい状況などどうでもいいわ。問題は、ミス・パルース、あなたがあれを持っているかどうかよ」

モニクはずたずたのドレスを指さした。「持ってるわけないじゃない！　自分で持っておくほどバカじゃないわ。あの正体がわかってすぐ、危険なフィニッシュをあたえられたことに気づいて秘密の場所に隠しました」

ソフロニアは言葉の裏の真実に気づいた。どうやらモニクは初めから空強盗に襲われることを予測していたらしい。

フランスなまりが顔を近づけ、鋭くささやいた。「どこに？」

ソフロニアは眉をひそめ、必死に記憶をたどった――モニクに、いつ物を隠すチャンスがあった？

モニクは首を横に振った。「教えるもんですか。正しくフィニッシュできたら、そのとき話すわ」

フランスなまりがモニクを威圧するように歩み寄った。「まったく知恵のまわる小娘ね、だから言わないことじゃ――」

ぽっちゃり修道女がフランスなまりの腕に手を置いた。

「まあ、ベアトリス、落ち着いて。新入生が二人いるのよ」

ベアトリスと呼ばれた女はソフロニアとディミティを見やり、迷惑そうに鼻を鳴らした。

あきれた——ソフロニアは思った——いつも母さんが言ってたとおりだ。フランス人というのはどこから見ても品がない。

頬紅女が言った。「ベアトリス、ミス・パルースを連れていって、二人きりで話をしてはどう？」

モニクが不敵な表情を浮かべた。「いざとなれば援軍だって集められるんだから」

「あたしをおどす気、お嬢さん？　それはどうかしらね」フランスなまりはまったくひるまない。

ソフロニアは身震いした——このどちらかと二人きりになるなんて、あたしは一分たりともごめんだ。

二人が出ていくとき、フランスなまりがこう言うのが聞こえた。「〝正しくフィニッシュできたら〟と言ったけど、モニク？　こうなったいま、どうやって正しくフィニッシュさせるつもり？」

ソフロニアはしばらくモニクのことを忘れることにした。

「さて、二人とも、どうやらとても刺激的な旅だったようね」修道女が言った。

「わたしたち、失神なんてしてません！」と、ディミティ。「というか、少なくともソフロニアは。わたしはしたけど、でもそれはわたしたちがモニクを空強盗から助け出したあとです！　モニクの話は全部あべこべです！」

「証人はいる？」

「えっと、わたしの弟がその場に」

二人の教師は視線を交わした。どうやらピルオーバーはあまり信用されていないようだ。

「男の子？　さて、証人としてはどうかしら」

「御者もいました」ディミティはなおも続けた。

「でも、御者は事件のあいだじゅう気を失ってたわ」と、ソフロニア。

「おもしろい子ね」頬紅女がソフロニアをまじまじと見つめた。「どうしてあえて自分の不利になるようなことを？」

ソフロニアは肩をすくめた。「あたしには姉が何人もいます。下手な小細工はするだけ無駄だってことくらい知ってます」

「あら、そう？」

ソフロニアはそれ以上、答えなかった。モニクは自分をよく見せようとするだけでなく、証拠を隠そうとしている。おそらく試作品とやらは前もって誰かにあずけておいたのだろう。ソフロニアはがぜん興味をかきたてられた。試作品とはどういうもので、どこにあって、どうして誰もがそんなにほしがるの？　たとえば紅茶を安く生産する新しい装置とか？　テミニック家で上質の紅茶ほど価値あるものはない。

ディミティはなおも反論しようと口を開いたが、ソフロニアが脇腹をついて黙らせた。

「事務的な手続きを続けましょう」と、頰紅レディ。「どこまで話したかしら？」

修道女が頰紅レディの耳に何やらささやいた。

「ああ、そうでした！〈良家の子女のためのマドモアゼル・ジェラルディン・フィニシング・アカデミー〉へようこそ。たしか一人は秘密候補生ね？」

ソフロニアがおずおずと片手を上げた。

「ようこそ、ようこそ！　あたくしはレディ・リネット・ド・リモーネ。音楽と創造芸術を教えています。こちらはシスター・マティルダ・ハーシェル＝ティープ。家政学の主任教授よ。あなたは？」

「ソフロニア・アンジェリーナ・テミニックです」ソフロニアはお辞儀した。

「あらまあ」と、レディ・リネット。「そのお辞儀はどうにかしなければならないわね」

「ディミティ・アン・プラムレイ＝テインモットです」ソフロニアに比べると、格段に上等なお辞儀だ。

こんどお辞儀のしかたをディミティに教えてもらおう――ソフロニアは思った。どうやら強力な武器になりそうだ。

「ああ、ミス・プラムレイ＝テインモット、お待ちしていました。シスター、ミス・プラムレイ＝テインモットを案内してくださる？　すでに学園のことはわかっているでしょうから。ミス・テミニック、あなたはこちらへ」

ディミティはソフロニアの手を握りしめ、「幸運を祈るわ」と言って、ずんぐり修道女のあとについて洞穴のような部屋を出ていった。

レディ・リネットはランプをかかげ、ソフロニアをながめまわした。

「さて、さて。あなた……歳はいくつ？」

「十四です、マイ・レディ」と、ソフロニア。こんなに化粧の濃い女性が本物のレディとはとても思えない。バーナクルグース夫人は〝ピフル卿〟という名のトイプードルを飼っているけど、〝レディ・リネット〟もあれと似たようなたんなる通称なの？

「しっかりした骨格。平均的身長。そのあごがそれ以上、大きくなる望みはなさそうね？」ソフロニアは無言だ。「どう？　それはないと思うけれど。目――可もなく不可もなし。髪」――そこでレディ・リネットはちっと舌を鳴らし――「どうやら死ぬまでカール布を巻くことになりそうね、気の毒だけど。そばかす。ふむ。そばかすねぇ……。料理人に追加のバターミルクを頼んでおきましょう。でもあなたは自信に満ちているわ。胸を張るのよ、お嬢さん、審査を受けるときは。自信は武器になります。ナイオール大尉もあなたを気に入ったみたいだわ」

ソフロニアはかすかに顔をしかめただけで審査に耐えた。言われたとおりに胸も張った。

こっちだってレディ・リネットの外見には言いたいことがある。あたしに言わせれば髪は巻きすぎで、肌は白すぎるし、ニワトコのにおいがきつすぎる。でも、こんなことを面と向かって言ったら、さぞ気を悪くするに違いない。

そこでこうたずねた。「大尉があたしをどう思ったか、どうしてわかるんですか？」

「ふさわしくないと思えば、あなたをここまで運びはしなかったでしょう。彼の目はたしかです――その……」レディ・リネットはふさわしい言葉を探すように言いよどんだ。

「人狼にしては？」と、ソフロニア。

「いえ、その……。男性にしては。さあ、お嬢さん、いらっしゃい。やるべきことはたくさんあるし、時間も遅くなったわ。お腹がすいているでしょう？　荷物やなにかも運ばなければならないし」

「荷物はありません、マイ・レディ」

「なんですって？」

「空強盗のもとに置き去りにするしかありませんでした」

「置き去りに？　まあ、そうだったの？　それはまた大変だったわね」

「あたしが馬車を走らせていたときに」

「あなたが馬車を？　ミス・パルースの話では……」短い間。「そのあいだミス・パルースはどこにいたの？」

「ええと、道で気を失っていたか、馬車のなかで泣いていました——どの時点かによって」どちらも演技だったけど。でも、なぜかそれを自分から言うのはためらわれた。

「おもしろいわね。いいわ、いずれベアトリスがなんとかするでしょう」

「あの先生は何を教えているんですか？」

「気になる？　そうでしょうね。ルフォー教授は厳しい人だから。でも、新入生には手強すぎるわ。彼女の授業を受けるのは上級生になってからよ——もちろん、そのときまでいればの話だけど」

ソフロニアはレディ・リネットがたくみに質問をかわしたことに気づいた。ルフォー教授の教科は謎のままだ。

「さあ、急ぎましょう。ついてらっしゃい」

二人は暗い通路から戸外に面した中央デッキのひとつ——半円状の広い剝き出しの厚板——に出た。

ナイオール大尉がジャンプしてソフロニアたちを送り届けたあと、校舎はかなり高度を上げたらしく、いまや荒れ地に立ちこめる霧のなかをただようのではなく、そのはるか上空に浮かんでいた。見下ろすと白い雲のてっぺんが見え、頭上には星空が広がっている。雲を反対側から見るなんて夢にも思わなかった。上から見る雲は羽毛マットのように硬そうだ。ソフロニアは手すりにつかまってうっとりと下界を見つめ、ため息まじりにつぶやいた。「すごい」

「ええ、そうね。そのうち慣れるでしょう。高いところが平気なようでよかったわ」

ソフロニアはにこっと笑った。「高いところは大好きです。配膳エレベーターにきいてみてください」

そのとき一台のメカメイドがまっすぐ近づいてきてソフロニアにぶつかった。背格好は標準的使用人モデルと同じだ。足もとを見ると、床に何本もの軌道が走っていた。だが、このメイドには〈バンソン校〉のメカポーターと同じく顔がなく、内部部品が外から丸見えだ。発声機能もないらしく、ソフロニアにぶつかって立ちどまり、作動プロトコルに混乱をきたしても、あやまりもしなければ、どいてくれと頼みもしない。

「さあ、ミス・ソフロニア、道を空けてあげて」と、レディ・リネット。

ソフロニアが興味津々の目で道を譲ると、メイドはゴロゴロとデッキの向こうに進み、開いたハッチのなかに消えた。

「あれは？」

「メカメイドよ。あなたは地方出身のようだけど、まさか家にメカメイドもいないほど田舎ではないでしょう！」

「もちろんです。うちには一八四六年型のメカ執事、フローブリッチャーがいます。でも、どうしてここのメカには顔がないんですか？」

「必要ないからよ」

ソフロニアはちょっと恥ずかしかったが、言わずにいられなかった。「でも部品が剥き出しだなんて！」

「ああ、そうね、驚いたでしょうね。でも、学園の方針には慣れてもらいますよ。ここのメカの大半は標準型ではないの」

二人はいくつもの階段をのぼり、いくつもの長い廊下を通り抜け、いくつものデッキ――木製や金属製、なかには実に非論理的ながら石製もあった――を渡って校舎内を進んだ。ソフロニアは細長いイモムシ型飛行船の最後尾から乗船し、ようやく中央部にやってきた。

内装はソフロニアが想像する大西洋横断大型汽船のそれによく似ていた。違うのは、全体がおばあちゃんの――孤児院の子どものためにおぞましい靴を編み、貧しい人々にゼリーを作るようなおばあちゃんの――襲撃を受けたように見えることだ。手すりと家具装飾《フィニアル》には藤紫色と薄黄緑色のかぎ編みカバーがかけられ、廊下の隅に立つ中世の鎧一式には花リボンがこれでもかと飾ってある。ソフロニアが立ちどまって見ると、花のなかに小型装置が隠してあった。とたんに廊下の角ごとにある豪華なシャンデリアのひとつひとつが不気味に思えてきた。あのガラス球は飾り？　それとも凶器？　なんだかナイフのように見えなくもない。シャンデリアが不吉に見えるなんて、どういうこと？

「校舎の後部は」レディ・リネットが説明した。「全体活動と娯楽のための場所よ。食事をしたり、日々の運動をしたり。中央部は生徒の部屋と教室、そして前部は教師と職員のスペースで、いま、そこに向かっています」

「えっと、それはなぜ？」

「もちろん、マドモアゼル・ジェラルディンに会うためよ」

「こんどは本物の？」ソフロニアが皮肉っぽくたずねたとき、お腹がぐうと鳴った。「そこには何か食べる物がありますか？」

レディ・リネットはこの質問をおもしろいと思ったようだ。

レディ・リネットは謎めいている。名前はフランスふうなのに、なまりは英国ふうだ。rを震わすように発音するのは北の地域の特徴じゃなかったっけ？　それともウェスト・エンド？

「さあ、廊下の特徴をよく覚えてちょうだい、ソフロニア。すぐに迷ってしまうから。校舎はかなり入り組んでいるの。何より大事なことは、区画間の移動は必ず中階かそれ以上の階で行なうこと。でも、あまり高層階はダメよ。いったんキーキーデッキに足を踏みいれたら、正しい身なりで区画をまたぐことはできないわ。さあ、ここよ。赤い房が見える？　これが教員区のしるしです。どこであろうと夜なかに勝手に歩きまわってはなりません し、授業中も決まった場所以外は入れません。でも、房区画にだけは大人の付き添いがないかぎりいついかなるときも入ってはなりませんよ」

ソフロニアはうなずきながら考えた——規則を破ったらどうなるのだろう？ そのとたん持ち前の好奇心が頭をもたげ、ソフロニアはこの風変わりなフィニシング・スクールでしばらく過ごしてみる価値があるかどうかを確かめたくなった。

「さて、ミス・テミニック。あなたのことを少し聞かせてちょうだい。これまでまともな教育を受けてきた？」

ソフロニアは真面目に考えてから答えた。「そうは思いません」

「たいへんけっこう。無知であることは、もっと評価されてしかるべき資質です。それで、最近、人を殺したことは？」

ソフロニアは目をぱちくりさせた。「は？」

「ほら、ナイフを誰かの首に突き立てたとか、こっそりクラバットで首を絞めたとか」

ソフロニアは言葉に詰まり、かろうじて「そんな趣味はありません」と答えた。

「まあ、それは残念ね。でも心配は無用よ。すぐに役立つ趣味が見つかるわ」

レディ・リネットは濃紺の革を金で縁どり、ひときわ大量の房で飾り立てた派手な扉の前で足を止め、鋭くノックした。

「どうぞ、お入りになって！」

レディ・リネットはソフロニアに待つように身ぶりし、一人でなかに入って扉を閉めた。

扉ごしに何も聞こえないとわかると、ソフロニアは廊下を探検しはじめた。なんともかわいらしい照明ランプだ。壁のなかをガス管が通っているらしく、小さなランプがちっちゃなパラソルのように天井からずらりとぶらさがっている。壁のなかにガスを通すのはさぞおカネがかかるに違いない——危険なのは言うまでもなく。つまり、これまで通ってきた廊下はどこも、いつ爆発しても不思議はないということだ。

廊下の突き当たりでつま先立ってパラソル型ランプを観察していると、向こうから別のメカメイドがゴロゴロとやってきた。紅茶とお茶菓子の載ったトレイを運んでいる。ソフロニアに気づいたとたん動きを止め、問いただすように小さく警報を鳴らした。

ソフロニアが黙っていると、メイドはふたたび警報を鳴らした——こんどは威圧的に。ソフロニアは途方にくれた。メイドはソフロニアと金縁扉のあいだに立っている。レディ・リネットは助けに来てくれそうもない。

やがて警報はすさまじい、ヤカンの呼び笛のような甲高い音に変わった。つまり、規則を破るとこうなるってことね。

廊下のなかほどの扉がバンと開き、男が現われた。身長も身体つきも見た目も、ありえないほど平均的な男だ。なんの特徴もない容貌のなかで、頭にかぶった深紅のビロードのシルクハットだけが異様に際だっている。そしてシルクハットの下から見える表情は、いかにも不愉快そうだった。

第五課　クロスボウ男につぶしニンニクを投げるべからず

「は？　は？」男は耳が遠いかのようにつぶやいた。

顔はすこぶる青白く、みすぼらしい口ひげは、あたかもそこにいるのが恥ずかしく、できることなら脇に移動して頬ひげか何かもう少しゃれたものになりたいとでもいうかのように上唇の上におずおずと載っている。男はメガネのレンズごしに目をすがめてソフロニアを見た。

「そこにいるのは誰だね？」舌が歯に当たるような奇妙な話しかただ。なんだか歯が邪魔になっているような。

「お騒がせして申しわけありません」と、ソフロニア。

「いったいなんの騒ぎだ？　おい、メイド！」男はソフロニアの前に立ちふさがるメカメイドをにらみつけた。「ただちに警報を停止せよ」

メイドは叫びつづけた。

「こら、メイド！」男は声を荒らげた。「こちらはブレイスウォープ教授！　警報停止プロトコル・ガンマ六・コード〈片目が酢漬けでミミズは真夜中にふてくされる〉を作動、もとの進路を再開せよ」

とたんに警報がやみ、メイドは全身が玉軸受け《ボールベアリング》でできているかのように軌道上で旋回し、ソフロニアから離れて一気に廊下を進んでいった。

男は戸口を離れてメイドの脇をすり抜け、ソフロニアに近づいてにらみつけた。「ここで何をしている？　生徒は立ち入り禁止だ」

「レディ・リネットに連れてこられました」

「は？　は？　レディ・リネットがどこに？」口ひげが不満そうに震えた。

「あの部屋です」

「は？」

「あそこの。房がたくさんついた」ソフロニアが指さすと同時に、ティートレイを持ったメカメイドが、まさにその部屋の扉にガンとぶつかった。

レディ・リネットが扉を開けてメイドと食べ物を招き入れ、金髪の巻き毛を揺らして廊下を見わたした。「ミス・テミニック、そんなところで何をしているの？　メイドの警報を鳴らしたのはあなた？　だから注意したでしょう。まあ、教授、お騒がせして申しわけありません」

「あ、いや、どうかお気になさらず。どうせ起きるところでした、は」

「新入生のミス・テミニックです。秘密候補生の」

「ほう？」

「ええ。すばらしいでしょう？　秘密候補生なんて何年ぶりかしら」

「六年です、正確には」

「まあ、さすがですわね、教授。ミス・テミニック、こちらは歴史や立ち居振る舞い、しきたり、礼儀、行儀、上流ファッションを教えてくださいます」

その言葉にソフロニアはようやく口ひげから目を離し、ペチュニアが〝すっごくおしゃれ〟と言いそうなしゃれ男であることに気づいた。シルクハットはもちろん、これからロンドンの一流劇場に出かけるかのような最新流行の夜会服を着こんでいる。ソフロニアは首をかしげた――どうして飛行船型校舎のなかであんな格好をしているの？　とはいえ努力は認めるべきだ。それともフィニシング・スクールの授業ではつねに夜の正装をしなければならないの？

ブレイスウォープ教授が続けた。「わたしの担当教科はそれ以外にも――」

レディ・リネットが鋭く首を横に振って言葉をさえぎった。

教授は言葉を呑みこみ、咳払いでごまかした。「なるほど、秘密候補生か、ならばゆっくり慣れるしかないな、は？　ナイオール大尉にはもう会ったかね？」

「はい」ソフロニアはうなずいた。

「ほかのことはこれから、だね？」

「ミス・テミニック、さあ、いらっしゃい！」レディ・リネットがうながした。

「お会いできて光栄です、教授」

「こちらこそ、ミス・テミニック。秘密候補生か、すばらしい。さあ、行きたまえ」そう言って教授はすべるように自室に消えた。

レディ・リネットは金縁扉についた金色と瑠璃色の取っ手に片手を置いてふと動きを止め、ソフロニアに奇妙な視線を向けた。なまめかしく意味ありげに見せるつもりだったようだが、ソフロニアには軽い消化不良を起こしているようにしか見えなかった。

「さあ、よく覚えておいて──ここでは洞察と分別が何より重要なの。あなたのことはじっくり観察させてもらいますよ。〝あなたを選んだのが間違いだった〟と思われたくはないでしょう？」ちょっとひどいんじゃない？──ソフロニアは思った。別にこっちから頼んで入れてもらったわけじゃないのに！

それでも、ここはしおらしいところを見せようとソフロニアはうなずき、レディ・リネットのあとについて金縁の扉をくぐり、足を踏み入れるとそこは……天国だった。

過剰な房飾りの奥は上等な下宿屋にあるようなひとつづきの部屋で、何より驚いたのは壁という壁に棚がずらりと並び、棚の上にありとあらゆる形と大きさのお菓子が並んでいたことだ──プチフール、キャンディー、トライフル、アイスケーキ、カスタード菓子、まさに思いつくかぎりのお菓子の山。ソフロニアは口をぽかんと開けた。

「きれいでしょう？」声が聞こえた。

「これって……これって本物？」

声の主が笑った。「いいえ、でも本物みたいでしょう？ わたくしのちょっとした趣味よ」年配の女性が近づいた。手入れのいい赤毛。人なつっこい茶色の目。大きな口。しかし、こうした特徴に最初に気づく者はまずいない。何より目を引くのは、そのオペラ歌手のような体型だ。過度の緊張を強いられているコルセット――ソフロニアにはそれ以外に上品な言いかたを思いつくことはできなかった。

女性がほほえんだ。「気に入った？」

それが締め上げたコルセットではなく、ずらりと並んだ造りもののお菓子を指しているとソフロニアが気づくまで、しばらく時間がかかった。

「とても……本物そっくりです」

「でも、見るだけより食べるほうがずっといいわね？ そうでしょうとも。一緒にお茶をいかが？ あなたのことをいろいろと聞かせてちょうだい。本校が外部者を受け入れるのはずいぶん久しぶりですもの」

「六年ぶりです」〝外部者〟とは秘密候補生の別の言いかたに違いない――ソフロニアはそう判断し、みずから補足した。

「まあ、そんなに長く？　でも、どうしてあなたがそんなことを？」

「ブレイスウォープ教授がそうおっしゃいました」

「教授に会ったの？　とてもすてきなかたでしょう？　文句なしにおじょおひんだわ。さて、レディ・リネット、この新入生はどう？　おじょおひんかしら？」

「将来性は大いにあると思います。すぐれた資質も持ち合わせているようですし」

「それにまぎれもない凛《りん》とした雰囲気も。気に入ったわ！　まあ、わたくしとしたことが礼儀を忘れるなんて。わたくしはマドモアゼル・ジェラルディン」

「本物の？」ソフロニアがおずおずとたずねた。

「もちろんよ、お嬢さん。なぜそんなことを？　まるで誰かがわたくしの名をかたっているみたいね！」

「いえ、でも――」そこでソフロニアはレディ・リネットが小さく首を横に振ったのに気づいた。ああ、そうだ、〝洞察と分別〟。ソフロニアはとっさに話題を変え、「お会いできて光栄です、学長どの。ソフロニア・アンジェリーナ・テミニックです」そう言ってお粗末なお辞儀をした。

学長が青ざめた。「あらまあ、そのお辞儀だけはなんとかしなければならないようね。わたくしが教えるのはダンスと化粧とドレスの選びかたよ。あなた、ダンスの経験は？」

これまで出会ったダンス教師は一人だけだ。彼はテミニック家の娘たち全員にダンスを教えるという約束で雇われたが、ほとんどの時間を長女とだけ過ごし、はやばやと解雇された。おかげでソフロニアはカドリーユ（四組の男女で踊るフランス舞踏）のレッスンという長ったらしい拷問をまぬがれた。

「残念ながらありません、学長どの」

「けっこう！　たいへんけっこうよ。わたくしは初心者を教えるのが好きなの。変な癖がついていませんからね。さあ、さあ、座って。お茶をいただきましょう」

ソフロニアは腰を下ろし、一瞬ためらったあと、目の前にずらりと並んだ小さなケーキとサンドイッチをほおばりはじめた。本物だ。しかもおいしい。いつもこんなお茶菓子にありつけるのなら、フィニシング・スクールも好きになれそうだ。

「どうやら」がつがつとむさぼるソフロニアを見て、学長がレディ・リネットに言った。「教えなければならないことがたくさんありそうね」

「そのようです」

ソフロニアはずっと気になっていた質問をするあいだだけ口を動かすのを中断してたずねた。「あれはなんの試作品なんですか？」

マドモアゼル・ジェラルディンは深い困惑の表情を浮かべた。「試作品？　リネット、この子はなんの話をしているの？」

レディ・リネットはソフロニアをじろりとにらみ、巻き毛をいじりながらごまかした。

「なんのことでしょう、ジェラルディン、わたくしにはさっぱり。なにしろいまどきの娘たちは——ちょっとした冗談が好きですから」

しまった。どうやらあたしは早々にレディ・リネットの〝洞察と分別〟の教えを破ったらしい。いったい学長にはどこまで隠すべきなの？

「そうね、リネット、最近の若い子たちは何をしているのか、まったくわからないときがあるわ。まるで暗号でしゃべっているみたいで。そうは思わないこと？」

「同感ですわ、ジェラルディン」

ソフロニアはしかたなく無邪気ににっこり笑い、さらにケーキをほおばった。

そのときノックの音がして扉が開き、みすぼらしい口ひげを生やした地味なブレイスウォープ教授が駆けこんできた。

「お話し中、申しわけないが、レディ・リネット、音楽に関する問題が生じた。いますぐ来ていただきたい」

レディ・リネットが立ち上がった。「あなたもいらっしゃい、ミス・テミニック」

ソフロニアは片手につかめるだけひとくちサンドイッチをつかんだ。「お茶をありがとうございました、学長どの。とてもためになりました」

「立派な挨拶だわ、お嬢さん。少なくとも言葉づかいには問題なさそうね。いいえ、お辞儀はもうけっこう。耐えられません——一晩に二度は」そう言って学長はお茶に戻った。

これで面談は終わりらしい。

レディ・リネットがソフロニアとブレイスウォープ教授を廊下に追い立てた。「いったい何ごとですの、教授？」

「エーテル長距離一眼センサーが何かを探知した。敵と思われる」

ソフロニアが口をはさんだ。「あのかたは知らないんですね？」

「誰が何を知らないですって？」レディ・リネットが振り向いた。

これぞまさに洞察と分別！「学長はここで実際に行なわれていることをご存じないんでしょう？」

「あら、それで何が行なわれていると思うの？」

「はっきりとはわかりません。でも、先生は意図的に学長に隠しています」

「いいえ、ミス・テミニック、あなたたちが意図的に隠しているのよ。あなたたち生徒が。これは訓練のひとつなの」

「あなたはあたしにも隠しています。あたしはそれを突きとめなきゃならないんですか？これは何かの試験？」

「レディ・リネット」ブレイスウォープ教授が話をさえぎった。「急がなければ」

「ああ、そうだったわ。行きましょう。キーキーデッキに」

「了解」

「あなたもついてきて、ミス・テミニック。あなたに房区画をうろつかせておくわけにはいきません。すでにメカメイドたちが動揺しているわ」

三人は次々に廊下を通り抜けた。先頭のブレイスウォープ教授は、あんなにしゃれた服を着ているのに、よほど運動神経がいいのかすたすたと歩いてゆく——スポーツマンに違いない。もしかしてクリケットの選手？　展望デッキに出ると、ブレイスウォープ教授が手すりに近づいて裏側を探った。隠しレバーのようなものがあるらしく、壁側に秘密の扉が開いて階段が現われた。三人は階段をのぼった。ガス照明器も窓もなく、真っ暗だ。階段の高さと幅が一定だからよかったものの、そうでなければ足を踏み外していただろう。

やがて最上階デッキ——三個ある巨大気球の真下——に出た。校舎の端から端まで広がる完全な円形で、ちょうど屋根の上にいるような感じだ。手すりから見下ろすと、いくつものデッキが巨大な半円状の階段のように突き出し、下に向かうにつれて霧のなかに消えていた。前方には、いまソフロニアがいるデッキと同じようなデッキがふたつ、巨大な気球の下にそれぞれ広がっている。校舎の後方には、後尾気球の下部に触れそうなほど高い位置にカラスの巣のようなものが据えられており、前方のすぐそばにも似たような巣があった。こちらの巣は、ちょうど浴槽の上にもうひとつの浴槽をひっくり返してかぶせたように蓋が閉まっている。巣を支えているのは数本の支柱と長い一本の梁《はり》だけで、よじのぼる手段はなさそうだ。

ソフロニアが巣を指さしてたずねた。「あれは？」

「操縦室よ」レディ・リネットがデッキの端に点々と据えてある望遠鏡をのぞきこみながら答えた。

ブレイスウォープ教授はデッキに立ち、細目で夜空をにらんでいる。口ひげが震えているのがそよ風のせいか、それとも動揺しているせいかはわからない。

「どうやって着陸するんですか？」と、ソフロニア。

「なんですって？」と、レディ・リネット。

「校舎です——校舎はどうやって着陸するんですか？」

「着陸はしないわ。完全に着地することはないの。たいていは空中でただよっています」と、レディ・リネット。

「じゃあ、どうして操縦士が必要なんですか？」

ブレイスウォープ教授が刺すような視線を向けた。「質問が多すぎるぞ、知りたがり屋のお嬢さん」

「だって、教授、おもしろそうなものばかりで」

空に視線を戻した教授がさっと指さした。「あそこだ！」

レディ・リネットがブレイスウォープ教授の指さすほうに望遠鏡を向けた。「ああ、たしかに。まあ大変。空強盗だわ」

「直接攻撃か？　まさかやつらがそんな手に出るとは思えんが、は？」

「それでもエンジン室には知らせておいたほうがいいわ。煤《すす》っ子たちを全員、起こして」

「了解」ブレイスウォープ教授は上等な服を着こんだ肩をそらすと、二人の女性に向かってシルクハットのつばに手を触れ、身をひるがえした。エンジン室というからには、てっきり階下に下りていくものとばかり思ったが、意外にも教授は操縦室に通じる梁をするすると、いとも簡単に完璧なバランスでのぼりはじめた──風が吹きつけ、あんな高い場所にあるのに。しかもクモのようにすばやい。ソフロニアは現実にこの目で見たのかどうかもわからないほどだった。

「頼めば、あたしもあののぼりかたを教えてもらえますか？」ソフロニアがレディ・リネットにたずねた。

「それは無理よ。教授があの技を習得するには、あなたが生きてきた年月よりはるかに長い時間をかけているのだから」

ソフロニアは勝ち気な表情を浮かべた。ブレイスウォープ教授はサーカス団にいたに違いない。だが早くも教授が戻ってきたので、それ以上議論する時間はなかった。教授は接近する六隻の飛行艇をじっとにらんでいる。

「警報を鳴らしたほうがよさそうね」と、レディ・リネット。

ブレイスウォープ教授はうなずき、手すりについた真鍮製の小箱にすばやく近づいた。ベストからカギを取り出して開き、手を入れて何かをひねったとたん、鐘が大きく鳴りはじめた——どうやらこれと連動する鐘が校舎じゅうにあるらしい。

「今後この鐘の音が聞こえたら、ミス・テミニック」レディ・リネットが言った。「デッキに出てはなりません。生徒は全員その場で動かず、決して首を突っこんではならないという意味よ」

ソフロニアは黙りこんだ。十四年間の人生において、その場で動かず、首を突っこまなかったことなど一度もない。だが、今回ばかりは新しい先生の命令にしたがうしかなかった。というのも、いきなりデッキにメカたちが現われたからだ。ソフロニアはぶつからないよう身をかわすのもやっとだった。

メカ軍団はいっせいに後輪で気をつけの姿勢を取り、ガチャリとデッキに固定すると、その場で変形しはじめた。〈バンソン校〉で見たメカポーターと同じように胸に開口部があるが、こちらのははるかに大きい。上半身全体がするすると後ろにスライドしたかと思うと、それぞれの開口部から小型機関砲とおぼしき筒状のものが現われた。次の瞬間、メカ軍団はそろってなめらかに回転し、小型砲を、あろうことかブレイスウォープ教授に向けた。なんてこと——ソフロニアは息をのんだ——全員にねらわれるなんて、教授はいったいどんな悪いことをしたの？

「メカ兵士？」ソフロニアは誰にともなくたずね、ふとブレイスウォープ教授が小さなクロスボウを持っているのに気づいた。矢がつがえてあるが、先端は床のデッキを向いている。

「待って、教授。ここは高度な知識と上流作法を教える教育機関よ。先に撃つわけにはいかないわ。それは無礼というものです。さあ、よく覚えておきなさい、ミス・テミニック――レディは決して先に撃ってはなりません。まず質問すること。撃つのはそれからよ」

「はい、レディ・リネット。覚えておきます」ソフロニアは視線をそらさず答えた。

いまや飛行艇団はゴンドラにいる人物を見分けられるほど近づいていた。全員が先刻の空強盗と同じようにゴーグルと乗馬服といういでたちだが、一人だけ身なりの違う人物がいた。左端の飛行艇の男。ゴンドラの後方に劇場の案内人よろしく立つ男はどう見ても紳士だ。顔立ちはわからないが、黒ずくめの服に、シルクハットをかぶり、シルクハットに巻いたリボンと同じ緑色のクラバットを巻いている。上等の身なりのわりに目立たない。

「どうして攻撃しないの、ブレイスウォープ教授？」ソフロニアの右側からフランスなまりの威圧的な声がした。近くのハッチから全身骨ばった、いかにも不機嫌そうなルフォー教授が現われた。

「攻撃する正当な理由がないわ」と、レディ・リネット。

「連中は犯罪者よ。空強盗よ。ほかにどんな理由が必要だと言うの？」

「落ち着いて、ベアトリス。まずは彼らの要求を知らなければ」

「彼らの要求なんて先刻承知です！　連中の目的は試作品よ！」

「モニクからありかをきき出した？」

「いいえ。貝のように口を閉ざしているわ、あの頑固娘。どうやら教育が行きとどきすぎたようね」

「それで？」

「それで、落第させて新入生の授業を受けさせるようにしました。新入生と一緒に最初から再履修させれば、少しは懲りて口がゆるむかもしれません」これを聞いてソフロニアは顔をしかめた。それって、あたしが受ける授業すべてにモニクがいるってことじゃない！

空強盗の一人が飛行艇の縁に何かを持ち上げた。

ブレイスウォープ教授は身をこわばらせ、クロスボウを飛行艇団に向けた。

「まだよ」レディ・リネットが制した。

シューという大きな音を立てて何かが発射された。白い塊が猛スピードで飛んできて、ブレイスウォープ教授の足もと近くにビシャッと落ちた。

とたんに教授は咳きこみ、顔の前で激しく手を振りながらあとずさった。立てつづけにくしゃみをし、目は涙でうるんでいる。

だが、二人の女性教師はまったく動じない。ルフォー教授が歩み寄り、正体を確かめるべく白い物質に顔を近づけた。

「つぶしニンニク」淡々とつぶやいた。

「まあ、なんて卑劣な!」と、レディ・リネット。

「大丈夫ですか、教授?」

ブレイスウォープ教授がくしゃみで答えた。

ルフォー教授がつぶしニンニクの塊を足で寄せ集め、ハンカチでおおった。

ブレイスウォープ教授がくしゃみの合間に、「さあ、もういいでしょう?」と言って小型クロスボウを構えた。そのあいだもメカ兵団は小型砲をブレイスウォープ教授に向けたままだ。少なくとも兵士たちは教授を最大の脅威と認識しているらしい。きっとあの口ひげのせいだとソフロニアはにらんだ。

「いいえ、まだよ。今のはこちらを攪乱するための威嚇攻撃にすぎないわ」

「は? あれが威嚇? ハックション! たしかに威嚇の効果はあったようだ」ブレイスウォープ教授は空いた手で目をこすった。

ソフロニアは一隻の飛行艇がモップの先につけた白い旗をかかげ、さらに近づいてくるのを呆然と見つめた。小型飛行艇は困ったようにあっちへふわふわ、こっちへふわふわただよっている。

「交渉する気?」ルフォー教授が疑わしそうに言った。

「やらせてみましょう。敵の言いぶんを聞くのも悪くないわ」

飛行艇がわずか二、三挺身ぶんの距離まで近づいたとき、空強盗はゴンドラの縁に投石機を据え、キーキーデッキめがけてまた別のものを投げこんだ。

それはガシャンという音を立ててデッキに落下し、厚板上をころころと転がって一体のメカ兵士の足もとにぶつかり、折りたたまれた状態から身体を伸ばして立ち上がった。こちらもメカだが、防衛メカ兵士よりはるかに小さく、人間のようにも見えなければ、もとよりそう見せる意図も感じられない。それには四本脚——きわめて短い四本脚——と小さな尖ったしっぽがついていた。下腹部からかすかに蒸気が噴き出し、革製の耳の下から煙が出ている。なんとなくドイツ人が愛してやまないダックスフントのようだ。

「メカアニマル！」レディ・リネットが叫んだ。「みんな、隠れて！」

ソフロニアは二人の女性教師を見ならって一体のメカ兵士の背後に隠れた。だがブレイスウォープ教授は命令にしたがわず、その場で両脚を踏ん張っている。くしゃみは治まり、クロスボウは飛行艇に向けられたままだ。

ダックスフントは自分が恐怖の原因であることなど露知らぬ表情で、機械じかけのしっぽを時計のような正確なリズムで前後に振りながらブレイスウォープ教授にいそいそと駆け寄った——チクタク、チクタク。

教授のそばに来たメカダックスフントは立ちどまってその場に座りこみ、お尻からガラス管を排出した。これにはさすがのソフロニアも顔を赤らめた。

じっと見ていたブレイスウォープ教授は身をかがめ、武器を構えたままガラス管を手に取って立ち上がった。何が起こるかわからないからクロスボウは手放せない——しかたなく歯でガラス管のコルク栓を引き抜いた。コルクが歯に突き刺さったが、本人は気づいていない。管のなかには伝言を印刷した小さな巻き紙が入っていた。

二人の女性教師はメカアニマルが攻撃してくることはなさそうだと判断し、メカ兵士の背後から出てきた。

「それで」レディ・リネットがたずねた。「なんと書いてあります？」

ブレイスウォープ教授が読みだしたが、コルクが突き刺さっているせいで発音が不明瞭だ。「こへによふと――」

「教授、牙に何か刺さっています」レディ・リネットがいかにも恥ずかしそうに小声でささやいた。

「はふ？　はふ？」

ルフォー教授が手を伸ばし、迷惑千万なコルクを引き抜いた。

再度ブレイスウォープ教授が読み上げた。「これによると、彼らは試作品をほしがっているようだ。〝三週間の猶予をあたえる。そのあいだに試作品を用意せよ。猶予期間が終了したら援軍を連れて戻ってくる〟」

「バカな！　いったい空強盗がどんな援軍を連れてくると言うの？」ルフォー教授が吐き捨てるように言った。

しかしレディ・リネットは真剣だ。「でも、報酬しだいでは……」

「背後にピクルマンがいるとでも、は？」ブレイスウォープ教授が白く細長い指で紙を巻いた。

「ほかに誰がいます？」と、ルフォー教授。「いいほうに考えれば、こうしてわれわれをおどすということは彼らの手もとにはないということです。つまり誰も持っていない。モニクがどこに隠したにせよ、誰も知らない場所であることは間違いなさそうね」

「あの子には教えすぎたようだ、は？」ブレイスウォープ教授は自嘲ぎみの含み笑いをもらした。

「気をつけて、壁に耳ありよ」レディ・リネットが、なおもメカ兵士の後ろに隠れているソフロニアに向かってあごをしゃくった。

どうしろというの？　ソフロニアはいぶかりながら兵士の陰から出た。だが、無視されたところをみると呼ばれたのではなさそうだ。試作品のことが気になったが、それについての話は何も出なかった。

ブレイスウォープ教授はまぢかにいる飛行艇の空強盗に向かって巻き紙を振り、反対の親指で帽子をひょいと上げた。

これを了解の合図と受け取ったらしく、小型飛行艇団は向きを変えてゆるゆると飛び去った。

「三週間……」レディ・リネットがつぶやいた。「どうします？」

は？」

「当面、本物はそのままにしておくしかない——あの子はかなりうまく隠したようだ、

「敵にはとりあえず代用品を渡しましょう」と、ルフォー教授。

「それはいい考えね。作れるの？」レディ・リネットが同僚に向きなおった。

「もちろん。手もとにひとつ前の型の設計図があるわ」

「すばらしい。上級生たちにも手伝わせよう。いい勉強になる、は？　そして〈バンソン校〉に持ちこんで組み立てればいい」ブレイスウォープ教授はうなずき、唇を引き結んでほほえむと、ガラス管と巻き紙をレディ・リネットに渡し、小型クロスボウから矢をはずした。同時に周囲のメカ兵士は小型砲を引っこめ、胸部開口部を閉じた。

ブレイスウォープ教授がふたたび真鍮の箱に近づいて蓋を開け、なかのレバーを切り替えると、歯車がぶーんとうなり、メカ兵士全員がゴロゴロと立ち去った。ブレイスウォープ教授はルフォー教授のそばに戻り、片腕を差し出した。「最初にためす材料は何がいいと思われる？」

「そうね、磁性鋼がいいんじゃないかしら。銅も使えるかもしれません。さっそく溶鉱炉を加熱しなければ」

「鋼鉄か、は？　すばらしいアイデアだ。実にすばらしい」

二人は並んで出口に向かった。長身のルフォー教授と並ぶと、付き添い役のブレイスウ

ォープ教授が小さく見えた。ソフロニアは二人の背中を呆然と見つめた。

「さて、とんだ騒ぎだったわね。ごめんなさい、ミス・テミニック。言っておくけど、いつもこんなに——その、大変ではないのよ。さあ、いらっしゃい、部屋へ案内するわ」レディ・リネットは一連のできごとを水に流すかのように軽く頭を振った。

ソフロニアは一瞬ためらい、みんなに忘れられてさみしそうにしていたダックスフント型メカアニマルを抱えあげると、エプロンドレスの大きなポケットに隠し、新しい先生のあとを追った。

この人が本当に音楽教師なら——ソフロニアはレディ・リネットのラベンダー色のたっぷりしたスカートを見ながら思った——あたしは吸血鬼女王だ。

しかしながら、翌日ついに授業が始まったときにソフロニアが目にしたのは、ピアノの前に座って音階を弾くレディ・リネットの姿だった。

第六課　フィニシングの本当の意味

「さあ、ミス・テミニック、この居間をほかの新入生と一緒に使うのよ」レディ・リネットは目の前の四人の少女を見ながら言った。「こちらはミス・テミニック。みなさん、よろしくね。学園のことをいろいろ教えてあげてちょうだい」それだけ言うと、もっとせっぱ詰まった用事にかかるべくそそくさと立ち去った。

ソフロニアは所在なく部屋の中央に立ちつくした。居並ぶ少女たちはほとんどが年下で、みな身なりがいい。ソフロニアは生まれて初めて自分の服の古くささを痛いほど意識した。口うるさい姉たちには慣れている。でも、目の前のエレガントな少女たちにどう思われるかは別問題だ。ソフロニアはエプロンドレスのポケットから小型ダックスフントを取り出した。

「荷物それだけ？　メカアニマル？」あざけるような声がした。単語を言い終わらないうちに切ってしまうような早口だ。

声の主は小柄で、きつく巻いた豊かな黒髪とハート型の顔に気むずかしそうな表情を浮かべた少女だった。しかも、くやしいことに顔立ちがいい。唯一の救いは、その子の鼻がどうみても低いことだけだ。その隣には見るからに健康そうな赤毛の少女が座っていた。ソフロニアのそばかすがかすんでしまうほどそばかすだらけで——これにはちょっとほっとした——恥ずかしそうにちらっとメカアニマルを見やると、すぐに自分の靴に視線を戻した。その隣がディミティで、最後の一人は骨ばった男っぽい身体にサイズの合わないドレスを着て、前かがみの姿勢で部屋の隅に立っていた。嚙みタバコを嚙みながら全員を冷ややかな目で見ている。

「まあ、ソフロニア！　そんなもの、いったいどこで手に入れたの？」ディミティがぴょんと立ち上がって駆け寄り、メカアニマルに歓声を上げた。ディミティはドレスを着替えていた。誰かに借りたのだろう。それでも派手なブローチはそのままで、青緑色のドレスが分厚いペチコートの上でふくらんでいる。

「さっきキーキーデッキに行ったときに偶然、見つけたの。名前はバンバースヌートよ」

「まあ、どうしてそんな名前に？」ディミティが不思議そうにメカドッグの頭を軽く二本の指で叩くと、バンバースヌートは革製の小さな耳をぱたぱたさせて煙を吐き出し、ディミティは驚いてあとずさった。

「悪くないでしょ？」ソフロニアは早口のきれいな少女を見やった。「それに、残念ながらあたしの持ち物は本当にこの子だけなの。ここに来るとき、荷物にちょっとした不都合があって」

「それについてはすべて話したわ」モニク・ド・パルースが寝室から現われた。この居間は学校にありがちな談話室ではなく、ちゃんとした応接間のようなしつらえだ。

ディミティが酸っぱいものを飲みこんだかのような表情を浮かべた。どうやらモニクはここでも嘘っぱちの脱出劇を言いふらしたらしい。

「そうね、たしかに聞いたわ、ミス・パルース」あざけり声の美少女が言った。「すごくわくわくした」

「部屋でメカアニマルを飼うのは禁止よ」モニクは金髪の頭をかしげ、うさんくさそうに目を細めた。髪を結い上げ、カツラも化粧もないモニクはとてもきれいだ——歯が目立ちすぎて、ちょっと尊大な馬みたいだけど。

ソフロニアが床に下ろすと、バンバースヌートは興味ぶかげに部屋じゅうをとことこ走りまわりはじめた。ソフロニアはモニクに歩み寄り、真横に立った。まぢかに寄られてモニクは落ち着きをなくした。「取り引きしない、モニク？あなたがバンバースヌートのことを先生たちに内緒にしてくれたら、あなたが歴史を書き換えたことを黙っててあげてもいいわ」

モニクは不満そうに目を細め、しぶしぶ答えた。「わかったわ」

なんだ、思ったより簡単じゃない。「それはどうもご親切に、モニク」ソフロニアは礼儀正しく言った。

「こうなったのも全部あなたのせいよ。あたしがここにいるのも、落第させられて新入生と暮らすはめになったのも！」と、モニク。まるで〝新入生〟がくさいものとでもいうような口ぶりだ。

「よく言うわね。あたしはあなたを助けただけよ。それとも、あのまま空強盗の前に置き去りにしたほうがよかった？　お望みなら今からでも遅くないわ」ソフロニアはくるりと背を向けてモニクのそばを離れた。

ほかの生徒たちはソフロニアの新しいペットに夢中だ。バンバースヌートは蒸気を噴き出してはしゃぎまわり、おどけたしぐさで家具や靴にぶつかった。そのあいだじゅうチクタクと正確なリズムでしっぽを振っている。

「ここで飼ってもいい？」早口の子が期待をこめてたずね、全員がモニクを見た。

「しかたないわね」モニクは一瞬ためらってから腰を下ろした。〝こんなちびっ子たちとつきあうのはうんざり〟と顔に書いてある。とはいえ年上の特権ですべての最終決断を下せることには満足しているようだ。でも——ソフロニアは思った——いつまでもあなたの天下が続くと思ったら大間違いよ。

ソフロニアがとまどいながらディミティを振り返った。「それで、この人たちは？」

ディミティは顔を赤らめた。「ああ、そうそう。そうだったわ。紹介ね。ちゃんと覚えてるかしら？　わたしも知り合ったばかりなのよ。モニクはもう知ってるわね、いちばん年上だから、最初に紹介するべきだわ。でも、優先順位からいけば次は誰？」

少女たちはしばし顔を見合わせ、いっせいに部屋の隅にいる長身の生徒を指さした。

小柄な黒髪の美少女がいかにも苦々しげに言った。「シドヒーグよ、信じられないけど。本物のレディなの。スコットランドの領主か何かですって」

自分の名前が出て、ようやく長身の生徒がかすかに興味を示した。近づきはしないが、顔だけは上げた。「え？」

「はじめまして」ソフロニアが声をかけた。

「レディ・ベーコン、こちらはソフロニア・アンジェリーカ・テンダンシー。ソフロニア、こちらはレディ・ベーコンよ」ディミティがやっとのことで言いおえた。

少女たち全員が声を上げて笑った。

シドヒーグと呼ばれた生徒がきついスコットランドなまりで言った。「あたしはシドヒーグ・マコン、正式にはレディ・キングエア。でも、シドヒーグでいい。みんなそう呼んでる」

「あたしはソフロニア・アンジェリーナ・テミニック」ソフロニアはさりげなくディミティの間違いを正した。

またしても全員が笑った。

「あら、ごめんなさい」ディミティは顔を赤らめた。

「ここは正式な手順を省いて自己紹介にしてはどう？」ソフロニアが提案した。これ以上ディミティに恥をかかせるのはしのびない。

「あら、それはどうかしら！　それって無礼じゃない？」黒髪の少女が期待の目でディミティを見た。「どうせなら最後までやってもらいたいわ」

レディ・シドヒーグ・マコンが背を伸ばしてソフロニアに近づいた。十三歳の少女とは思えないほど背が高い。髪を長い三つ編みにして背中に垂らし、男性的な顔立ちで、とてもきれいとは言えないが、黄褐色の目が魅力的だ。

シドヒーグはその目を冷たく光らせ、生意気な黒髪の子に向けた。「あの子はプレシア・バス。本人は人より賢いと思ってるけど、本当は人よりこすっからいだけだ。地位に関して言えば、悪いけどプレシア、あんたの両親は商売人じゃなかった？」

プレシアの顔が消化不良の魚のようになった。「パパの仕事は東インド会社の関係よ、おかげさまで。ただの商売人とはわけが違うわ」

次にシドヒーグは赤毛のほうを向いた。「アガサ・ウースモス、有名な鉄道王の娘」ずんぐりした少女は靴からさっと目を上げてうなずき、またしても自分の足もと観察に戻った。ソフロニアは思った――十三歳というのに、かわいそうにアガサはどこかの婚期を逃したおばさんみたい。これにメガネと、みっともなくも慈愛に満ちたかぎ編みの膝かけでもあれば完璧だ。

「たいそうにぎやかで魅力的な一団だこと」モニクが皮肉っぽく言った。「シドヒーグはドレスの裾が乱れるのもかまわず、男の子のように肩をすくめた。「まだ入学したばかりだ。長い目で見なよ」

プレシアが気取ったしぐさで親指を向けた。「シドヒーグは事実上、人狼に育てられたのよ。お行儀を見ればすぐわかるわ」

シドヒーグが笑い声を上げた。「事実上？　それがどうした？　それでもあたしはあんたより位《くらい》はずっと上だ」

「レディ・リネットが言ってたわ——〝世のなか見た目がすべてです。靴はその人の考えかたと同じくらい大事で、場合によってははるかに有効です〟って」プレシアが新聞を読み上げるように言った。

モニクがわざとらしく立ち上がった。「さて、とっても楽しかったわ。ちょっと失礼。荷ほどきがあるの」モニクは、これから新入生と暮らさなければならないと考えただけで不愉快と言わんばかりに唇をゆがめて居間を出ていった。

すぐさまプレシアはソフロニアに近寄るように手招きすると、背を丸めて身を乗り出し、声を低めた。「モニクはあなたたちを連れてくるときフィニッシュに失敗したんでしょ？　ルフォー教授に落第させられたんですって。その場面を見たの？」

「見たも何も！」その質問を待っていたとばかりにディミティが答えた。「わたしたちがその原因なんだもの！」

少女たちは恐怖に息をのんだ。「まさか！」

「あら、本当よ！　まあ、正確に言えばソフロニアが原因だけど。モニクが道のまんなかで失神したり泣いたりしているあいだ、機転をきかせて空強盗をやっつけたのはソフロニアよ」

プレシアがむっつり顔を輝かせた。「日ごろの訓練の成果も何もあったものじゃないわね。モニクの話とまったく違うわ」

「そうなの。でも、うまくやったのなら落第するはずないでしょ？」と、ディミティ。

ソフロニアはモニクの寝室の扉を注意ぶかく見やった。たしかにあたしはモニクに〝真実も話さないし、先生たちに泣きついたりもしない〟と約束した。でも、〝ディミティにも口止めさせる〟とは言わなかった。そして、おしゃべりディミティもさすがに試作品のことだけは誰にも話していなかったようだ。

シドヒーグはソフロニアがよろけて咳きこむほど強く背中を叩いた。「あんた、やるじゃねぇか！　誰かを敵にまわすならモニクほどふさわしい人間はいない。その点についちゃ文句なしだ。感謝するよ――おかげであたしら全員モニクと相部屋だ」

「それはあたしのせいじゃないわ！　決めたのはルフォー教授よ」と、ソフロニア。「ところでルフォー教授は何を教えてるの?」話題の変えかたとしては見え透いていたが、うまくいった。

ディミティが待ってましたとばかりに応じた。さすがはディミティ——ソフロニアがほかのことに忙しかったあいだ、役立つ情報をたっぷり集めたようだ。「担当は現代語ですって。でもプレシアの話ではそれだけじゃなさそうよ」

「そのようね」ソフロニアはプレシアの正面に座り、大きく目を見開いて精いっぱい無邪気な目で見つめた——天才の足もとに座り、心からあがめる信奉者のように。

シドヒーグはソフロニアを上から下へとながめまわした。「やるね。あんたが選ばれたわけがわかったよ」

プレシアはそばにあるポットから全員に紅茶を注ぎわけ、ビスケットを取りまわした。ディミティがバンバースヌートにひとかけあたえると、メカドッグは機械じかけの鼻をうごめかせて大きく口を開けた。穴がふたつ見えた。ひとつは貯蔵室に通じる穴で、もうひとつは小型ボイラーに通じる穴だ。ディミティは貯蔵穴のほうにビスケットを投げ入れた——きっと硬くなるだろうけれど。バンバースヌートは探索を続けた。

お茶を注ぎおえたプレシアが話しはじめた。「ルフォー教授の担当は現代兵器と最新工学よ。〈真鍮タコ同盟〉の名誉会員なの。女性は公式には入れないけど、〈同盟〉はルフォー教授の設計図を利用してるみたい」

バンバースヌートがアガサに近づき、口を大きく開けた。アガサは少し迷ったあと小物バッグから木の洗濯ばさみを取り出し、メカドッグの口に入れた。耳から煙が出たところを見ると、洗濯ばさみはボイラーのほうに入ったようだ。バンバースヌートは満足げにしっぽを振った。

「じゃあレディ・リネットは音楽と……？」ソフロニアが先をうながすと、プレシアがもったいぶって答えた。「もちろん情報収集学よ。詐欺の基本……スパイ基礎学……初歩的誘惑術。あなたは誘惑術の授業が待ちきれないのよね、アガサ？」

アガサは授業を想像して顔をこわばらせた。

「心配するなって」と、シドヒーグ。「それは三年生になってからだ」

ソフロニアはさらに探りを入れた。「マドモアゼル・ジェラルディン——あの先生も何か教えるの？」

「学長に会ったのなら、すでに授業を受けたってことよ。いちおうはダンスとドレス学だけど、それはカムフラージュ。だってほら、この学園の本当の姿を知らないのはマドモアゼル・ジェラルディンだけだから」

それとあたしね。とはいえソフロニアはふたつの可能性に絞りこんでいた——どちらもフィニシング・スクールの概念とはかけ離れているけれど。すなわち、スパイ養成もしくは暗殺者養成学校だ。どちらも女性に開かれた職業だなんて、今の今まで知らなかった。

配膳エレベーターに対する興味と観察好きの性格からして、あたしはスパイに向いてるかもしれない――偵察の対象が興味をそそる人物ならば。でも、暗殺者になれる自信はなかった。ソフロニアはかつてメカ執事のフローブリッチャーにネズミをひき殺させたことがあり、いまだに罪の意識に苦しんでいる。

「それで、シスター・マティルダは家政学？」

「まあ、それも担当の一部だけど」プレシアは初めて完璧な白い小さな歯を見せてほほえんだ。

「すでにプレシアお気に入りの授業なの」アガサが初めて小声で発言した。

「シスター・マッティの専門は、さまざまな場面における薬物療法と正しい毒薬の使いかたよ」プレシアが生き生きと目を輝かせた。

アガサが続けた。「プレシアは最初の旦那様を毒殺するのが待ちきれないの。メアリー・ブランディー（十八世紀英国の犯罪者。結婚に反対した父親をヒ素で殺害した）の熱心な崇拝者なのよ」

「あら、それほどでもないけど」

つまり、あたしたちは暗殺者になるための訓練を受けるってこと？　それともみんなしてあたしをからかってるの？　ソフロニアはプレシアとアガサの顔を交互に見た。アガサが冗談を言うとはとても思えない。

「だったらブレイスウォープ教授は？」

その名が出たとたんプレシアは口をつぐみ、またしても不機嫌な表情になった。変ね――ソフロニアは首をかしげた――あたしは先生のなかでブレイスウォープ教授にいちばん好感を持ったのに。

「歴史よ」アガサがスカートのひだを引っ張りながら答えた。少し声が震えている。「それから立ち居振る舞いと礼儀」

「で、実際は？」と、ソフロニア。

「もちろん吸血鬼に関する知識と護身法よ。ほかに何がある？」プレシアはいらだちをよそおったが、少しおびえているようだ。

ソフロニアはすばやく考えをめぐらした。あたしが廊下で騒ぎを起こしたとき、すっかり日が暮れていたのにブレイスウォープ教授は〝いま起きたところだ〟と言っていた。つぶしニンニクにくしゃみをした。そしてコルクが突き刺さったのは歯じゃなくて牙だった！　そうよ。ブレイスウォープ教授はあたしが生まれて初めて出会った吸血鬼だったんだわ。ソフロニアはその場でその事実に気づかなかった自分と、ブレイスウォープ教授が、その……あまり……吸血鬼らしくないことにがっかりした。

プレシアが立ち上がった。「ブレイスウォープ教授と言えば、みんな、そろそろ時間よ」

少女たちはがさごそあたりを探して教科書を集め、帽子をかぶった。ふたたびモニクが現われ、美しいしぐさで裾の長いバラ色のシルクドレスを引き寄せると、少女たちは次々にバッスルを揺らし、先頭をゆくモニクのあとにおとなしく続いて部屋を出た。

ソフロニアは偉そうな身ぶりでバンバースヌートを呼びつけた。バンバースヌートはソフロニアの靴にコツンとぶつかり、ご主人様を見上げた。「待て！」ソフロニアは厳しい口調で言い、「休眠」と命じた。するとメカドッグはうずくまり、かすかにぶーんという音を立てておとなしくなった。内蔵部品がすべて停止したようだ。あら、うまくいったわ！

ソフロニアは小走りでルームメイトを追いかけ、シドヒーグの後ろ——ディミティの隣に追いついた。

「授業よ、たぶん」ディミティがにっこり笑った。「どこに行くの？」

「こんな夜中に？」

「この学園はロンドン時間で動いてるみたい。ロンドン社交期のリズムに慣れておくためよ。そうシドヒーグが言ってたわ」

「あたし、シドヒーグが好きよ」ソフロニアは前を行く本人に聞こえようと聞こえまいとかまわず言った。「兄のフレディを思い出すの。フレディはほかの兄弟と違って決してあたしを強くつねらなかったわ」

ディミティが声を落とした。「でもシドヒーグはあまりレディ、い、い、らしくないわ」

「必ずしも欠点とは言えないわ。あたしがものすごく嫌いな人のなかには、ものすごくレディらしい人もいるし」

「悪かったわね！」ディミティが怒ったふりをした。ディミティは自分を立派なレディと思いたがっている。

「もちろんあなたは別よ。でも、モニクを見て。モニクといえば、あたしたち取り引きしたの。あたしがモニク版・空強盗脱出劇を訂正しなければ、モニクもバンバースヌートのことを先生たちに告げ口しないって」

ディミティは不満そうだ。「あら、でもソフロニア、モニクはひどい嘘つきよ！」

「あなたも黙ってて――とは言ってないわ。でも、あなたが言いふらさなかったら、モニクも態度をやわらげるかもしれない。あたしたちが言わなければ落第の理由をまわりに知られずにすむんだもの」

「つまり試作品のことも秘密にしておくってこと？」

ソフロニアは歩く速度をゆるめ、前の生徒たちと距離を置いた。「警報を聞いた？」

ディミティはうなずいた。

「また空強盗がやってきたの。こんどは飛行艇団を引き連れて、試作品をよこせって。三週間の猶予をあたえるから、それまでに探し出せって。そのあいだにブレイスウォープ教授とルフォー教授は偽物を作るって言ってた。モニクは頑として本物のありかを教える気はないみたい。でも、あたしには、先生たちがなんらかの理由であえてモニクに秘密にさせている気がするの」

「でも、それがわたしたちとなんの関係があるの？」

「あたしたちはそのせいで荷物を失ったのよ。それに、先生に試作品を渡せたら、あたしたちがモニクより優秀だって証明できるじゃない」

「でも、モニクがここに来る前に隠していたらどうするの？」

「そのときはこっそり抜け出す方法を考えて探しに行くしかないわ」

「抜け出す？　だってまだ着いたばかりよ！　夕食にもありついてないのに！」

そんなことを話しながら一行は校舎の廊下をぞろぞろと進んだ。うら若きレディたちはレディにふさわしいドレスを着ており、せいぜい横に二人しか並べない。スカートが幅を取るので、狭い廊下にそれ以上、並ぶのは無理だ。そのなかでシドヒーグだけは女家庭教師ふうの細長いドレスを着ている。ソフロニアはその実用主義に感心した。あたしのとっておきのよそゆき着は、今日のような一日を過ごすには不向きだ。生地が身体にこすれてひりひりする。ソフロニアはつくづく動きやすい服がほしくなった。

「〝ロンドン時間〟って、どういう意味？」

ディミティがにっこり笑った。「正午に朝食、午後三時ごろ朝の訪問をして、五時にお茶、八時に夕食をとって、夜どおし楽しんで、深夜の一時か二時ごろに就寝するの。すてきじゃない？　ああ、わたしもロンドンのレディになりたいわ。もしわたしが立派な政治家と結婚して堅気《かたぎ》になったら、パパとママはひどく怒るかしら？　そうしたら毎晩ディナーパーティを開くんだけど」

紳士階級の家庭とはいえ、田舎育ちのソフロニアはロンドン時間に仰天した。「正午に起きる、ですって？」まあ、なんて退廃的！


ソフロニアが何より驚いたのは、授業が心底おもしろかったことだ。いわゆるフィニシング・スクールやふつうのグラマー・スクールで教わるような内容とはまったく違う。テミニック家にもこれまで何人か平凡な女家庭教師がいた。そして彼女たちはテミニック家の子どもの多さ、もしくはどんなときも――授業のあいだも――居眠りをするという驚くべき能力に打ちのめされて去っていった。したがってソフロニアにとって学問とは教わるものではなく、みずからの興味と父親の書斎に忍びこむという行為によってつちかわれたものとなった。その結果、太古の歴史と神話、アフリカの動物相と狩猟術、クリケットのルールには恐ろしいほど詳しくなったが、それ以外のことはほとんど知らなかった。

「吸血鬼から身を守るときは」ブレイスウォープ教授はそう言って授業を始めた。「みっつのことが大切だ、は？　吸血鬼はきみたちよりはるかに動きが速く、力が強い。吸血鬼は不死者だ――ゆえに息の根をとめようとするより、じわじわと痛みをあたえるほうが効果的だ。正面攻撃の場合、吸血鬼はほぼ例外なく首をねらう。さらに吸血鬼は衣服、もしくは身だしなみが損なわれると簡単に理性を失う」

「それじゃあ四つです、教授」と、モニク。

「生意気を言うな、は」と、ブレイスウォープ教授。

「つまり」ソフロニアが声を上げた。「ベストをねらうのが効果的ってことですか？　その、紅茶をぶっかけるとか？　べたべたする手を上着の袖にこすりつけるとか？」

「そのとおり！　実に鋭い、ミス・テミニック。吸血鬼にとってしみほどおぞましいものはない。われわれにとって体内に血をためこんでおくことが、なぜこれほど重要だと思う？　吸血鬼の人生につきものの悲劇のひとつは、生き延びるために、あのどうしようもなくべたつく液体から永遠に逃れられないことだ」

ソフロニアは首をかしげた。ブレイスウォープ教授はここで誰の血を吸っているのだろう？　きっとドローンなみに忠実な人物に違いない。ソフロニアは急に不安になって自分の首をさすり、心からショールがほしいと思った。

ブレイスウォープ教授は流れるようなすばやい動きで部屋を行ったり来たりしながら授業を進めた。生徒たちがいる部屋は、教室とは名ばかりで、まったく教室らしくなかった。模造暖炉と小型ピアノと真鍮製の連結式雌牛像を半円状に囲むように綾織りの長椅子が並び、床には毛先の長いフラシ天の絨毯が敷いてある。脇テーブルには生徒たちの本が置かれ、部屋の隅には、お茶が必要なときのために一体のメカメイドが辛抱づよく待っていた。どう見ても応接間だ。

「吸血鬼のもうひとつの弱点は、言うまでもなく移動距離がかぎられることだ。群に属する吸血鬼は女王のそばを離れられず、女王は屋敷を離れられない。はぐれ吸血鬼もひとつの場所につなぎとめられている点では同じだが、われわれの移動範囲は群の吸血鬼より広い。もちろんスウォームのときはこのかぎりではない。いくつか顕著な例外がある――たとえば女王の親衛官はふつうの吸血鬼より移動範囲が広い」

モニクがさりげなくたずねた。「それはなぜ?」

「親衛官は女王の身を守る責任者だ。ゆえに、つねにスウォーム状態にあるせいではないかと、吸血鬼界の科学者は考えている」

ソフロニアにはちんぷんかんぷんだ。ブレイスウォープ教授がまくしたてる用語はほとんど聞いたことがないし、吸血鬼については、深夜の客間で交わされる世間話より詳しいことは何も知らない。だったらブレイスウォープ教授の移動範囲はどれくらいなの? でも、それはたぶん失礼な質問だ。ソフロニアが〝親衛官〟の意味をたずねようとしたとき、爆発の震動が教室を揺るがした。

校舎全体が片方にかしぎ、やがてもとに戻った。その奇妙な感覚にソフロニアははっとした。その瞬間まで宙に浮かんでいることをすっかり忘れていた。

数人の生徒が悲鳴を上げた。

ブレイスウォープ教授が、たったいま説明したばかりのすばやさで部屋から駆けだした。ソフロニアは〝その場を動くな〟と言われる前に立ち上がって教授のあとを追った。

廊下は大混乱で、女生徒たちであふれていた。ほぼ全員が煤《すす》のようなものをかぶっているが、それを除けばみなきれいな身なりで、不安というより興奮の面持ちで何やらしゃべっている。ソフロニアはざっと二十五、六人と見積もった。全校生徒の半分くらい？　まだ把握してはいないが、〈マドモアゼル・ジェラルディン・フィニシング・アカデミー〉は一般的なフィニシング・スクールより人数が少なそうだ。

生徒たちより頭ひとつ背の高いルフォー教授が混乱の収拾に当たっていた。

「さあ、あなたたち、ほら、落ち着いて！　これが危機的状況に際して取るべき行動ですか？　いったいレディ・リネットから繰り返し何を習ってきたの？」

生徒たちは口をつぐみ、期待に満ちた目を向けた。なかの一人か二人がハンカチを取り出し、ドレスと顔についた煤をぬぐいはじめた。

「今のは反語ではありませんよ、みなさん！」ぴしゃりと言い放った当のルフォー教授は誰よりもはるかに煤だらけで、誰よりもその状況に無頓着だった。目もとの皮膚が引っ張られるほど髪を小さなお団子にひっつめているせいで、馬車の窓から頭を突き出したグレイハウンドのようだ。

「〝危機にあっては平静を保て〟」集団のなかから誰かが答えた。

「それから?」ルフォー教授がいらだたしげに両手を振りまわした。

「〝服の損傷度を見きわめよ。レディは決して公《おおやけ》の場でみっともない格好をしてはならない――意図的に同情を買う場合でないかぎり〟」

「けっこう。それから?」

「〝危機の本質を確かめよ。それを自分の利益もしくは情報収集のチャンスに転換できるかどうかを判断せよ〟」別の声が答えた。

こうしたやりとりが行なわれているあいだ、ソフロニアはからずも周囲で律儀に繰り返されている教えにしたがうかのように人混みをすり抜け、ルフォー教授の教室の開け放たれた扉に近づいた。ブレイスウォープ教授が戸口に立ってなかをのぞきこんでいた。ハンカチを取り出し、なおも教室に充満する煙を追い払うべく顔の前で振りまわしたが、効果はなかった。

ソフロニアは教授の隣ににじり寄ってなかを見た。ふつうの教室だ。座りごこちの悪そうな椅子と、おもしろそうな装置や実験道具が載った机が向き合って並び、壁には複雑そうな機械の設計図が鋲《びょう》で留めてある。室内は廊下と同じく混沌としていた。もとは実験室か工作室だったようだが、いまやすべてのものがひっくり返り、煙が立ちこめ、どこもかしこも煤がたっぷり降り積もっていた。

「ルフォー教授と上級生は代替試作品の製作に失敗したようですね」ソフロニアがぼそりと言った。

「は？」ブレイスウォープ教授は思案顔で牙の隙間から息を吸い、茶色い目でソフロニアを見た。「どうやらそのようだ。ちょっと待て、は！　きみはどこから来たんだね？」

「あなたのクラスです、教授。ほら、さっきまであそこにいました」

ブレイスウォープ教授はソフロニアの野次馬根性をとがめもせずにじっと見つめた。

「さて、ミス・テミニック。きみがさっき、爆発の前に知りたかったことはなんだね？」

ごまかす理由はない。教授が本当にあたしの考えを知りたいのなら、失礼かどうかは関係ないはずだ。「あなたの移動範囲です、教授。あなたははぐれ吸血鬼で――どうみてもこの学校は吸血群じゃないし――どうして吸血鬼のあなたが飛行船のなかに住んで、宙に浮かんでいられるんだろうって。そこで気づきました――あなたはこの校舎じたいにつなぎとめられているっていうか、そんな感じなんじゃないかって」

「まあ、そんな感じだな、たしかに」

「そしてこうも思いました――あなたはあたしたちに吸血鬼に対する護身術を教えたけど、もしあなたが校舎から落ちたらどうなるんだろうって。そうなったら、あなたを校舎につなぎとめるひもはどうなるんですか？　ぱちっと切れるとか？　そうなったら死んじゃうんですか？」

ブレイスウォープ教授は目を細めてソフロニアを見下ろし、質問を質問でかわした。

「さっきの爆発だが、きみは何が原因だと思う?」

「ルフォー教授は鋼鉄をためすべきではなかったと思います」

「これは驚いた、そこまで話を聞いていたとは」

「あなたなら試作品の場所を教えるよう、モニクを説得できるんじゃありませんか?」

ブレイスウォープ教授は黙りこんだ。

モニクといえど、ただの生徒だ。どうして先生たちはモニクを拷問にかけたりしないのだろう? 結局のところ、ここはそんなタイプの学校じゃないの?

そこへルフォー教授が急ぎ足でやってきた。「ああ、ブレイスウォープ教授。お騒がせしてごめんなさい。その、例の件でちょっと手違いがあって。鋼鉄を使ったのが間違いでした。どうやら銅のほうがよさそうです」

ブレイスウォープ教授がソフロニアを見下ろした。ソフロニアはブレイスウォープ教授に意味ありげな視線を返し、級友たちの待つ教室に戻った。

級友たちは戸口に群がっていたが、教室を離れてまでソフロニアのあとを追った生徒は一人もいなかった。

「何があったの?」ディミティが息もつかずにたずねた。

「誰かが隣の教室で黒くて粉っぽいものを爆発させたみたい」

「ルフォー教授と四年生よ」と、モニク。たとえ爆発に居合わせようと、隣の教室にいたかったと言いたげだ。

ソフロニアは長椅子に腰を下ろし、何食わぬ顔で膝の上で手を組んだ。

ディミティがどすんと隣に座り、ささやいた。「もしかして……？」

「そう」

「何があんなふうに爆発するの？」

「いろんなものよ、たぶん」

「たまにピルがそばにいればと思うことがあるわ。あの子は偶然の爆発に詳しいの。ああ、でもやっぱり弟なんていないほうがいいわ」

「黒い粉を少し失敬してきたの」ソフロニアは手袋の指先をディミティに見せた。さっき、わざとルフォー教授の教室の壁にこすりつけてきた。

「分析のためにピルに送ってみる？というか、落としてみると言ったほうが正確かもしれないけど」

「飛行船で郵便物をやりとりできるの？」ソフロニアは首をかしげた。「誰も学校の正確な住所を知らないのに、どうやって配達するの？」

「ママがわたしの好きな乳化ビスケットを送るって言ってたから、できるはずよ。ピルオーバーにも同じようなことを言ってたわ。おそらく〈バンソン校〉を経由して受け取れるんじゃないかしら」

「まあ、ソフロニア、あなたの手袋、真っ黒！　ちょっと見せて」プレシアは爆発より、ソフロニアの白手袋の黒いしみのほうにショックを受けたようだ。

「汚れた手袋なんてマナー違反よ」と、モニク。「少なくとも〈マドモアゼル・ジェラルディン校〉では！」

ソフロニアはすばやく片手を膝に置き、汚れた指先をスカートのひだに突っこんだ。

「ああ、手袋のことはご心配なく、ありがとう」

「さあ、きみたち、そろそろ授業に戻ろう」ブレイスウォープ教授が部屋に戻ってきた。

「まずは木の杭、帽子ピン、ヘアスティックの最善にしてもっとも致命的な使いかたについて説明しよう。そのあと時間があればクラバットの色と結びかたで男性を正しく判断する方法に進む。いいかね、きみたち、このふたつはきみたちが思っている以上に深くかかわり合っているのだ」

ソフロニアは背筋を伸ばし、講義に耳を傾けた。

第七課　煤《すす》っ子たちのいるところ

初日の夜はそれ以降、比較的おだやかに過ぎた。生徒たちは教師が替わるごとに、その教師の趣味に合った教室に移動し、そのたびにソフロニアは誰かの家を訪問しているような——知識人が集うサロンに足を運んでいるような気分になった。兄や姉から聞かされてきた学校の授業とは大違いだ。

小さなデッキの上にあるシスター・マティルダ・ハーシェル＝ティープの教室は半分が鉢植えの並んだ温室、半分が領主館にありそうな厨房で、授業内容は乳化法、スミレの砂糖漬けを作るときの卵白の塗りかた、つけまつげと肌の手入れのしかた、正しい毒物の使いかたなどだ。シスター・マティルダは生徒たちにありがたくも難解な教えをのたまった。

「さあ、よく覚えておきなさい。明日の百より今日の五十——ふたつの卵より白身と黄身に分けたひとつの卵のほうが価値があるのよ」

レディ・リネットの教室は音楽室と寝室とふしだらな館《やかた》をごっちゃにしたような部屋だった。内装は赤が基調で、くしゃっとつぶれたような顔の太った長毛の猫が三匹寝そべり、つけられるところには全部つけたとでもいうように房飾りだらけで、きわめていかがわしい芸術作品が飾ってある。生徒たちはビロード地の寝椅子にきちんと並んで座り、炉棚の上からはレースの縁なし帽をかぶったカモのはく製がいかめしい顔で見下ろしていた。

授業の終盤、レディ・リネットが〈場面と下着の種類に応じた正しい失神法〉を教えていたとき、ソフロニアは大あくびをした。なにしろ今日は旅と興奮に満ちた長い一日だった。しかも授業まっさいちゅうの今は、ふだんの就寝時間をとっくに過ぎている。

「レディは人前であくびをしないものよ」ソフロニアのマナー違反にレディ・リネットが気づくよう、モニクがわざと声に出して言った。

「そのうちロンドン時間にも慣れるわ、田舎育ちのお嬢さん」と、プレシア。

「そういうあなたはロンドン出身なの？」ソフロニアはプレシアも地方出身だとにらんでいる。

「わたしの両親は進歩的な生活時間を守っているの」痛いところを突かれたらしく、プレシアは答えをごまかした。

「ミス・テミニック、ミス・バス、ミス・パルース、話は終わりましたか？ミス・バス、他人の無作法に意見を述べるのは、それを行なうのと同じくらいはしたないことよ。もちろん、ミス・パルースの言うことはいつも正しいわ、ミス・テミニック。さあ、ミス・パルース、あなたはなんでもよくわかっているでしょうから、〈混み合う舞踏室で特定の男性の注意を引く失神のしかた〉を実演してみせてくれる？　もちろん、ドレスにしわを寄せずに」

ソフロニアはモニクに対する教師たちの不可解な態度に驚いた。モニクの落第は罰だと言ったくせに、ときおりモニクのほうが教師たちを牛耳ってるんじゃないかと思えるときがある。これはモニクが誰にも知られず試作品を隠しおおせたことと関係しているに違いない。だから落第生にもかかわらずこんなふうに指名されて、お手本になるときがあるんだわ。

モニクが立ち上がり、言われたとおりに実演した。

モニクの失神にレディ・リネットが厳しい目を向けた。

「両手を額《ひたい》に載せている点に注目して。古典的手法だけど、客が多いときはちょっとおげさすぎます。注目を集めすぎるわ。こんなときは片手だけを胸に押しつけるのよ。ねらった男性の視線を大きく開いた胸もとに引きつけるという効果もあるわ。若いあなたたちにまださほど魅力はないけれど、じきに備わることを祈りましょう。いいえ、そんなに強く押さえないのよ、ミス・パルース、襟もとが乱れてしまうわ。ええ、そう、そんな感じ。それから息を切らして、小さなため息をつく。少しだけ白目を剝いて。少しだけよ！　やりすぎると死にかけのヒツジみたいになるわ。まつげをぱちぱちさせて。ぱちぱち！　もっとしっかり。たいへんけっこう。それから軽く後ろに倒れかかって。この場合はつねに後ろです、みなさん、決して前によろけてはなりません。そして、まんいち目当ての男性が期待どおりの反応を示さなかった場合に備え、壁か暖炉に寄りかかるふりをして立ちなおれるように身体の軸を保っておくこと。よくできました、ミス・パルース。とても本物らしかったわ」

ソフロニアはまたしてもあくびをした。

「ソフロニア」ディミティがささやいた。「今夜わたしたちは何を着て寝ればいいの？」

「さあね。ペチコートじゃない？」ソフロニアが知るかぎり、二人の荷物は何キロも離れた道路に散乱しているはずだ。

だが、やがてそうではなかったことが判明した。レディ・リネットの授業が終わったあと――〝みなさん、まつげぱちぱちを練習しておくのよ。夜寝る前に、ぱちぱち百回を六セットね〟――ソフロニアはほかの生徒たちとともに校舎の後部で夕食を取った。別名〝お楽しみ風船〟と呼ばれる後方気球はほかの気球とほとんど変わらない。違うのは、大きくて広々していて、部屋が少ないことだけだ。食事が終わり――生徒たちのテーブルマナーは教師陣によって厳しく監視され、ソフロニアは魚用ナイフの使いかたを間違えて二度も指の関節を軽く叩かれた――部屋に戻ると、ソフロニアのくたびれた旅行かばんとディミティのトランクが居間にきちんと積み上げられていた。

寝室は二人部屋で、プレシアがモニクに〝いちばんまし〟と選ばれる栄誉に浴した。さいわいアガサがシドヒーグとの相部屋を快諾したので、ソフロニアはディミティと同じ部屋になることができた。

「なんだかモニクは先生たちを牛耳ってるような気がしない？」二人きりになるのを待ちかまえてソフロニアが言った。生徒たちが戻ってきたとたんバンバースヌートは目を覚まし、おとなしく主人のあとについて寝室に入ると、ソフロニアが荷ほどきをするそばをうろうろしはじめた。

「どうやって？」ディミティはトランクからこそこそと下着を引っ張り出し、すばやく引き出しに詰めこんだ。

ソフロニアはディミティをちらっと見た。

「家の力かしら？　でもパルース家の噂を聞いたことはないから、それほど有力でもなければ邪悪でもないと思うけど」下着をしまいおえたディミティは、次に見られても平気な衣類――ドレス、エプロンドレス、ペチコート、スリッパ、ブーツ――を詰めはじめた。

かばんを開けたとたん、ソフロニアは人生で初めて自分の衣服にほんの少し恥ずかしさを覚えた。テミニック家は近所の良家の人々から〝そこそこの資産家〟と思われている。それでもソフロニアは四人姉妹の末っ子だ。衣装代は三人の姉に優先され、四人目のドレスにまでは手がまわらない。ソフロニアは早くも家に送る〝お願い状〟の文面を頭のなかで考えていた。

「モニクが実は試作品を隠してなくて、誰かに渡していたとしたらどうする?」と、ソフロニア。

ディミティはそっけなく応じた。「あれこれ推測してもしかたないわ。とにかくもっといろいろ調べてみなきゃ」

荷ほどきを終えた二人は寝る準備をし——なんとディミティの寝間着は鮮やかな黄色だ!——静かにベッドに入った。

バンバースヌートが不満そうにヒューと小さな音を立ててベッドの隣に座ったので、ソフロニアは抱え上げて足もとに置いた。はっきり言って抱きごこちは悪いし、寝返りを打った拍子に向こうずねをすりむくのは目に見えている。でもバンバースヌートは満足そうで、何より内蔵の小型蒸気エンジンのおかげで足温器がわりにはもってこいだ。ソフロニアはつらつらと考えた——バンバースヌートに石炭と水が必要だとして、どこで石炭を手に入れたらいいの? でも飛行船なら必ずボイラー室があるはず……。目を閉じたソフロニアが最後に聞いたのは、バンバースヌートの機械じかけのしっぽがチクタクと前後に揺れる音だった。

ほかの生徒たちが眠るなか、一人だけ朝早く目覚めたソフロニアは校内探検に出かけることにした。廊下はメカたちがゴロゴロ動きまわり、見つかったら警報を鳴らされてしまう。そこで巨大飛行船の外側を移動することにした。これなら軌道にぶつかる心配もない。ソフロニアは手持ちのなかでペチコートがいちばん薄く、トップスカートがいちばん短い、もっとも地味なドレスに着替え、ゴム巻きブーツをはいた。

外のデッキに出るには廊下を通らなければならない。ソフロニアは廊下の中央を走る軌道を踏まないよう、壁に張りつくようにして足早に駆け抜けた。さいわいメカには一体も会わなかった。こうして人間にもメカにも見られることなく下層デッキのひとつに忍び出ると、手すりを越え、外側から手すりにしがみついた。息を切らし、手すりにしがみつくさまはレディにはほど遠い。

早朝ゆえ下界の荒れ地には霧が立ちこめていたが、雲はない。ソフロニアは下を見てしばし考え、二度と下を見ないと決めた。

ソフロニアは湾曲する手すりの外縁にそってそろそろと進んだ。外デッキはちょうど花びらのように、飛行船の外壁から円を描くように突き出しては壁に戻り、また次のデッキが円形に広がるというパターンを繰り返していた。問題は、ひとつのデッキと次のデッキのあいだの小さな隙間をどう越えるかだ。しかしこの問題は、奈落の上で軽く身体をひねりながら勢いよく飛び移るという方法ですぐさま解決した。

途中、個人宅のバルコニーのように狭くて軌道のないデッキを見つけると、手すりを乗り越えて丸窓からなかをのぞきこんだ。秘密保持の見地からも、メカスパイがいないバルコニーがどこか、メカ兵士がおらず、外部攻撃に脆弱なバルコニーがどこかを知っておくことは重要だ。何よりソフロニアは詮索好きでもあった。

飛行船の周囲をひとデッキずつ進むうちに、いつのまにか生徒居住区から教室区に来ていた。デッキの様子が変わり、そのいくつかは見たこともない不思議な材質でできている。なかには手すりのないデッキもあった。そうやってシスター・マティルダの温室デッキを過ぎ、長い房飾りとしゃれた籐家具をあしらったデッキを過ぎた。レディ・リネットの教室のデッキに違いない。変ね――ソフロニアは首をかしげた――教室で授業を受けたときはデッキに通じる扉があるのに気づかなかった。

レディ・リネットの教室は中央気球の端にあり、隣の気球に触れそうな場所――立ち入り禁止区域のなか――に別のバルコニーが見えた。教室とバルコニーは小さな連絡通路でつながっている。

装飾過多――ということはレディ・リネットの私室に違いない。上層デッキや下層デッキへの行きかたはわからないが、レディ・リネットの私室のデッキとおぼしき彫刻をほどこした手すりからは、一本の縄ばしごが下に向かって誘うようにぶらさがっていた。

ソフロニアはためらった。軌道はなさそうだ。レディ・リネットが早起きとも思えない。これは賭けだ。来た早々、騒ぎを起こしたくはない。でも、縄ばしごがぶらさがっている。

ソフロニアは立ち入り禁止区域に向きを変えると、身体を揺らしながら手すりの外側を伝い、はしごを下りはじめた。

はしごはすぐ下の階の内側でいったん釘どめされていた。ここで降りようかとも思った。でも、飛行船の最下部には機関室があるはずだ。その証拠に下のほうから蒸気が出ている。蒸気が出ているということはボイラーがあるということで、ボイラーがあるということは石炭もあるに違いない。そしてバンバースヌートはお腹をすかせている。ソフロニアははしごを下りつづけた。最下部にデッキはなく、小さな舷窓があるだけだ。ソフロニアは窓に顔を押しつけた。ガラスがひどく汚れていて、なかは見えない。汚れは外からではなく、なかからついたもののようだ。

はしごは壁のハッチの前で終わっていた。一瞬ためらったあと、ソフロニアは取っ手をまわしてなかに入った。やっぱり、ボイラー室だ！

学園のボイラー室は騒々しくて、熱くて、代替試作品が爆発したあとのルフォー教授の教室のように煤だらけだった。

ソフロニアの侵入にもほとんど反応はなかった。ハッチを開けた瞬間、暗くてむっとする空間に光と新鮮な空気が入りこんだのだから気づかれたはずだが、周囲は〝制御された混沌《こんとん》〟とも言うべき動きが続くばかりで、闖入者《ちんにゅうしゃ》に振り向く者は誰もいない。

ボイラー室には火夫か機関士とおぼしき数人の大男と、煤で顔を真っ黒にした二、三十人ほどの薄汚れた少年が石炭を抱えて走りまわり、積み上げた箱や石炭の山、上階に続くはしごをせわしなくのぼったり下りたりしていた。ソフロニアとすれちがいざまに帽子をひょいと持ち上げる者はいても、立ちどまってまともに挨拶する者は一人もいない。

ソフロニアはその場に立ちつくし、てんやわんやの様子と巨大なボイラーを見ながら首をかしげた。どうしてここにはメカが一台もいないのだろう？ 仕事が複雑すぎるから？ それとも任務が重大すぎて機械にはまかせられないとか？ 仕事は見るからに過酷そうだが、それでもときおり部屋の片隅――少年の一団が巨大ボイラーに石炭をシャベルで次々に放りこんでいるあたり――から大きな笑い声が起こっている。

ソフロニアは身をかがめて石炭のかけらを拾い、エプロンドレスのポケットに入れながら、おそるおそる一団のほうに歩きだした。

「何を動かしてるの？」ソフロニアは少年たちに近づくなりたずねた。

「プロペラさ」誰かが答え、驚きの声を上げた。「うわっ！ 上の子《アップトップ》が〈南部〉で何してんの？」

「ちょっと興味があって」と、ソフロニア。「午後まで授業がないから探検しに来たの」

「ってことは、本物の生徒？」

「決まってるじゃんか、服を見りゃわかるだろ？」

「でも、この子のドレスはあんまりきれえじゃねぇぞ」

「あら、おほめの言葉をどうも」ソフロニアは怒ったふりをした。

「それに、生徒は〈南部〉に来ちゃいけないんだろ」

「まず自己紹介させて。あたしはソフロニア。あなたたちは？」ここなら自己紹介も失礼にはならないだろう。どう見てもみな肉体労働者だし、言葉づかいからして育ちも荒っぽそうだ。

「おれたちゃ船の煤っ子だ」

「ウオーッ、のけ、のけ！」背後から声がした。少年たちは興奮したウズラの一群のようにちりぢりに飛びのき、ソフロニアもあわててあとを追った。見ると、一人の煤っ子が石炭を山ほど積んだ一輪車のような装置にまたがり、猛然と向かってきている。一輪車はガラガラと音を立てながらボイラーの大きな焚き口めがけて一直線に突き進んでいる。装置にまたがった少年が得意げにヒューと叫ぶと、仲間たちがウオーッとはやしたてた。

ソフロニアは息をのんだ。あのまま行けば燃えさかるボイラーに激突して、少年は石炭もろとも焚き口のなかに放りこまれてしまう。その瞬間、少年は装置から身をおどらせて宙返りし、一輪車だけが突進して前につんのめったかと思うと、なかの石炭をすべて吐き出してから勢いよくもとに戻った。

「すげえ！　大成功！」少年がぴょんと立ち上がった。

仲間たちが少年のまわりに駆け寄った。少年はまわりより一人だけ背が高い。

「でも、あれをいっぱいにするには二倍、時間がかかるんだぜ。結局、一時間に働く量は増えるだけだ」

「そうだな」と、のっぽの少年。「でも、すげえ発明だろ？」

「どうしてあんなに勢いよくもとに戻るの？」ソフロニアはいつもここにいるかのような顔で輪に加わった。

少年が振り向いた。ほかの子より背が高いだけでなく、煤まみれの度合いもダントツだ。黒い顔のなかで目だけが白くきらきら光っている。ソフロニアの質問に、少年は同じように白く光る歯をちらっと見せた。「あれは弾性ゴムを使わないバネ反動構造さ。ビエーヴが一週間かけて造ったんだ。ちょっと待て……。煤っ子に女の子なんていたか？」

「この子はアップトップ」

「探検に来て」

「おれたちを見つけた」

「つまり、たいした探検家じゃないってことだ？」のっぽは自分のジョークにはっはっと笑った。

「まあ、ひどい！」ソフロニアはちょっと怒ってみせた。

「そう怒るなって。おれたち煤っ子はあんまし上品じゃねぇから」

「でもすごい装置ね。あなたの宙返りもすごかったけど。あたしはソフロニア」ついでに、まつげぱちぱちの練習をしてみた。

だが、のっぽの少年は、まつげぱちぱちには無反応だ。「どうも、こんちは。おれはフィニアス・B・クロウ」

ソフロニアはお辞儀をした。下手だと言われなかったのは〈良家の子女のためのマドモアゼル・ジェラルディン・フィニシング・アカデミー〉に着いて以来、初めてだ。

「でも、みんなはソープって呼ぶ」少年は言った。「おれほど石けん《ソープ》が必要なやつはいねぇから」

ソフロニアはまたしてもまつげをぱちぱちさせた。

「煤でも目に入ったか？」

どうやらあたしはまだコツをつかんでないらしい。「違うの、練習してるだけ」

「なんの？」

「気にしないで」

「そのちっちゃいブーツに巻いてんのは、ひょっとしてゴム？」ソープがうらやましそうにたずねた。

「そう。配膳エレベーターから失敬したの。でもあげるわけにはいかないわ。必要なの」

「アップトップがなんでゴムつきブーツなんか？」

「壁を伝うためよ、もちろん」

「そうやってここまで来たの？　壁を伝う女の子なんて今まで聞いたことねぇや」

このほめ言葉にソフロニアはうれしくなって肩をすくめた。ソープって笑顔がすてき。背後からどなり声がして、一人の大男——現場監督に違いない——が大股で近づいてきた。

「うわ、やべえ」と、ソープ。「修理工だ。ずらかれ！」

少年たちがちりぢりに駆けだした。ソープはソフロニアの手をつかみ、石炭の山の後ろに隠れてしゃがんだ。

「じきに見つかっちまうけど」

「ここで一日じゅう働いてるの？ シャベルで石炭をすくって？」

「それほど悪くもないさ。ここに来る前はサザンプトンの波止場で働いてた」ソープがにっと笑った。「でも、いまだに魚は食えない」

「あなたに会えてよかったわ、ミスター・ソープ。ひょんなことからメカアニマルを飼うことになって。ここにはちょくちょく来ることになるかも」

「石炭ってこと？」

「そう。かわいそうなバンバースヌート、きっといまごろお腹をすかせているわ」

「メカアニマルは禁止じゃなかったっけ」

「だからひょんなことからって言ったでしょ？」

ソープがやかましいボイラー室のなかでも誰もが振り返りそうな大声で笑った。「あんた、女の子にしては上等だ、ミス・ソフロニア。それにかわいいし」

ソフロニアは鼻を鳴らした。「まだ知り合ったばかりよ、ミスター・ソープ。お世辞を言うのは早すぎるわ」

「ホッホー」とどろくような声がした。「ここにいるのは誰だ？」

ソープがあわてて立ち上がり、背筋をぴんと伸ばした。ソフロニアもならって立ち上がった。

「一休みしてただけです、サー」

「ソープ、おまえが休んでただけなんてことが今まであるか？　そこにいるのは誰だ？」

ソフロニアは一歩、前に出た。「はじめまして。ソフロニア・アンジェリーナ・テミニックです」

「アップトップが？　こんなところに？　第六下級機関補佐に見られる前にさっさと消えちまいな。あんたがいたことは黙っといてやっから」

「ありがとうございます」ソフロニアは深々とお辞儀した。

ソープがハッチまでソフロニアを案内した。「今のは気のいい修理工で、スモールズのおやじ」

「友だちになれてうれしかったわ、ミスター・ソープ」

ソープが目を輝かせた。「ああ、おれもだ。またな」

「うん、またね」ソフロニアはハッチをくぐった。

ハッチを閉じる前にソープが真っ黒い顔を突き出した。「ああ、それから、エプロンドレスは替えたほうがいい。〈南部〉に行ったことを知られたくなけりゃ」

ソフロニアは前を見下ろした。ぱりっとした白いエプロンドレスが煤だらけだ。「そのようね」

朝のまぶしい光のなかで新しい友人の顔を見たとたん、ソフロニアは別のことに気づいた。ソープはたんに煤で汚れているだけじゃない。もともとの肌が黒いんだ。変わった色の肌をした人のことはソフロニアも知っている。でも、父さんの本のさし絵を見ただけで、実際に見るのは初めてだ。でもソープはふつうの男の子とちっとも変わらない！

失礼と思いながらもソフロニアは思わず口にした。「まあ、あなたってもともと煤色なのね！」

「そうさ。暗黒の地アフリカから来た怪物だぞぅ。ウー、ウー」ソープはゴーストをまねて頭をくねくねと動かした。

アフリカのことは本で読んだことがある。ソフロニアの得意分野だ。「まあ、アフリカ出身なの？」

「いいや。南ロンドンのトゥーティング・ベック」そう言うとソープは薄暗くてむっとするボイラー室の喧噪のなかに戻っていった。

ソフロニアはバルコニーからデッキを伝い、足早に廊下を駆け抜け、無事、部屋に帰りついた。部屋に戻っても目を覚ましたのはバンバースヌートだけだ。ソフロニアが石炭のかけらと皿に入れた水を目の前に置くと、大喜びで石炭をかじり、音を立てて水を飲みあげ、感謝の印に蒸気をぷっぷっと吐き出した。ソフロニアはエプロンドレスを替え、顔と手の汚れをチェックした。メイドが洗面用の水を運びこんでいたが、メカメイドだからソフロニアのベッドが空っぽなことには気づかなかったようだ。ボイラー室の煤を落とすには、かなりごしごしこすらなければならなかった。

ソフロニアが小さな手鏡でまつげぱちぱちを半時間ほど練習してから、ようやくディミティが目を覚ました。

「あたしが何をしてきたか、聞いたらきっと驚くわよ！」と、ソフロニア。ディミティは眠そうに目をこすり、伸びをしている。

「ええ、たぶんね。お願いだから、まず目を覚まさせてくれない？」

「もちろんよ」そこでソフロニアははたと考えこんだ。洗面器の汚れた水はどこに捨てればいいの？　うちにいるときは何も考えずに窓から捨てればよかった。でもこの部屋に窓はない。ソフロニアは部屋を出てトイレで水を捨て、空《から》になった洗面器をディミティに渡した。

ディミティは水差しからきれいな水を注いで言った。「それで、何をしてきたの？」

「煤と炎の国に行ってきたの」

「ソフロニアったら勘弁してちょうだい。朝いちばんになぞなぞを出すなんて、あなたとの友情を考えなおさなきゃならないわ」

「もうすぐお昼よ。あたしはもうずうっと起きてるんだから」

「その習慣をやめないと後悔するわよ」そこでようやく頭が働きだしたらしく、ディミティは洗面器から顔を上げ、ぽかんと口を開けた。「ソフロニア！　あなた、ボイラー室に行ったの？」

「そう！」ソフロニアは涼しい顔で両肘をついて寝そべった。

「あそこは出入り禁止よ！」

「そのようね」

「でも、あそこはあらゆる機関部品が剥き出しなのよ。女の子でも機械のしくみをじかに見ることができてしまうのよ。無作法だわ」

「男の子がたくさんいたわ」

この言葉にディミティはしばらく考えこんだ。「ええ、でもふさわしくない階級の男の子でしょ？　わたしならやめておくわ。評判に傷がつくもの。そもそも学内にふさわしい男性がいるとは思えないわ」

「ブレイスウォープ教授を数に入れなければね」

「あの人は論外よ。でも、ナイオール大尉は、言っておくけど数のうちよ」

部屋の扉を叩く音がしてシドヒーグが顔をのぞかせた。「あと十分で朝食だ」シドヒーグは前日とほとんど変わらなかった。やぼったいドレスを着て、髪を太い三つ編みにまとめ、柱にだらしなくもたれている。

いったいシドヒーグの〈姿勢〉の評価は何点かしら？

「少なくともここ数日は来ねぇよ」レディ・キングエアことシドヒーグが言った。

「誰が来ないですって？」

「ナイオール大尉」

「何に来ないの？」

「授業に決まってるだろ。地上支援のためだけに雇われてるとでも思ったのか？」それだけ言うとシドヒーグは立ち去った。

ソフロニアとディミティは驚いて目を見交わした。

「いったい女生徒が人狼から何を学ぶの？」ソフロニアは首をかしげた。

「どんなときも帽子をかぶっておく方法とか？」ディミティが答えた。

「そろそろポストのありかを探さなきゃ」朝食後、ソフロニアが断言した。

「あら、どうして？」ディミティは困惑顔だ。

「あたしの汚れた手袋、覚えてる？」ソフロニアは小物バッグから黒ずんだ手袋を引っ張り出した。

「ああ、そうだ、分析のためにわたしの厄介な弟に送るんだったわね。言っとくけど、期待しないで。ひどく忘れっぽいから、弟は。まさに〝幼きうっかり学者〟よ」

ソフロニアは一瞬ためらったあと、思いきって上級生の一人に近づいた。「すみません、郵便をあつかう場所を教えていただけませんか？」

上級生はソフロニアを見くだすように見た。「郵便をあつかうのは管理主任よ」

「それで管理主任はどちらに？」

「管理主任は管理人室に決まってるじゃない」上級生はそれだけ言うと立ち去った。

自分たちで探せってことね。「ディミティ、管理人室ってどこだと思う？」

ディミティは首をかしげた。「そうね、船の場合だと中央上部デッキのどこかよね、ほら、乗客を迎えるのも仕事だから」

「でもあたしたちは下から乗船したわ」

「そういえばそうね」

ソフロニアは眉を寄せた。管理主任というからには人間の使用人だけでなく、すべてのメカの手配と保守も管理しているはずだ。「おそらく中央部よ」

「軌道を追ってみる?」ディミティが床を指さした。一本の軌道が食堂の入口で枝分かれし、それらを通ってメカメイドやメカ召使がテーブルで給仕をしている。

どこの家でも使用人部屋ほど探検しがいのある場所はない。使用人の身のまわり品はもちろん、廃棄された機械や壊れた軌道などであふれているからだ。授業に遅れないよう、ソフロニアとディミティは足早に軌道をたどって中央廊下を進み、軌道が分かれたら、いかにも使用人部屋がありそうな奥まったほうを選んだ。

「ちょっと、見て」ディミティが指さした。

前方の狭い廊下の角に、メイドが着そうもない──それを言うならメカメイドも着そうにない──花柄スカートの裾がちらっと見えた。二人には見覚えがあった。ついさっき朝食の席で賞賛の的になったスカートだ。

「モニクよ」ソフロニアがささやいた。「きっとモニクも伝言を送ろうとしてるんだわ」

ディミティがわけ知り顔でうなずいた。「仲間に試作品のありかを教えるため?」

「もしくは、受け渡しが遅れることを伝えるためかも。あたしがモニクなら、じかに手渡せる時期がくるまで待つわ。いまは多くの人間が試作品をほしがってる。どんな伝言も──たとえ暗号であれ──途中で阻止されるおそれがあるわ」

二人は速度をゆるめ、充分な距離を保ってモニクのあとを追った。

次の廊下の角からこっそりのぞくと、モニクが大きな白い扉の部屋に入り、バタンと扉を閉めるのが見えた。ソフロニアとディミティは目を見交わし、扉に駆け寄った。扉には**管理人室、通信受付、メカ故障修理、冷やかし無用**と書いてある。

ソフロニアは扉を少し開け、ディミティと顔をくっつけるようにして隙間に耳を押しつけた。

「でも、その前にどうしても〈バンソン校〉の近くまで行きたいの！」モニクが泣きついている声が聞こえた。

「少なくともこれから三週間は無理です」

「ママに手紙を送らなきゃならないの。とっても重要なの。こんどの社交シーズンにはめる手袋の注文なのよ！」

「わかっています、しかし校舎が移動しはじめた以上、どうすることもできません」

「ナイオール大尉に頼めば……？」

「大尉はあなたの専属伝言係ではありません」

モニクはさらに甘えた口調で言った。「だったら、あなたにこれをあずけるから、できるだけ早く送ってくれない？」

「保証はできません、ミス」

ソフロニアはディミティを廊下のほうに押しやった。もうすぐ会話が終わりそうだ。二人が廊下の角を曲がったちょうどそのとき扉が開く音がした。こっそりのぞくと、モニクが足早に、まったくレディらしからぬ大股で今きた廊下を戻ってゆくのが見えた。片手に手紙を握りしめているところを見ると、あてにならない管理主任に託すのはやめたようだ。

「管理主任は伝言のことを先生の誰かに報告するに違いないわ」と、ディミティ。

「誰かに個人的に雇われているのかも」と、ソフロニア。

「買収されてるってこと？　まあ、なんて浅ましい」

「でも買収は役に立つわ」

「これでもやっぱり手袋を送る？」

ソフロニアはその危険性と影響を考えた。「いまはやめておいたほうがよさそうね。また挑戦してみるわ。さあ、授業に遅れるわよ」

第八課　人狼の教授法

怒濤の初日のあとは学園生活も順調に進み、ソフロニアは〈マドモアゼル・ジェラルディン校〉のフィニシング・スクールらしからぬ性質にも慣れてきた。授業の大半は授業らしくなく、教師の大半は教師らしくなく、その生活は正しい教育機関のものというよりロンドンの伊達男の生活のようだった。

少女たちの朝は――正確には正午すぎだが――マドモアゼル・ジェラルディンの強い意向により、胃にもたれない軽い食事から始まった。「朝食は」マドモアゼル・ジェラルディンは胸を上下させて言った。「決してぜいたくであってはなりません」そういうわけで、朝食のメニューは紅茶、パンと甘いバター、ポリッジ、ハムとゆでマッシュルーム、ウサギ肉のパイ、ゆで卵の挽肉包み天火焼き《フーカデン》、エビマヨネーズ、味つきビーフにかぎられた。

「さあ、みなさん」学長は毎日、上座テーブルから呼びかけた。「質素なメニューであることはわかっています。しかし、朝食は胃にやさしく、栄養があり、消化のよいものでなければなりません。スタイルに気をつける《ウオッチ》のですよ。**スタイルに！**」

ソフロニアは何をすればいいのかよくわからず、ときどき自分の胸を見つめ《ウォッチ》ながら、家で食べるのと同じようなもの——糖蜜がけのポリッジ少々——を食べた。食事は全校生徒一緒だが、テーブルは年齢や友人関係によって分かれている。食堂は四、五十人ほどの生徒と教師たちが入れる広さがあった。もちろん、飛行船の乗務員や職員はその前に食事をすませ、煤《すす》っ子と肉体労働者たちは下層デッキで食べる。

朝食が終わると全生徒が立ち上がり、宗教的厳粛さで学園のモットー——ウト・アケルブス・テルミヌス——を三回、唱えた。

「どういう意味？」ソフロニアがたずねると、「〝とことんまで〟という意味よ、何も知らないのね」モニクが答えた。

朝食後、生徒たちは修得度に応じてクラスに分かれ、それぞれの一時間めに向かった。新入生は週に三日、上級生とともに数学と家政学の授業を受ける。生徒たちは黒板上の計算より、実用的な問題のほうからより多くを学んだ。いわゆる試験はないが、知らぬまにソフロニアはシスター・マティルダの出す問題に純粋に引きこまれていた。代数も、〝ディナー招待客の半数を毒殺するにはマトンチョップをどう配分したらよいか〟とか〝家庭薬より高価で強力な解毒剤を購入する相対的価値を求めよ〟のような問題で考えたほうがはるかにおもしろい。ソフロニアは例題の内容にぎょっとしつつも、この背筋の凍るような計算に夢中になった。

一週間のうち残り二日の一時間めはレディ・リネットが教える体育だ。ソフロニアが驚いたことに、これにはよじのぼりとランニングとちょっとした宙返り――しかもペチコートをはいたまま――が含まれていた。さらにバトルドア・アンド・シャトルコック（バドミントンの前身とされる競技）、テニス、クロケット、スリッパまわし（数人が輪になってスリッパをまわし、音楽が止まったところで持っていた人が負けになるゲーム）にウインクゲームまであった。男兄弟にもまれて育ったソフロニアにとっては、まさに腕の見せどころだ。あたしが兄弟の存在に感謝するときがくるなんて、いったい誰が思っただろう？ その結果ソフロニアは、モニクがいまいましげに指摘したように、スポーツ万能少女の異名をとった。

「うわ、ソフロニア、あなたって本当に田舎娘ね」と、モニク。

「ええ、そうよ、だって田舎育ちだもの」少なくともあたしは馬みたいな歯じゃないわ、あなたみたいな！

「次はキーキーデッキから〝タリホー！〟って叫ぶんじゃない？」

「あら、とんでもない。それはあなたに犬をけしかけるときだけよ、親愛なるモニク」ソフロニアがいたずらっぽくにやりと笑うと、モニクが憎々しげに見返した。

そのときレディ・リネットが絨毯の端から宙返りを決めて目の前にすたっと降り立ち、ソフロニアとモニクはさっと口を閉じて注目した。レディ・リネットは宙返りを教えることに決まり悪さを感じているようだ。「いいですか、みなさん、これをやるのはいよいよどうにもならない状況になったときだけです。そしていかなるときも決して髪を乱してはなりません。多くの場合、こうした荒技は――当人のやる気のあるなしにかかわらず――共犯者に押しつけること。買収とおどしのやりかたはのちほど説明します。何より望ましいのは、最初から荒技をせずにすむ状況を作ることです。しかしレディたるもの、つねに備えを怠ってはなりません。備えと言えば、ハンカチを見せてちょうだい！」

少女たちはみな、その瞬間まで顔をしかめ――ソフロニアだけは嬉々として――やろうとしていた宙返りの構えを中断し、ハンカチを探してドレスのあちこちをごそごそしはじめた。

「昨日なんと言いました？　レディはつねにハンカチを身につけておかなければなりません。ハンカチの効用は無限です。通信手段になるのはもちろん、落として人の気をそらしたり、香水や有毒ガスをしみこませて混乱を引き起こしたり、紳士の額《ひたい》をぬぐったり、傷の包帯がわりにしたり、もちろん、きれいな状態であれば自分の目や鼻を押さえることもできます。いいこと？　軽く押さえるだけよ！　決してかんではなりません。おもしろくてこんなことを言っているのではありませんよ。さあ、わたくしが検査するあいだ、本を頭に載せて」

生徒はそれぞれポケットからハンカチを出してかかげ、同時にバランスと姿勢を保つ練習として頭に教科書を載せた。

レディ・リネットは金髪の巻き毛を揺らしながら生徒たちのあいだを歩きまわり、ハンカチをしげしげと検分した。

「たいへんけっこうよ、モニク。いつもながら完璧です。次回は、シドヒーグ、もう少し小さいハンカチにしてちょうだい。レディにふさわしいのは刺繡入りのモスリン地よ――いったいそれは何？　ツイードの切れ端？　まったくこの子ったら！　ディミティ、バランスに気をつけて、しかも赤？　ああ、赤はダメよ。まだあなたには早いわ、お嬢さん。赤いハンカチは上級レベルになってから。プレシア、なぜ色落ちしているの？　また毒薬の実験をしたのね？　次は上等でないハンカチをお使いなさい。アガサ！」

かわいそうにアガサは待っているあいだにバランスを崩し、頭に載せた教科書をどさどさと床に落とした。その拍子にソフロニアに倒れかかり、二人は背中から倒れこんだ。

ソフロニアはくすくす笑った。

アガサは恐怖と屈辱で顔を引きつらせている。

レディ・リネットが舌打ちした。「ほらほら。みなさん！」

こうして授業はモニクが賞賛の大半を集めながら進んだ。優秀なことを理由に、一人だけ授業を先に抜けることもあって、それがソフロニアにはしゃくだった。

週に一度、朝食後にマドモアゼル・ジェラルディンをだます授業が行なわれた。教える当人は〝相手をよく知るための時間〟と思いこんでいるが、生徒たちは〝相手に何も明かさず会話する訓練の時間〟であることを知っていた。

午後はお茶と社交術の時間だ。お茶のあと、生徒たちが食堂でさまざまな室内ゲームを練習したりトランプをしたりするあいだ、教師はゲームに加わったり、あたりを歩きまわったりして批評を加えた。すぐにソフロニアは、シドヒーグが抜群にトランプがうまくてアガサがとことん下手なこと、プレシアがあらゆるシェリー酒の種類と紳士の要求に応えるには何を常備しておくべきかを暗記していること、モニクがホイストのパートナーとしては最悪であることを知った。

そのあとは教師の誰かから社交術の歴史を学ぶことになっていたが、実際は図書室で本を読むことが多かった。

それから夕食をはさんで、レディ・リネットのいつ終わるともしれないダンス、デッサン、ドレス、現代語の授業が続き、さらにシスター・マティルダ——すぐに誰もがシスター・マッティと呼ぶようになった——の授業、そして日がとっぷりと暮れたあとは〈死の美学〉、〈陽動作戦術〉、〈最新武器学〉といったブレイスウォープ教授の授業が待っていた。

十時きっかりに夜食が出て、それからささやかな自由時間となるが、宿題とその日の授業で出された暗記項目の量しだいでは〝自由時間〟など幻想にすぎないことをソフロニアは早々に知った。さらに二、三の授業があって、深夜の二時にようやく消灯となる。

授業の連続で頭も身体もくたくたなのに、ソフロニアは楽しくてしかたなかった。お気に入りは〈スパイ〉と〈だまし〉の授業だ。その種類の多さと言ったら！　でも、〈殺人に対する分析的アプローチ〉にはまだ及び腰だ。思ったよりはるかに魅力的なフィニシング・スクールであることは間違いないが、どうして自分がここにいるのか、ソフロニアにはいまもって謎だった。ひょっとして世のフィニシング・スクールはすべてこんな感じなの？　なにしろプレシアは毒殺を日常茶飯事のように話している。いや、そんなはずはない。たしかにあたしは立派なレディになるための教育を充分に受けてきたとはいえないけれど、そこまでバカじゃない。もしすべてのフィニシング・スクールがこんなふうに反社会的だったら、姉さんたちがあれほど賞賛するはずがない。

そんな授業が二週間続いたあと、ソフロニアは勇気を振りしぼり、この尋常ならざる教育についてレディ・リネットにたずねることにした。レディ・リネットが一人でいるところをつかまえるため、ソフロニアはシスター・マティルダのバターミルクに関する授業のあと――バターミルクにはレースを白くし、胃壁をおおうという利点がある――辛抱づよく待った。レディ・リネットは上級生に何やら意味深な〈フランスふう手紙の書きかた〉を伝授しおえたところで、年長の生徒たちでさえ顔を赤くし、忍び笑いをもらしながら教室から出てきた。

「レディ・リネット、ちょっとよろしいでしょうか？」

「あら、ミス・テミニック。もちろんよ。何かしら？」

「そのものずばりの質問をするのは無礼なことですか？」

「まあ、たしかにこれまでの授業内容には反するわね。あなたたちにはまだ工作的外交術を取り入れた会話操作を教えていませんから。でも、今回だけはそのものずばりの質問を受けつけましょう」

ソフロニアは深く息を吸った。「はっきり言って、あたしはここで何を学ぶんですか？」

レディ・リネットは指先に金髪の巻き毛をくるくると巻きつけた。「情報収集と目的物回収よ、もちろん。でも、大半はフィニッシュのしかたを学んでもらうわ」

「具体的にはなんの？」

「あら、それはフィニシングが必要なものや人に決まっているでしょう、マイ・ディア」

ソフロニアは足をもじもじと動かした。それを見たレディ・リネットが眉間にしわを寄せたのに気づき、ソフロニアは動きを止めた。「ええ、はい、でも、その、ほかの子と違って縁故もないあたしを選んでくださったことは光栄ですけど……」

「続けて」

「あたしにできるとは思えません」

「何を？」

「冷酷に誰かを殺すことです」

レディ・リネットは鮮やかな青い目もとに笑いじわを寄せた。「ああ、そのこと。でもためしてもいないのにどうしてできないとわかるの？」

「それはそうですけど」

「それに、面と向かってやる必要はないわ。世のなかには毒薬という便利なものがあるの。それに、わが校の卒業生の大半は誰にも危害を加えていないのよ。それは、あなたがここを卒業してからどんな状況にいるかによるわ。結婚する女性が結婚しない女性と違う道を歩むように」

「では、レディ・リネット、どうやってあたしを探しあてたのですか？」

「ああ、それはミス・テミニック、あなたの訓練の一部よ。自力でその答えを突きとめられたら、あなたはかなりのレベルに達したってことになるわ」そう言ってレディ・リネットは目をそらした。

試作品のこともたずねたかったが、そろそろ切り上げたほうがよさそうだ。ソフロニアはお辞儀をした。「ありがとうございました、マイ・レディ」

レディ・リネットが顔をしかめた。「ミス・テミニック、お願いだから、ブレイスウォープ教授に頼んで補習授業をしてもらってちょうだい。そのお辞儀については本気でなんとかしなければならないわ」

「でも、まつげぱちぱち上級コースの練習もあるし、一定の予算内でどうすればストリキニーネと仔羊肉の晩餐の両方を準備できるかという数学の問題を解いて、宮廷マナーについて書かれた本の三章を読んで、ハンカチをのりづけして、カドリーユのステップも覚えなきゃならないんです！」

「礼儀とスパイ術を学ぶのが簡単だと言った人は誰もいないわ、マイ・ディア」

三週目最終日の夜食後は、それぞれの授業に分かれるのではなく、全校生徒が下層デッキに集合した。期待と興奮が渦巻くなか、巨大飛行船は殺風景な荒れ地の緑に向かってゆっくり高度を下げはじめ、やがてヒースに触れそうなほどまで下降した。校舎は着陸しないんじゃなかった？ 顔には出さなかったが、ソフロニアは気が気ではなかった。最下層にはボイラー室があるのに、どうやって着陸するの？

生徒たちは丸いガラスのプラットフォームが待つ倉庫室にぞろぞろと向かったが、プラットフォームは稼働していなかった。ブレイスウォープ教授がいささか不本意そうに吸血鬼の力を使って巨大なプラットフォームを横に押しのけると、大きな穴の開いた飛行船の基底部が現われた。

生徒たちは丸い穴の縁に脚をぶらぶらさせて座り、上級生から順に下の草地に飛び降りた。大半は優雅に軽く膝を曲げ――深くお辞儀をするように――着地したが、なかにはレディ・リネットがかつて〝舞台で鳴らしたころの名残よ〟といって実演したように、前方回転してぴょんと立ち上がる者もいた。

ソフロニア、モニク、シドヒーグは難なく飛び降りたが、それ以外の新入生は難なくにはほど遠く、アガサとディミティは誰かに背中を押してもらわねばならなかった。

ソフロニアはモニクの動きに目を光らせた。もしかしてまだ試作品を持っていて、そのへんの低木や岩の背後に隠すつもりかもしれない。なんといっても地上に降りるのは数週間ぶりだ。だがモニクは相変わらずの模範生ぶりで、優雅な上級生の一団に囲まれ、マドモアゼル・ジェラルディンの授業で要求されるごまかし以上の怪しげな様子はまったくなかった。

下ではナイオール大尉が待っていた。生徒たちは興奮し、くすくす笑いながら大尉のまわりに集まった。生徒はざっと四十人くらいだ。

大尉が両手を上げ、にこやかにほほえんだ。

その気取りのない、きらめくような笑顔にあちこちからため息がもれた。大尉は今日も頭にシルクハットをくくりつけ、荒れ地の風にはためく大きな革の外套をはおっていた。前と同じように裸足で、外套のボタンを全部とめてはいるが、どう見てもその下には襟もなければクラバットもなさそうだ。

ソフロニアが思うに、誰もがため息がもらし、変に色めきたっているのは、外套の下が裸であることを知っているからだろう。

「さあ、さあ、レディーズ、落ち着いて。新入生のきみたちに簡単に説明しておく。わたしの授業は不定期で、全学年の生徒が一緒に受ける。今日の課題はナイーフだ！」ナイオール大尉は最後の言葉に仰々しく抑揚をつけた。

つぶやきとどよめきが生徒たちのあいだに波のように広がった。

大尉が小石を積み上げた小山に近づき、その上に置いてあった細長い革ケースを広げると、なかから形と材質の異なる数本のナイフが現われ、生徒たちは申し合わせたように、恐怖に息をのんだ。

ナイオール大尉は片手に三本のナイフをつかみ、扇子のように広げて生徒たちを振り返った。「ナイフは嫌いか？」そう言ってナイフの刃であおぐまねをしながら、長いまつげをぱちぱちさせた。

ソフロニアは思った――ちょっとおかしいんじゃないかしら？

「でも、ナイフは男性が使うものじゃないのですか？」ディミティがたずねた。

「おお、まさに授業を始めるにふさわしい質問だ。いや、実はそうではない。上流階級の女性にとってナイフほど便利なものはない。たしかに剣を使うのは男性だけだ――女性が身につけたら、すぐにスカートに引っかかってしまう。しかしナイフはきみたちのようなレディにぴったりだ。昨今のファッションには、おしゃれな女性がナイフを忍ばせる場所がいくつもある。これから数ヵ月、ドレスの飾りを乱さずナイフを隠し、引き出す方法を学んでゆこう。さらに刃の大きさや用途、材料について理解を深め、銀製と木製の違いや、吸血鬼と人狼のねらうべき場所の違いを議論する。接近戦、破壊攻撃、もちろん投げかたも学ぶ。質問は?」

シドヒーグがさっと手を上げた。

「はい、レディ・キングエア?」ナイオール大尉は平然とたずねたが、ソフロニアは目をみはった。〈女の武器〉にも〈秘密の伝言〉にも〈殺人〉にも無関心だったシドヒーグが授業と名のつくものに興味を示したのはこれが初めてだ。

「砲弾は?」

「それはわたしの専門ではない」

「でもあんたは軍にいたんだろ?」と、シドヒーグ。

ナイオール大尉はこの質問を教材に変えた。「なぜレディ・キングエアがそう思ったのか、誰かわかる人? はい、ミス・パルース?」

「英国の人狼はみな女王陛下のために軍役につくことが義務づけられているからです」モニクがにやにやしながら答えた。

ソフロニアがディミティにささやいた。「まあ、賢いこと! でもナイオール大尉というぐらいだから、わかって当然じゃない?」

ディミティが笑いをこらえた。

ナイオール大尉がソフロニアをちらっと見た。

ああ、そうだった——異界族。きっと聞こえたに違いない。ソフロニアは顔が赤くなるのを感じた。

ナイオール大尉が続けた。「これからいったん解散し、各自、初歩的格闘に使えそうな棒を探してきてもらいたい。十分後にあちらに再集合」

この場所移動を予測していたかのように、飛行船は平らな小山に向かってゆらゆら移動し、地面から数階ぶんの高さに浮かんだ。見ると、飛行船の下部からガラスのプラットフォームが巨大なガス灯のようにぶらさがっていた。ガラスのなかで渦巻く黄色いガス状のものがヒースを照らし、屋外授業はまるでシャンデリアの下で行なわれる舞踏会のような壮麗な雰囲気に包まれた。

生徒たちは分かれて棒を探しはじめた。

ソフロニアとディミティはシドヒーグのあとについて、手ごろな低木に向かった。真っ暗な荒れ地で、手探りで棒を探すほど無意味なことはない。みな低木の茂みから枝を選び、へし折っている。選びかたにはそれぞれの性格がよく出ていた。シドヒーグは強くて大きな棒をほしがった。ディミティはもっとも形がいいと判断した枝を折り、その木の美しさをほめたたえた。ソフロニアは手によくなじむ小ぶりの棒を選んだ。これまで受けてきた授業にはすべて〝人目をあざむく〟という要素が含まれていた。今回も棒を身体のどこかに隠すよう命じられるかもしれない。そうなったときに身体に突き刺さるのは嫌だ。でも、本当にこれでいいのか自信はない。ソフロニアはきつく自分に言い聞かせた——あまり考えすぎちゃダメよ。

十分後、生徒たちはふたたび集合した。こうやって全校生徒の整列を見るのは壮観だ。ソフロニアたち下級生がエプロンドレスと足首までのゆるいズロース《パンタレット》という姿で列の片方に、髪を結い上げて長いスカートをはいた上級生が反対側に並んだ。新入生のなかでモニクだけが腫れ上がった親指のように目立っている。数えてみると全部で四十五人いた。

ナイオール大尉は列にそって歩きながら生徒たちの選んだ棒を検分した。

大尉はディミティの前で立ちどまり、棒を取り上げた。「おもしろい選択だ」

「形と手触りのなめらかさが気に入ったんです」と、ディミティ。

「ナイフを選ぶ理由としては、最善でもないが最悪でもない。ナイフの細工については来週、検討しよう。ナイフを選ぶのは上等の手袋を選ぶようなものだ。見た目も重要だが、その機能と耐久性を最大限に引き出せるかどうかは、その制作過程で決まる」

ディミティはうなずき、大尉は棒を返した。

次にソフロニアのほうを向いてたずねた。「なぜこんなに小さい棒を？」

「隠せと言われるかもしれないと思ったので」

「おもしろい理由だ」そう言ったきり、大尉は次に進んだ。

ソフロニアは震える息を吐いた。ナイオール大尉が人狼であるという事実にまだ慣れていないせいだ。ブレイスウォープ教授の吸血鬼的特徴はいまや日常になったが、ナイオール大尉はいまだに野性的で謎めいている。それに不思議なにおいがする。実のところソフロニアは、ナイオール大尉に覚えてもらいたかった。なんといっても全生徒の憧れの的だ。

大尉はシドヒーグの棒を取り、片眉を吊り上げた。「大きな棒が好きか、レディ・キングエア？」

シドヒーグは男の子のように肩をすくめたが、ソフロニアはシドヒーグが笑みをこらえているのに気づいた。

「使いかたを知っているか？」ナイオール大尉は鼻をうごめかせた。レディが失礼なコメントに鼻を鳴らすのではなく、犬が空気のにおいを嗅ぎとるようなしぐさだ。

次の瞬間、大尉がシドヒーグに棒を投げたので、ソフロニアはびくっとした。シドヒーグは、しかし、この不意の行動を予測していたかのように片手で棒をつかんだ。

ナイオール大尉は外套のポケットから一本のナイフを取り出した。刃が短く、すべて木でできている。マホガニー製だ。

「まあ」ディミティが声を上げた。「なんてきれいなの！」

「言うまでもなく吸血鬼用ね」モニクは気を引こうとしたようだが、ナイオール大尉は聞いていなかった。

シドヒーグがにやりと笑って列から一歩、進み出た。

生徒たちのあいだに困惑のつぶやきが広がった。

最初にしかけたのはシドヒーグだった。手にした棒を、刃のついた本物の武器のようにナイオール大尉めがけて切りつけた。だが、ソフロニアが兄弟とおもちゃの剣で遊ぶときほど荒々しくはない。

ソフロニアは興味津々の目で見つめた。闘いかたはもちろんだが、シドヒーグをよく見たかったからだ。いまのシドヒーグは、この数週間で見てきたシドヒーグよりはるかに自分を剥き出しにしている。実戦を知る人物から訓練を受けたというのは本当らしい。

「シドヒーグは動きも男の子みたい！」と、ディミティ。

「そうね、でもうまいと思わない？」ソフロニアはすっかり感心した。兄さんたちより断然うまいわ！

「あんな訓練を受けた位《くらい》の高いレディって、どんなレディ？」と、プレシア。

「名ばかりのレディよ」モニクは腕を組み、鼻をつんと上向けた。

ナイオール大尉はシドヒーグの攻撃を食いとめた。当然だ。なんといっても人狼だし、どんなに高度な訓練を受けた兵士より二倍は動きが速い。そして伝説が本当ならば、十倍は力が強いはずだ。とはいえシドヒーグも負けてはいなかった。つねに棒を動かし、前に出て相手の防御の弱点を探っている。

「そこまで」数分後、この予期せぬ一戦にナイオール大尉が終わりを告げた。「非常におもしろかった、レディ・キングエア。きみの闘いかたには」――そこでわざとらしく言葉を切り――「父親の訓練が感じられる」

シドヒーグは小さく頭を傾け、ふたたび列に戻った。

ソフロニア、ディミティ、プレシア、アガサは小さく口をぽかんと開けてシドヒーグを見つめた。

「どうやら先生のお気に入りができたようね」と、モニク。「でも、人狼のお気に入りになんてどうかしら？」

「ふん、ミス・パルース、教授に気に入られるのはあんたの専売特許だと思ってたけどな」シドヒーグが鋭く言い返した。

「さあ、レディーズ、きみたちに必要なのは、いまレディ・キングエアとわたしがやってみせたような状況におちいらないことだ。間違っても敵と本気で闘いたいとは思わないだろう？　きみたちの最大の強みは意外性だ。敵より先に、ひそかに攻めるタイミングをはかり――下手なしゃれを許してもらえるならば――そのままやりつづける《スティック・トゥ・イット》（「棒を当てる」の意味がある）。ミス・パルース、手本を見せてもらおうか？」

モニクは顔をつんと上げ、笑みを浮かべて前に出た。

ナイオール大尉が近づいた。

モニクはシドヒーグのようになぐりかかりはせず、大尉のほうに一歩、歩み寄ると、天気のよさと景色の美しさを口にしながら、まつげをぱちぱちさせた。ソフロニアも最上級と認めざるをえない完璧なぱちぱちだ。あたしが誰かのまつげぱちぱちをうらやましがるときが来るなんて思ってもみなかった。

モニクのゲームに合わせるようにナイオール大尉はにじり寄って愛想を返し、モニクの目をじっとのぞきこんだ。

その瞬間、モニクは手にした棒を大尉の首の脇——耳の後ろ下——にぐいと突き刺した。

モニクの棒は先が尖っていたらしい。

鋭い先端が大尉の肉体に少なくとも一センチ半は突き刺さった。

棒のまわりに血が流れ出た。

ナイオール大尉はたじろぎ、痛みに小さくあえいだ。「おっと。すばらしい。実にみごとだ、ミス・パルース」

ソフロニアは思わず息をのみ、ぞっとして片手を口に当てた。同時に自分のなかにわずかに残る冷静な部分が問いかけた——どうしてモニクは空賊に襲われたとき、あれほどの腕を披露しなかったのだろう？　もしかしてわざと誘拐されようとしたの？

恐怖のあまり、数人の生徒が小さく赤ん坊のような泣き声を上げた。

ナイオール大尉は手を上げ、首から棒を引き抜いた。血があふれ出たが、ソフロニアの予想とは色も量も違った。色はほとんど黒といっていいほどどす黒く、流れかたはゆっくりだ。と、みるまに傷は治りはじめ、傷口がふさがった。

ナイオール大尉が血のついた棒を返すと、モニクは小さくお辞儀をして受け取った。と同時にディミティが草地に顔を突っ伏して完全に失神した。

ソフロニアは友人のそばにかがみこみ、手ぶりでシドヒーグに手伝うよう合図した。シドヒーグが身をかがめた。ソフロニアは混乱のざわめきのなかでこっそりたずねた。

「さっきのはどういう意味？　あなたがモニクに言ったのはどういうこと？」

シドヒーグが値踏みするようにソフロニアを見た。「あくまでも噂だけど、教師のなかにモニクの信奉者がいるらしい」

「協力者のような？」

「そう」

「誰？」

「さあね」

ソフロニアはうなずき、ディミティを振り返った。誰かが気つけ薬を手渡し、やがてディミティはまばたきして茶色い目を開けた。ソフロニアは上体を起こしてやりながらディミティの耳にささやいた。「教師のなかにモニクの信奉者がいるみたい。だから試作品の隠し場所を秘密にしておくことができるのよ」

ディミティがなおも焦点のさだまらない目で見返した。「ああ、ソフロニア、つくづく嫌になるわ——あなたはいつもわたしが失神しているあいだに何もかも解決してしまうんだから」

第九課　媚びない方法

「ねえ、シドヒーグ、どうしてナイオール大尉はあなたのそばでは態度が違うの？」ソフロニアは、シドヒーグには兄や弟に対するような態度で接することにした。どうみてもこのレディには直接的な質問、無遠慮な物言い、そしてがさつさがふさわしい。その結果、二人のあいだにはある種の関係が生まれた。友好的とまではいえないが、シドヒーグもソフロニアに対してはほかの生徒のときほどけんか腰ではない。

就寝前のほっとする時間、ソフロニアたちは居間に集い、〈意図的な手袋落とし〉の練習をしていた。

シドヒーグはソフロニアのほうを見もせずに答えた。「どういう意味だ？」

「あら、わかってるくせに」

シドヒーグはため息をついた。「あたしは狼に育てられた」

「ええ、モニクが何やらそんなことを言ってたけど」

「いや、そのとおりだ。キングエア城は人狼のねぐらだ。マコン卿は父親じゃない。

曾々祖父で、いまも健在だ。嚙まれて人狼になったときはすでに子どもがいた」

ソフロニアは驚いて目をぱちくりさせた。正しいまつげぱちぱちではない。レディ・リネットが見たら、さぞ顔をしかめるだろう。「なんとも不思議な話ね」

「想像もつかないだろうな」

ディミティが小首をかしげた。「人狼はみな軍人なの？　ナイオール大尉みたいに？」

「そうだ」

「だからあなたのお行儀はそんなふうなのね」モニクが小ばかにしたように言った。

ソフロニアはモニクを見返した。「あたしならもっと言葉に気をつけるわ。シドヒーグは武器の使いかたが上手よ。空強盗の一件から判断するかぎり、あなたよりずっと」

「ありがとよ、ソフロニア」ソフロニアのほめ言葉にシドヒーグはいまにも顔を赤らめようとしているかに見えた。あくまで見えただけだけれど。

「あら」モニクが鋭く返した。「仲がよろしいこと」

「あなたにはわからないでしょうね。だいたい、あなたに友だちなんているの？」と、ソフロニア。

ディミティは息をのみ、険悪なムードをやわらげようと話題を変えた。ディミティは根っから人がいい。「人狼というのは、みんなナイオール大尉のような感じなの？」

シドヒーグが片方の眉を吊り上げた。「どういう意味だ？」

　ディミティは無言で顔を赤らめた。シドヒーグと違い、ディミティはこの技をほぼ習得している。赤いのは陶器のような丸い頬だけで、ほかの部分は白いまま。あまりにみごとなので、レディ・リネットからさらに微妙なタイミングを学ぶよう命じられたほどだ――〝あなたのように美しく顔を赤らめることができたら赤面の達人にもなれるわ！〟

　ソフロニアがとがめるようにディミティを見た。「あなたのご両親は進歩派だとばかり思ってたわ！」

「ええ、そうよ、だからといって今まで何人もの人狼と会ったわけじゃないわ」

「そうなの？」

「それどころか、一度もなかったの」

　シドヒーグが笑い声を上げた。「言っとくけど、みんながみんなあんなふうにお行儀がいいわけじゃねぇ」

「あの治癒力には驚いたわ」と、ソフロニア。

「ああ、お願いだからその話はやめて、ソフロニア」ディミティが青い顔で片手を頭に載せた。

「聞くところによると、人狼は最高の……ふふふ」プレシアが意味ありげに腰をくねらせた。

　ソフロニアは想像しただけで顔がほてるのを感じた。あたしの赤面はまったくきれいじゃない。あたしが赤くなると、そばかすと混ざり合って、熱があるときのようなまだら顔になる。先生からは〝できれば、いっさい顔を赤らめないように〟と言われた。

「あれはもともとの習性だ」シドヒーグが淡々と答えた。

「個人的な経験でもあるの？」モニクが冷やかした。

「けがらわしいことを言うな。人狼団は家族だ！」シドヒーグはカッとなったが、それもモニクを調子づかせただけだった。

「あなたにしっぽを振ったとか？」

シドヒーグが暴力を振るう前に、ソフロニアはすばやく話題を変えた。「さぞ楽しかったでしょうね、人狼団のなかで育つなんて」

「子どもの養育に頑固な考えを持つ父親が六人いたようなもんだ」

ディミティが興味を示した。「本当に？　厳しい両親だったの？　うちもよ。お母様はどんな人？」

シドヒーグは首を振った。「あたしがここに入れられたのはそのせいだ。父親たちには誰も妻がいなかった。じいさん《グランパ》はあたしがちょっと女らしさに欠けるから、礼儀作法を身につけさせるためにここに入れたんだ」

「まあ、驚いた」と、モニク。「人狼があたしと同じ意見だなんて」

「あなたは作法なんか覚えなくてもいいんじゃない？」ディミティが言った。「わたしはママがここの卒業生だから避けられなかったけど、あなたはすでにレディの称号があるわ。こんなところにいないでレディらしい人生を送ったほうがいいんじゃない？　わたしは夢見がちだから、たまには何かを殺すのを学ぶべきだってママは言うの。でも、あなたはそんな必要ないわ」

「問題はあなたの失神癖ね、ディミティ」と、ソフロニア。

「そうなの。哀しいかな、わたしはママを心底がっかりさせる運命にあるらしいわ」

シドヒーグが顔をしかめた。「そこがあたしの強みだ。グランパは若い女性の正しい振る舞いを知らねぇ。だから、どんな進歩にも喜んでくれる」

「それがどんなにわずかでも？」と、モニク。

「ああ、そのとおり！」シドヒーグは侮辱を無視し、黄色い不思議な目にしわを寄せてにっと笑った。かわいい笑顔だ。あの目の色は、きっと祖先に人狼がいるせいに違いない。

バンバースヌートがよたよたと近づいてきた。

少女たちは落とした手袋を横目と伏し目で指し示す練習を続けたが、バンバースヌートがこれを新手の愉快なゲームと思いこんだせいで、たちまち〝落とした手袋をあわてて拾う〟という動作が加わった。バンバースヌートが真っ先に落ちた手袋に駆け寄り、ぱくりと飲みこむと、少女たちは手袋が反対側から出てくるのを待たなければならなかった――もちろん手袋が内部ボイラー室ではなく、貯蔵室のほうに入ったときは、だが。

「うわ、やだ!」反応の遅かったプレシアが怒りの声を上げた。バンバースヌートが持ち主より先にラベンダー色の手袋に突進し、プレシアがひったくる前に、内部蒸気機関から出てくる煮えたぎるよだれでしみをつけたからだ。

「あんなものを飼って何がおもしろいの?」と、モニク。「ひどく目ざわりだし、見つかったらひどい目にあうわよ」

「誰かに話すつもり?」

モニクがむっとした。「あたしは告げ口なんかしないわ!」

「それがせめてもの取り柄?」

「あら、あたしはたまたま欠点がないだけよ」

「前より動きが鈍くなったような気がしない?」ディミティがけげんそうに手を伸ばし、メカアニマルの小さな頭をなでた。バンバースヌートはうれしそうにしっぽをチクタクと動かしたが、たしかに前より速度が遅いようだ。

ソフロニアは心配そうにペットを見下ろした。「たぶん餌が必要なのよ」あれから一度もボイラー室を訪ねていない。それでも、バンバースヌートの体調を心配してくれる誰かがいたらしく、先週、メカ給仕が蓋つき皿を持って扉の前に現われた。銀の蓋を取ってみると、石炭がこんもり盛ってあるだけで、ほかには何も——紙切れ一枚なかったが、ソフロニアには、これが誰あてのもので、送り主が誰なのか想像がついた。友情を確かめ、感謝の意を伝えるためにも、こんどはあたしがソープを訪ねる番だ。

煤っ子のことはディミティにしか話していない。それも詳しいことは秘密だ。ディミティもさほど関心はなさそうだった。煤っ子たちのことはできるだけ秘密にしておこう。

手袋拾いに対するバンバースヌートの興味はみるみる冷め、下腹部から出る蒸気もゆっくりになった。やがてがくりと座りこみ、しっぽの動きも止まった。

「あらまあ」ディミティが言った。「かわいそうなおチビさん」


ソフロニアはルームメイトが寝入るのを待ってベッドからおりると、ガウンをはおって廊下に出た。就寝時間を過ぎたのでガス照明は消えており、暗闇に目が慣れるまでしばらく時間がかかった。

目が慣れると同時にひとつの形が浮かび上がり、ソフロニアはどきっとした。円錐形の金属体——メカメイドだ。メカメイドは軌道上で静止していた。誰かが着せた飾りのない白いエプロンドレスの下から蒸気も出ていない。故障でないとすれば休眠中だ。とはいえ、飛行船の外壁に通じる廊下とソフロニアのあいだにしっかりと立ちはだかっている。ああ、この顔なしメカのしくみをもっと詳しく知っていたら……。これはフロープリッチャーのようにあたしが見えるの？　それとも進路が邪魔されたときだけ感知するの？　ゆっくり動けば気づかれない？　それともすばやく移動したほうがいいの？

思案のすえ、できるだけ慎重に進むことにした。ぴたりと壁に張りつき、軌道を踏まないよう、震動がメカメイドに伝わらないよう、そろそろと近づいてゆく。

いよいよ接近すると、できるだけ服を巻きつけて身をすぼめ——広がるスカートでなく寝間着でよかった——ソフロニアはメイドの脇をそっとすり抜けた。

メカメイドは微動だにしない。やった！　ソフロニアは抜き足差し足をやめ、廊下を猛然と走りだした。

そのとたんにメイドが目覚め、テミニック家にいたどのメカ使用人よりはるかに速いスピードでソフロニアを追ってきたが、さいわい警報は鳴らなかった。ソフロニアは扉を抜けて外デッキに出ると、別の休眠メカの脇をすり抜け、ひらりと手すりを越えて飛行船の外側にぶらさがった。

ソフロニアが脇を通りすぎると同時にデッキのメカが目覚めた。使用人モデルで、やはり顔なしだが、男の召使がつけるような古めかしい白いレースのクラバットを巻いている。内蔵蒸気機関が動いて蒸気を出すと、白いクラバットがはためいた。やがて軌道上をゴロゴロと行ったり来たりしはじめたが、こんども警報は鳴らなかった。手すりの反対側にいるソフロニアには気づかなかったようだ。

ソフロニアは息も切らさず手すりからぶらさがった。先週の、本を使ったバランス練習とダンスとナイオール大尉の授業のおかげで、新たな筋力とすぐれた平衡感覚が養われたらしい。こうしてぶらさがっていても、最初のときよりはるかに楽だ。

手すりの外側を伝いおりるのも、デッキからバルコニーに飛び移るのも、ずっと簡単だった。たしかにこの学校はあたしを鍛えてくれている。

それから、ほとんど機械的にレディ・リネットの私室の、縄ばしごのあるバルコニーに飛び下りて、はしごを伝いおり、ボイラー室のハッチをくぐってようやくほっとした。少なくともここに教師はいない。ソフロニアは思った以上にこの学校が気に入っている。いまはまだ追い出されたくない。禁止されているメカアニマルの食事を調達に来たなんてことがばれたら、ただではすまないだろう。

夜のボイラー室は昼間よりずっと静かだったが、それでも動いていた。夜でも、この巨大飛行船を浮かばせ、熱とプロペラによって気球をふくらませておかなければならない。それに飛行船の多くは蒸気で動いている。厨房、ガス貯蔵、ガラスのプラットフォーム、照明、暖房、そしてお茶を沸かすのにも必要だ。

ソフロニアはこっそり忍びこみ、石炭を少しばかり失敬して帰るつもりだった。校舎の外がなかと同じくらい暗い夜なら、それくらいわけはない。ところがソフロニアの侵入を見ていた人物がいた。驚いて背を伸ばすソフロニアのそばで、幼い少年の天使のような小さい顔がにっこりと笑った。

「やあ、やあ！　それで、きみ、誰？」かすかにフランスなまりがあり、ひどく生意気な態度だ。ほかの煤っ子たちよりずっと幼く、驚くほど目がきらめいている。緑色のようだが、ボイラー室の薄明かりではよくわからない。短く刈り上げた黒髪。ぶかぶかのズボン。高そうな縁なし帽。すべてがちぐはぐで、しかもこれまで出会った煤っ子の誰より少しだけ顔の汚れが少ない。あくまでほんの少しだけれど。

「こんばんは」と、ソフロニア。「あたし、ソープの友だち」

「そうでない子がいる？」

「ああ、そうね。あたしはソフロニア」

「聞いたよ。ソープがお熱《ねつ》の上の子《アップトップ》だって」少年はまたしてもにこっと笑い、えくぼを見せた。

「あなた、いくつ？」ソフロニアは言葉に詰まり、ようやくたずねた。

「九歳」少年はソフロニアににじり寄った。

「あなたも煤っ子？」

「違うよ」少年はウインクした。まあ、ウインクだなんて！

「だったらこんなところで何してるの？」

「ここが好きなんだ」

「どうやってここに？」

「どうやってって、きみと同じ」

「あなたも上のほうから来たの？」

「まあね」

　ソフロニアはいらいらしてきた。「あたしは石炭を少しもらいに来ただけよ」

「じゃあソープを起こしてくる」

「やめて、起こす必要ないわ」

「おおありさ。なんでこうしてハッチを見張ってたと思う？　過去のボイラーの幽霊を待ってたとでも？　きみが来たことを教えなかったら、ソープに横っつらをはたかれちゃうよ」

「あなた、名前は？」と、ソフロニア。相手が子どもなら正しい紹介の手順はいらない。

「みんなはビエーヴって呼ぶ」

「変な名前」

「お似合いだろ？」

「まあね。あそこで少し石炭をもらってくるわ。それならいい、ビエーヴ？」

　ビエーヴはまたしてもえくぼを浮かべてにこりと笑い、片手で大きすぎるズボンを引き上げながら一目散に駆けだした。そしてソフロニアが石炭を集めるまもなく、眠そうな顔のソープを連れて戻ってきた。

　それは実に滑稽な組み合わせだった——だぼだぼの服を着た九歳の腕白小僧に、シャツの袖が短すぎて手首が突き出たひょろりと背の高い煤っ子。

「やあ、こんばんは」ソープが黒い顔に真っ白い歯を輝かせてにこっと笑った。

「元気だった、ソープ？」

「まあまあだね、うん、悪くないよ。例のおやつ、受け取った？」

「ええ、ありがとう。バンバースヌートもあたしもすごくうれしかったわ」

「バンバースヌート？」ビエーヴが興味を示した。

「このお嬢さんはひょんなことからメカアニマルを飼ってるんだ」

少年が顔を輝かせた。「本物の動くメカアニマルを持ってんの！　見せてくれる？」

「えっと、いま手もとにはないわ。あたしの部屋にいるの、上の生徒居住区の」

「もちろん、あとでさ。見せてくれる？」

ソープが少年の熱心さを解説した。「ビエーヴは未来の偉大なる発明家になるため、日夜、努力してるんだ」

ソフロニアは驚いた。「その歳にしてはずいぶん壮大な目標ね」

「おばさんがベアトリス・ルフォーならそうでもないさ」ソープはよく動く口を変な形にゆがめた。

ソフロニアはその言葉にたじろぎ、目の前の九歳児を見下ろした。「おばさんがルフォー教授ですって！　どうして今まで言わなかったの？」

ビエーヴはとびきりフランスふうに肩をすくめた。「なんで言う必要があんの？」

「言わないわよね？」

「言わないって何を？」

「バンバースヌートのこととか、あたしがボイラー室にいたこととか」

「まさか。言うもんか」ビエーヴは気を悪くしたようだ。

「ありがとう」

「だから、メカアニマル、見せてくれる？」

なんだかうまく丸めこまれたみたい。「ええ、いいわよ」と、ソフロニア。「でも、あたしの部屋まで来られる？」

「もちろん。行きたい場所にはどこへだって行ける」

「この子を見張ろうなんてやつは誰もいない」ソープはそう言って少年の帽子をむしり取り、髪をくしゃくしゃにした。ビエーヴは迷惑そうだ。

「あなたは本物のアップトップじゃないの？」と、ソフロニア。自分で〝アップトップ〟と言うのも変だけど。

ビエーヴはまたもや肩をすくめた。「なんにだってなれるさ、警報が鳴らないかぎり」

「それはすてきね」ソフロニアは愉快そうにソープと目を見交わした。

「このレディに黒いやつをひとつかみ持ってきてくれないか、ビエーヴ？」ソープが石炭の山にあごをしゃくった。

ビエーヴはソープを勘ぐるように見てから一目散に駆けだした。

「生意気なチビめ」本人が聞こえないくらい離れてから、ソープがいとおしげに言った。

「ルフォー教授がおばさんだったら、あんなふうになるのも無理ないわ」ソフロニアがわけ知り顔で言った。

ビエーヴがポケットをふくらませて戻ってきた。ソフロニアは石炭を黒いビロード地の小物バッグに入れた。いちばん上等のイブニングバッグだが、石炭の汚れが目立たないのはこれしかない。

「かわいいバッグだね」ビエーヴがソフロニアのバッグをほめた。

「ありがとう」

「ビエーヴは装飾品を見る目があるんだ」

「レディがかぶるきれいな帽子が好きなんだ」ビエーヴは取り澄まして答え、転がるように自分の用事に戻っていった。

「九歳って言った？」

「たった一人のおばちゃんがフランス人でルフォーなら、発明好きになるのもしかたない。例の改造一輪車――この前ここに来たときに見ただろ？　あれはビエーヴの作品だ」

ソフロニアは驚いた。「てっきりあなたが造ったものとばかり」

「いや、おれはためしただけさ。ビエーヴの発明能力はすごいんだ」

ソフロニアは首をかしげ、長身のソープを見上げた。「さあ、それはよくわからないけど」

ソープがそわそわと自分の片耳を引っ張った。「えっと……その……」

ソフロニアがぎごちない会話から脱する方法を必死に探していたとき――〈媚びの売りかた〉のいい実地訓練になりそうだ――そばのボイラーが火花を散らして動きだし、遠くから上層デッキの警報ベルが鳴りひびく音が聞こえた。

「うわ、大変! あたしがベッドにいないことがばれたのかしら?」

「いや、違う。あれは周辺警戒警報だ。間違いない。校舎が攻撃されてる。厳密にいえば、ソープはソフロニアを出口に急がせ、ハッチを大きく開けてソフロニアを押し出した。

きみはここでじっとしてるべきだ――おれたちと一緒に」

「見つかるとしたら外のほうがましよ。あたしの評判のためにも」

「同感だ。幸運を祈るよ」

空強盗が試作品を奪いに来たに違いない。ソフロニアは首から石炭を詰めた小物バッグをぶらさげ、縄ばしごをのぼりはじめた。いい面を考えれば、教師たちはみな自室を出払っているはず。悪い面を考えれば、部屋に戻る途中のデッキで誰かに出くわす可能性があるということだ。

警報がやむまでレディ・リネットのバルコニーに隠れていようかとも考えた。でも、これが空強盗の言っていた攻撃だとしたら、何が起こるのかをこの目で見たい。中途半端に終わった最初の攻撃のあと、彼らは三週間後にまた来るとおどしたが、学園はそれより二、三日ほど長く敵をかわしていたようだ。校舎は霧ぶかい荒れ地の風に乗ってあてもなくゆらゆら浮かんでいる。空からだと、地上からよりはるかに見つけにくいはずだ。

ソフロニアは船体の外壁を少しずつのぼりはじめた。まっすぐにのぼるのは、周囲をまわりながらのぼるより大変だ。船体から突き出すデッキから次のデッキに移るたび、木造部分に手がかりと足がかりを確保しなければならない。ソフロニアはほとんど下を見ずによじのぼり、中間地点を越えたところで、こう自分をなぐさめた――まんいちここから落下しても下のデッキに落ちるだけだから、せいぜい骨の一、二本が折れる程度ですむだろう。あまりなぐさめにもならないけど。

頭上にキーキーデッキが見えてきた。ふたたびメカ兵士が円陣を組み、小型機関砲を内側に向けている。円陣の中央ではブレイスウォープ教授がクロスボウを構えて立っているに違いない。敵は――たとえ見えたとしても――校舎の反対側の上空にいるらしく、ここからは見えなかった。

ソフロニアはキーキーデッキの真下のデッキまでよじのぼると、〈手すり外まわり方式〉でするすると船の反対側に移動した。最後のデッキをまわったところで、まさしく空強盗が戻ってきたのが見えた――こんどは援軍を引き連れて。

十二隻の飛行艇の背後に二隻の大型飛行船が見えた。この校舎ほど大きくはないが、海外郵便配達用に製造されていると噂の、ちゃんとした飛行船だ。

ソフロニアは影の男を探して乗組員をながめわたした。必ずどこかにいるはず。外は暗く、目をすがめすぎて頭が痛くなりかけたころ、ようやく片方の飛行船にいるのが見えた。黒い人影はほかの空強盗のような乗馬スタイルではなく、きちんとした正装に身を包み、シルクハットをかぶっていた。シルクハットに巻いたリボンはおそらく緑色だ。男は前回と同じように後方に立っていた――当事者というより観察者とでもいうように。

ソフロニアは不安になった。向こうも、ガウンを着て首から小物バッグをぶらさげ、飛行船の壁にしがみついている人影に気づいたかしら？

飛行船に乗っているのはおそらく空賊だ。空強盗と同じように、ソフロニアは空賊も伝説の存在だと思っていた。そもそも一介の盗賊にどうして飛行船が買えるの？　でも、そうとしか考えられない。小型飛行艇団のなかに浮かぶ二隻の飛行船は、小ガモの群れをひきいるつがいのように見えた。その優雅なたたずまいは、あたかも武器や旗はただのこけおどしにすぎず、〝われわれはフィニシング・スクールを襲撃するよりはるかに重大な任務を帯びている〟とでも言いたげだ。結局ソフロニアは、あの飛行船は古いガレオン船のように政府から盗んだものだろうと結論づけた。

空強盗の一人が拡声器を口に当てて呼びかけた。「試作品を渡せ！」

教師陣は答えない。

片方の飛行船が攻撃を開始した。甲板上の機関砲が閃光とともに火を噴き、大きな物体が校舎に向かって飛んできた。物体はソフロニアがしがみついている真横をしゅっとかすめ、わずかに校舎をそれた。

ソフロニアは悲鳴を押し殺した。

「ブレイスウォープ教授、発射」レディ・リネットの命じる声が聞こえた。

ブレイスウォープ教授が吸血鬼らしいすばやさで二歩、跳躍してデッキの正面に立ち、ソフロニアの視界に入った。眼前に居並ぶ船団に小さなクロスボウを向けている。

あんな小さいクロスボウで太刀打ちできるとはとても思えない。

ブレイスウォープ教授が矢を放った。

そのときまで小型機関砲を教授に向けていたメカ兵士がいっせいにくるりと旋回し、弧を描いて飛んでゆくクロスボウの太矢にねらいをさだめた。

矢をねらっているんだ！　ようやくソフロニアは理解した。どうかブレイスウォープ教授が弓矢の名手でありますように。

次の瞬間、それを証明するかのように、矢は一隻の飛行艇の側面——カゴの縁からはるか下の、乗船者の手が届かないところ——に突き刺さった。

レディ・リネットが視界に現われ、脇の手すりに手を伸ばして何かを引いた。

メカ兵士がいっせいに発砲し、ものすごい轟音がひびきわたった。

ソフロニアは身を縮めた。耳を両手でふさぎたくなったが、いま手を放すわけにはいかない。

キーキーデッキはもうもうたる火薬の煙に一瞬かき消え、甘い錫《すず》のようなにおいが上からただよってきた。やがて煙が消え、一隻の飛行艇がかしいでいるのが見えた。ふたつの気球がつぶれている。手負いの飛行艇はらせん状に旋回しながら落下していった。その両脇の飛行艇も側面に攻撃を受けたようだ。

片方の飛行船が反撃した。こんどのねらいは高く、砲弾は校舎のまんなかの気球に巨大な穴を開けた。ソフロニアは穴の内部と被害の程度を見ようと頭を後ろにそらしたが、気球まではひとデッキ離れており、あたりは暗すぎてよく見えなかった。気球の片側がかすかにへこんでいるようだ。やがて校舎全体がへこんだ側に傾きはじめた。

「煤っ子たちを呼んで!」ルフォー教授が穴の開いた気球を指さしながら叫ぶ声が聞こえた。

ブレイスウォープ教授がすばやく梁をのぼって操縦室に駆け寄った。あそこからボイラー室に呼びかけるのだろう。

レディ・リネットがキーキーデッキの手すりの突端に近づいた。このレディに拡声器は必要ない。大声を出すのはお手の物だ。間違いない――レディ・リネットはかなりの舞台経験がありそうだ。

「攻撃をやめて。試作品を渡すわ！　特使を送りこんでちょうだい」

ずいぶんあきらめが早いのね――ソフロニアは思った。すんなり応じたところをみると、偽の試作品を渡すの？　偽物で時間をかせぐつもり？

空盗賊が遠くから拡声器ごしにどなり返した。「了解」

第十課　正しい捕まりかた

「それからどうなったの？」ディミティはソフロニアの話に釘づけだ。

「ルフォー教授が空強盗に偽の試作品を渡したの。光る金属製の十二面体みたいな」翌朝、二人はベッドに寝そべったまま、朝食に行く準備もそっちのけでしゃべっていた。

「警報ベルが鳴りやんでも戻ってこないから心配したのよ」ディミティがとがめるようにかわいい顔をしかめた。「せめて行き先ぐらい教えてくれてもよかったのに」

「あなたをごたごたに巻きこみたくなかったの。バンバースヌートはあたしの問題だから。誰にも気づかれないうちに戻ってくるつもりだったんだけど、結局、先生たちが戦闘の後始末をするあいだ待ってなきゃならなかったの。ねえ、知ってた？　気球を修理するときは煤《すす》っ子たちを下から呼んで、なかにのぼらせるって」ソフロニアが続けた。ひょろりと細長い人影が見えたから、あのなかにはソープもいたはずだ。でもディミティには言わなかった。なぜかソープのことは自分だけの秘密にしておきたい。それに、ちょっと恥ずかしくもあった。そんなことを言ったら冷やかされるかもしれない。あたしが馬小屋の少年と仲よくなると、いつもペチュニアにからかわれた。そのころは少しも気にならなかったけど、フィニシング・スクールで数週間を過ごした今は前より自意識過剰になっていた。「とにかく、みんなが気球で大騒ぎしてるあいだじっとしてたら、先生たちの話が聞こえたの」

ディミティが期待に目を見開いた。

「ルフォー教授が言うには、渡した試作品は偽物だから、空強盗はまた戻ってくるだろうって。しばらくはだまされるかもしれないけど、いつばれても不思議はないって」ソフロニアはごろりと転がってベッドの下から黒いビロードの小物バッグを引っ張り出すと、石炭のかけらを取り出し、ベッドの足もとで冷たくなって寝ているバンバースヌートのそばに置いた。残りわずかなエネルギーを温存しようと、小型内蔵機関をほぼ完全に停止させているようだ。

ソフロニアは石炭のかけらでメカアニマルの冷たい頭を軽く叩き、顔の前に置いた。バンバースヌートは低くぶーんとうなってわずかに体温を上げ、食べはじめた。ほどなく下腹部から蒸気が噴き出し、キー、ガシャンと音を立てて四本の短い脚で立ち上がった。

ソフロニアが続けた。「ブレイスウォープ教授が、時間をかせぐために霧のなかに避難するようなことを言ってたわ――たしか〝灰色《グレイ》になる〟とかなんとか」

ディミティが考えぶかげな表情を浮かべた。「ってことは当分のあいだ郵便物は落とせないわね。さぞモニクががっかりするわ」

「それを言うならあたしもよ。母さんにもっとドレスを送ってって頼むつもりだったのに。それから例の手袋を弟くんにも届けたかったわ」

ディミティが先をうながした。「それでどうなったの？」

「シスター・マッティが〈バンソン校〉のことをたずねたわ。そしたらルフォー教授が〝彼らも最善をつくしている〟とかなんとか」

「おそらく〈バンソン校〉で代わりの試作品を造ろうとしてるのよ」と、ディミティ。

「もしくは、そっくりの偽物か」

「いずれにしても校舎は〈バンソン校〉の方角に向かってるわ」

「まあ、どうしてそんなことがわかるの？　あたしには荒れ地なんてどこを見ても同じにしか見えないけど」

「だって校舎にはちゃんとした修理が必要でしょ？　そういった修理はいつも〈バンソン校〉で行なわれるの」

「そうなの？」ソフロニアはわくわくした。てっきり校舎は永遠に目的もなく浮かんでいるものとばかり思っていた。

「たしかに今朝はプロペラがぶんぶんまわってた」二人が見上げると、ピンクの長いフランネルの寝間着姿のシドヒーグが骨ばった胸もとで腕を組み、柱にだらしなくもたれていた。まあ、ピンク！

「あの震動の原因はそれなの？」即座にソフロニアがたずねた。会話を聞かれることくらい予測しておくべきだった。それがシドヒーグで、モニクでなかったのは不幸中のさいわいだけど。モニクといえば……きっと〈バンソン校〉に到着したらすぐにあの手紙を送ろうとするに違いない。

「そのようだ」

「いつからそこにいたの？」ディミティが赤い綾織りの寝間着の上に上がけを引き上げながらたずねた。

「かなり前から」シドヒーグは寝室に入って身をかがめ、二個めの石炭をせっせと食べているバンバースヌートの頭を軽く叩いた。

「それで誰にも見つからずに大急ぎで戻ってきたわけ？」シドヒーグがたずねた。

「そう」

「本当に？」

ソフロニアの背筋に寒気が走った。

「ええ、どうして？」

「レディ・リネットが居間で待ってる。機嫌が悪そうだ。ソフロニア、あんたにすぐに身なりを整えて来るように伝えてくれって」

「うわ、大変。ディミティ、あたしの代わりにバンバースヌートを見ててくれる?」

「もちろん」

「バンバースヌート、ここでディミティおばちゃまとおとなしくしてるのよ」

バンバースヌートはお座りしてソフロニアに煙を吐き出し、おねだりするようにしっぽを前後に動かした。ソフロニアはメカドッグが寝室でおとなしくしていることを祈りながら、石炭をもうひとつディミティに放り投げてベッドから下り、できるだけ純真に見えるよう、いちばんおとなしめのドレス――青いモスリン地に白い花柄――に着替えた。背中のボタンをシドヒーグに手伝ってもらい、ドレスの上に白いエプロンドレスをつけ、髪はてっとりばやく三つ編みにした。レディ・リネットが相手だと、こうした問題はいつも悩ましい――時間がかかってもきちんとした身なりをするべきか、それともすばやく着替えるべきか? ソフロニアはレースの縁なし帽をかぶり、どんな厄介ごとが待ち受けているのかと重い足取りで居間に向かった。

「おはよう、ミス・テミニック」

「おはようございます、マイ・レディ」ソフロニアはお辞儀をした。お辞儀についてはディミティから猛特訓を受けた。お尻を突き出さずに膝を曲げ、なめらかに頭を下げてから上げる。さらにディミティは、目を伏せ、まつげのあいだから相手を見上げる技まで教えてくれた。

レディ・リネットはうんざりした表情ながらも進歩を認めてくれた。「ずいぶんよくなったわ、ミス・テミニック。でも、そこまで頭を下げないのよ、相手が女性や吸血鬼のときは。女性の前ではかわいいふりをしているように見られるし、吸血鬼には誘っていると思われます。でも、それ以外の相手に対しては申しぶんないわ」

ソフロニアはお辞儀の姿勢から身を起こした。「ありがとうございます」

「だからといって最近、耳にした不愉快きわまりない情報の埋め合わせにはなりませんよ」

「情報？」不安で胃がきゅっとねじれた。

「あなたが昨晩、部屋を抜け出したと報告を受けました。校舎の外壁をよじのぼっているところを舷窓から見た人がいます」

ソフロニアはいまいましげに目を細めた。あたしを密告した人物がいる！　あきらかに学園の精神に反する行為だ。「報告したのは別の先生ですか、マイ・レディ？」

「あら、うまいわね。弁解めいた口調を避け、逆に相手から情報をきき出す。わたくしの困惑に乗じて、わたくしが情報提供者のことをうっかりもらすのではないかと鎌をかけてみたのね。学習の成果がよく出ているわ、ミス・テミニック。たいへんけっこう」

ソフロニアはできるだけ無邪気で好奇心旺盛に見えるよう、大きく目を見開いた。

「その努力に敬意を表して教えてあげましょう。情報提供者は生徒です。そしてこれが問題なの。ひとつは、その生徒以外に目撃者がいないこと。もうひとつは生徒のなかに敵がいて、あなたをひそかにあやつりかねないということよ。今後そのような行為を阻止するため、〈恐喝〉の授業にはよく耳を傾けなければなりません。それを言うなら情報を提供した生徒にも同じことが言えます。教師に知らせず、この情報で直接あなたをあやつることもできたのだから。疑問の残る選択だけど、知らせた本人は早いほうがいいと思ったようね」

「それで？」と、ソフロニア。心臓が喉から飛び出しそうだ。どうか退学させないで。

「ええ、もちろん見過ごすわけにはいきません。まず、目撃されたことの罰として、料理長のもとに出頭してもらいます。今日から二週間、夜食のあと、食堂で鍋とフライパンを洗うこと」

ソフロニアの安堵のため息をさえぎるようにレディ・リネットが続けた。「次に、言いつけられた罰として……」そう言ってしばし考えこんだ。

きっと〈バンソン校〉に着いた時点で家に送り返されるんだ。そうに決まってる。ソフロニアは両手を握りしめた。

「言いつけられた罰として、これから向かうスウィフル＝オン＝エクセでの外出を禁じます。町に劇団が来ているの。でも、あなたは見られませんよ。それから、警報発令中に部屋から出た罰として、この後もいっさい船外に出てはなりません」

ソフロニアはふうっと息を吐き、こぶしをゆるめた。「感謝します、マイ・レディ」

「まあ、この子ったら、いったい何に感謝するの？」

「退学にしないでくださって」

「退学なんてとんでもない！　何をバカなことを。いずれにせよあなたは教師の目を盗み、緊急警報が鳴っているあいだ、メカとの遭遇も避けた。実にみごとです。しかも〈よじのぼり〉と〈夜闇にまぎれる術〉において未知の能力を示しました。あなたには特別授業を考えています。度胸のある子だとは聞いていました。われわれの過ちは、それを見くびっていたことです。なぜ校舎内を歩きまわったの？」

「好奇心にかられて」ソフロニアは即座に嘘をついた。

レディ・リネットは唇を引き結んだ。「文句のつけようのない理由ね。でも、お嬢さん、髪型には問題があるわ。あなたの髪にはレディ・キングエアの影響があるようね。でも、それではダメよ。まったくほめられません。レディ・キングエアには何を言っても無駄だけれど、あの人には変わり者でいられるだけの地位と称号があるの。でもあなたにはレディらしさが必要です。今日から毎晩、髪にカール布をつけること。やりかたはミス・パルースが教えてくれるでしょう。今後、二度とあなたの三つ編みは見たくありません。わかりましたか？」

ソフロニアは思った。これこそ本物の罰——最低最悪の罰だ。モニクにカール布のやりかたを教わるなんて！　それでもソフロニアは了解のしるしにお辞儀した。「わかりました、マイ・レディ」

「ではごきげんよう、ミス・テミニック」

「ごきげんよう、マイ・レディ」

「ああ、それからミス・テミニック、あなたは必ずしも今回の小さな冒険を認める必要はなかった——それはわかってる？　告発者の言葉に異議を唱えることもできたの。今後のためによく覚えておきなさい。否認はつねにひとつの選択肢であることを」そう言うとレディ・リネットはすべるように部屋を出ていった。もっとも、今朝のラベンダー色のドレスはとびきりフリルが多く、戸口をすり抜けるのもやっとだった。

「きっとモニクよ！」ディミティはうるさいハチを追い払うかのように両腕を振りまわしながら部屋をうろついた。腕を動かすたびに薄桃色の袖のひだ飾りが海の生き物のようにひらひら動いた。「お友だちの先生というのはレディ・リネットなんじゃない？」

ソフロニアは自分の代わりに立腹するディミティをうれしそうに見た。「モニクに決まってるわ。そして、あなたの言うとおり、お友だちはレディ・リネットよ——なんといっても女優だもの。ああ、それにしてもカール布なんて！」ソフロニアはうめきながらベッドに倒れこんだ。

「あれも、それほど悪くはないわ」

「言うのは簡単よ――あなたには必要ないんだから。どうしてまっすぐな髪じゃダメなの？　こんなこと、今まで一度も悩んだことないのに。この学校はあたしをどうする気？　このままじゃ軽薄女まっしぐらよ」

この問題だけはディミティにもどうしようもない。「それにしてもお芝居を観られないなんて残念ね」

「スウィフル＝オン＝エクセの？　もっとひどいことになっていたかもしれないわ」

「充分にひどいことよ。だって男の子がたくさん来るのよ」

ソフロニアはベッドの上にあおむけになった。この事態を嘆くべきか、喜ぶべきかよくわからない。「それはいいの、本当に。あたしはまだ男の子のことを考える時期じゃないわ。まつげぱちぱちも下手だし」

「あら、そのために〈バンソン校〉があるんじゃない！　何ごとも練習よ。モニクがプレシアに話すのが聞こえたの。生徒のなかには記録をつけてる子もいるんですって。学校で習ったことを使って、どれだけ多くの男の子をとりこにできるか。もちろん、本気の恋愛じゃないわよ。〈マドモアゼル・ジェラルディン校〉の生徒が本気で相手にするなら最低でも准男爵でなきゃ」

「〈バンソン校〉は邪悪な天才を育てるところじゃないの？」

「それってまずいんじゃない？　邪悪な天才の卵を手当たりしだいにとりこにするなんて？　相手が本気でふられたと思いこんだらどうするの？」

「大半はそうよ」

「そうね、でもそんなことより〈バンソン校〉の生徒が作ってくれるすてきな贈り物を考えてみてよ。モニクは取り巻きの一人に、対異界族用の武器として銀と木を使ったヘアスティックを作ってもらったって自慢してたわ。アメジストがちりばめてあるんですって。別の子には枝編み細工の爆発ニワトリを作ってもらったらしいわ」

「へえ、それっていったいなんのため？」

ディミティは唇をすぼめた。「枝細工の爆発ニワトリがほしくない人がいる？」

シドヒーグが扉を開け、顔をのぞかせた。「あんたたち、一日じゅう、ここでごろごろしてるつもり？　食事の時間だ。どうやらスコーンを食べながら重大ニュースが発表されるらしい」

「校舎はスウィフル＝オン＝エクセに向かってるわ。お芝居の上演があるの。〈バンソン校〉の生徒と一緒に観るんですって」と、ソフロニア。

「へえ、情報通だな」シドヒーグは片眉を吊り上げ、背を向けて出ていった。今日のドレスは家政婦が着るような格子柄だ。

ディミティがソフロニアに近づき、小声で言った。「ちょっと格子柄ですって！　信じられる？」

二人がシドヒーグのあとから寝室を出ると、すでにルームメイトたちが待っていた。ディミティが目をきらきらさせて言った。「ソフロニアの話によると、わたしたちは〈バンソン校〉と一緒にお芝居を観るためにスウィフル＝オン＝エクセに向かってるんですって」

とたんに少女たちは興奮してしゃべりだした。

「本当？　どんなお芝居？」アガサが、ソフロニアが知るかぎり初めて生き生きと目を輝かせた。アガサはどうしようもなく内気で、なんに対してもおよそ興奮することなどないと思っていた。

「〈バンソン校〉？　つまり男子生徒がいっぱい来るってこと？」プレシアがかわいい顔を強欲そうにゆがめた。毛引き症のヤマウズラみたい――ソフロニアは思った。

「いいこと、プレシア」ディミティがとがめるように言った。「最初の夫を邪悪な天才養成学校から選ぶのはよくないわ。殺すのが大変だもの」

「どうしてあなたがそんなこと知ってるの？」モニクがソフロニアに詰め寄った。

「あら、モニク、あたしに先を越されて驚いた？」ソフロニアは〝不必要に情報を明かすべからず〟という学んだばかりの教えをさっそく実践した。

廊下からデッキに出て食堂に向かう途中、ソフロニアはモニクの腕をつかんで引きとめた。ディミティは不思議そうな顔をしたが、すぐに了解し、ソフロニアがモニクと二人で話せるようほかの三人を先に行かせた。

「ちょっといいかしら、モニク？」

「何？」

「あんなふうにあたしのことをべらべらしゃべるなんて卑劣ね。あんなことをする人だとは思わなかったわ。お気に入りの先生に話したの？」

「いったいなんのこと？」

「ああ、なるほど――否認ね。あたしもそうするべきだったってレディ・リネットに言われたところよ。今後のためによく覚えておくわ」

「いいかげん意味のわかる話をしてくれない？　それともあたしを怒らせたいだけ？」

たしかにモニクは否認の名人だ。いらだたしげに細めてはいても、その青い目にはやましさのかけらもない。

「別にそれほどお芝居に行きたいわけじゃないし」と、ソフロニア。

モニクがはねつけるように言った。「あなた、頭がおかしいんじゃない？　まあ、秘密候補生なんてそんなものでしょうけど。お願いだから、もう話しかけないでくれる？」

「望むところよ」ソフロニアはすたすたとモニクのそばを離れた。

「それで？　なんて言ってた？」ディミティが小声でたずねた。

「すべてを否認したわ」

「やっぱり」

二人は食堂のテーブルについた。

赤毛を高々と結い上げた学長が立ち上がって前に進み出ると、話し声と食べる音が静まった。学長は深く息を吸って両手を大きく広げ、ぴんと背筋を伸ばして豊かな胸もとを突き出した。「さあ、みなさん、聞いてちょうだい！　わたくしたちは進路を変え、〈バンソン&ラクロワ少年総合技術専門学校《ポリテクニック》〉に向かっています。ちょうど小劇団が来ていて、とてもためになるお芝居《理想の浴槽》を上演しているの。あなたがたにも、たまにはごほうびが必要です。さあ、いいですか――手に入るゴシップがあれば手に入れなさい。手本にすべきファッションがあれば手本にしなさい。失恋させる相手がいれば失恋させなさい。それでこそわが校の生徒です」

「ゴシップ？　マドモアゼル・ジェラルディンはわたしたちが、その……情報収集してることは知らないんじゃないの？」ディミティが首をかしげた。

「あたしが思うに、あれは本物の社交界のゴシップのことよ」と、ソフロニア。

マドモアゼル・ジェラルディンが続けた。「これから三日間、校舎はスウィフル＝オン＝エクセに向かって移動しますが、授業はいつもどおりに行ないます。いいですか、みなさん、これはごほうびです。先生たちの判断によって取り消されることもあります。すでに、その例があるように」

おおというつぶやきが食堂じゅうに広がり、誰もがソフロニアのほうを見ないふりをした。スパイ養成フィニシング・スクールで忘れてはならないのは、まわりが——ときには自分より先に——自分の事情を知っていることだ。そしてときにそれは格好のお楽しみのネタになる。いずれにせよソフロニアの受けた罰は——罪状はさておき——学内にくまなく知れわたっていた。その広まりの速さは恥ずかしくも目をみはるものがあった。

それからの三日間は学内全体が興奮と期待の熱に浮かされていた。マドモアゼル・ジェラルディンの言葉とは裏腹に、すべてがいつもどおりではなかった。授業は観劇にふさわしいドレスと礼儀に集中し、レディ・リネットはオペラグラスの使いかただけでまるまる二時間も費やした。ナイオール大尉でさえ授業内容をナイフから絞殺具《ガロット》に変更した。大尉によれば、着席した場で人を殺すときはガロットのほうがはるかに簡単らしい。ただし、獲物の真後ろに座っているときにかぎる。「何よりやりにくいのは」大尉は言った。「自分が殺そうとする相手の真ん前に座っているときだ」

人が見たら女王陛下に謁見でもするのかと思うに違いない——プレシアが《理想の浴槽》のためのドレスをまた一枚、ためし着するのを見てソフロニアは思った。

スウィフル＝オン＝エクセに到着する前夜、ルームメイトは居間に集まった。就寝前のつかのまの自由時間で、かかとの高いブーツをはいて歩く練習をするように言われていたが、少女たちはたがいの衣装棚をのぞき、装飾品選びに夢中だ。

歩きかたの練習をしているのはソフロニアだけだった。ひとりだけ参加できないソフロニアは衣装選びに興味がないふりをしながら、よろよろ歩きまわった。それでも――モニクがひどくくやしがったことに――アガサのドレスがもっとも高級で、宝石もいちばん上等だったのには驚いた。かたやディミティの衣装は同情の視線を集めた。問題は生地というより――生地も紫と青緑の縦縞でぱっとしないが――やぼったいデザインで、いま流行《はやり》のエレガントなドレスにはほど遠い。ましてやあたしの一張羅のドレスを見られたらなんと言われるか、ソフロニアは考えただけで身震いした。そして、こんな軽薄なことを考える自分にショックを受けた。あたしったら、だんだん姉さんたちみたいになってきてる！ドレスと外套と手袋が散乱し、少女たちが装身具のなかをはねまわるという狂乱の居間の扉をドンドンと叩く音がした。

部屋の隅に立ち、片目でバカ騒ぎを見ていたシドヒーグが扉を開けた。そこにいるのが誰であれ小さすぎて、ひょろりとしたシドヒーグの姿に隠れて見えない。

フランスなまりの小さな声が生意気そうにたずねた。「そのへんにミス・ソフロニアはいる？」

シドヒーグは声の主を長々と見下ろし、振り向いて眉を吊り上げた。「ソフロニア、あんたに、その、お客さん」それだけ言うと、またもや物憂げな姿勢で壁にもたれ、新種の動物の行動を観察する科学者のような目ではしゃぐルームメイトたちを見つめた。

誰が来たのかと何人かがちらっと見たが、客の姿が見えたとたん、さっさと無視した。

ソフロニアはかかとの高い靴をはいたまま、よろよろと近づいた。

「こんばんは」ビエーヴがにこっと笑って見上げていた。明るいところで見ると、目はまぎれもない緑色だ。帽子の下からのぞく髪は真っ黒で、長年、悪ガキをやってきたような落ち着き払った態度で立っている。身なりは——新聞売りの少年のようだが——まあまあで、少なくとも煤だらけではなかった。

「あら、ビエーヴ、ごきげんいかが？」

「最高さ。見に来たんだ……その……きみの……」

「ああ、そうそう。忘れてたわ」ソフロニアはルームメイトを振り返った。「ビエーヴを部屋に入れてもいい？」

「誰ですって？」ディミティがたずねた。

ほかの子たちは目も上げない。

ビエーヴは帽子を取ってわざとらしく胸に当て、ぶらぶらと部屋に入った。

「その帽子と手袋の組み合わせはやめておいたほうがいいと思うよ、お嬢さん」プレシアが選んだ帽子と手袋を見て、ビエーヴが言った。

プレシアがビエーヴに気づいた。「あら、よく言うわね。あなたに装飾品の何がわかるの？」

「わかるよ、だってフ、ラ、ン、ス、人だもん」ビエーヴは肩をすくめた。

「たしかに」ディミティがにっこり笑った。

「なによ、たった九歳で、後見人は学者のくせに！」プレシアが言い返した。

ビエーヴの名誉のために言っておくと、プレシアの帽子と手袋についてはソフロニアも同感だった。赤紫色の手袋に黄緑色の帽子の組み合わせは最悪だ。「あたしならそんなこと、思ってても言わないけど」ソフロニアがビエーヴにささやいた。

ビエーヴはソフロニアのあとについて大混乱の居間を抜け、寝室に向かった。

ディミティが背中から呼びかけた。「自分の評判を忘れないで、ソフロニア。扉は開けておくのよ！」

モニクが不愉快な高笑いを上げ、アガサがディミティに近づき、何ごとかささやいた。

「これでも装飾品を見る目はあるんだ」二人きりになったところでビエーヴが口をとがらせた。

「たしかにそうだけど、プレシアと言い争っても意味がないわ。口ではかなわないもの――たとえ彼女が間違っていても。それで、これがバンバースヌート、バンバースヌート、こちらはビエーヴよ」

バンバースヌートはソフロニアのベッドの足もとに座り、消灯を待っていた。モニクのヘアリボンを食べてモニクに蹴飛ばされ、居間から逃げてきたところで、脇腹が小さくへこんでいる。

メカアニマルを見たビエーヴの緑色の目がうれしそうに輝いた。「触ってもいい？」

「もちろんよ。はい、どうぞ」ソフロニアはバンバースヌートを抱え上げ、少年に差し出した。

ビエーヴはしげしげと観察しはじめた。あちこちのハッチを開け、お腹のなかにある小型蒸気機関を長々と調べた。「すごいや。すごく手がこんでる。でも手入れが必要だね。最近、きしんでない？」

「たしかにキーキーいってる」

ビエーヴがうなずいた。「明日、みんなが地上に降りたころ、油と部品を持ってくるよ。調整してあげる」

「それはご親切に」九歳児に大事なペットをばらばらにさせていいものか、ソフロニアは不安になったが、申し出を断わるつもりはなかった。バンバースヌートに点検が必要だとすれば、ビエーヴ以外に頼める相手はいない。

「お安いご用だ。それにしてもきれいな子《リトル・ビューティ》だね？」

バンバースヌートは細長いソーセージのような体型で、大半は青銅製だが、ところどころに真鍮と鉄の部分があり、表面はつぎはぎだらけだ。この子のことは好きだけど、ソフロニアにしてみれば〝リトル・ビューティ〟とはとても言いがたい。「まあ、そう言われればそうかしら」

　ビエーヴはバンバースヌートをベッドの上に戻し、帽子をひょいと上げた。「じゃあ、また明日」まったく変な子どもだ。

「ええ、また明日。外まで送りましょうか？」ソフロニアは習ったばかりの〈男性客をさりげなく追い返す方法〉を使ってたずねた。

「ご心配なく」少年は少女たちに帽子をひょいと上げて居間をすり抜け、出ていった。

ディミティが戸口に現われ、ソフロニアをにらんだ。「いったい《オン・アース》あれは誰？　まあ、ここは地上《オン・アース》じゃなくて雲のなかだけど」

「ビエーヴよ」

「それはわかったけど、ソフロニア、あなた、ルフォー教授の変わり者の姪っ子と友だちになったなんてひとことも言わなかったじゃない！」

「姪っ子？」

第十一課　正しいドレスの重要性

ビエーヴは約束どおりやってきた。ソフロニアはまだ信じられなかった。ルフォー教授の九歳の姪っ子が男の子のようななりをして煤《すす》っ子たちとつるんでいるなんて。しかもそれを、あの堅物のルフォー教授が許しているなんて！

「やっほー、ミス・ソフロニア！」ちっちゃな小物バッグを胸の前に抱えたビエーヴが戸口から呼びかけた。

「こんばんは、ミス・ジュヌビエーヴ」ソフロニアはわざと形式ばって答えた。「どうぞなかへ」

ビエーヴは正体を知られても動じる様子はまったくない。「ばれたみたいだね？」

「いったいどうして男の子のふりなんかするの？」

「男の子のほうがずっと楽しいもん」ビエーヴはいつものえくぼを見せてにこっと笑った。

「たしかに女性のドレスはすてきだよ。でも自分で着るのはごめんだ。すごく窮屈だもん」

ソフロニアはビエーヴを上から下までながめまわした。今夜はお決まりの縁なし帽に、両袖をまくり上げたぶかぶかの男物のシャツ、茶色のベストに茶色の乗馬ズボンというでたちだ。「悪いけど、身なりに関するあなたの審美眼はあまり信用できないわ」

ビエーヴが笑い声を上げた。

「患者はそこよ」ソフロニアがバンバースヌートを指さした。バンバースヌートはソフロニアのルームメイトがいないのをいいことに、ティーテーブルの下という、いつもは許されない特等席に寝そべっている。

ビエーヴがティーテーブルに小物バッグのなかみをひっくり返した。大半は工具類で、ラベルのないコルク瓶が何本か混じっている。ビエーヴはやさしく声をかけてテーブルの下からバンバースヌートをおびき出し、長椅子に座って膝の上に載せた。

「何か手伝うことある？」

「遠慮しとく。だってきみは消灯後に壁をのぼってるところを捕まって、それで劇に行けなくなったんでしょ？」

「捕まったんじゃないわ。誰かに見られて告げ口されたの」

「そりゃひどい！」ビエーヴはバンバースヌートをひっくり返してお腹を開け、鉄製の長いねじれた棒のようなものでなかをあちこちつつきはじめた。それから小瓶を一本取ってコルクを抜き、先端がねらった場所に正確に届くよう、ねばつく黒い液体をぽたりと棒に垂らした。九歳にしては驚くほど手際がいい。

「それで、あなたはルフォー教授の姪なの？」

「そうらしいね」

ソフロニアは長椅子にもたれ、さりげなくたずねた。「試作品のこと、何か知ってる？」

「どうしてそう思うの？」

「あなたはメカと発明が好き。そしてあたしが知るかぎり試作品はその両方に関係してる」

ビエーヴは顔を上げてほほえんだ。バンバースヌートに集中しているときよりははるかに九歳児らしい表情だ。「あれは特別な通信装置のためのものだよ」

「なんのためですって？」

「エーテル流の妨害によってテレグラフが失敗して以来、ひとつの場所から別の場所にメッセージを送る長距離通信の新たな方法として、このアイデアが研究されてきたんだ。でも、残念ながら通信をやりとりするにはまだ問題がある。その解決法としてロンドン王立協会の研究者が新しい試作品を作った。作られたのは二個。ひとつはロンドン、もうひとつは〈バンソン校〉に届くことになってる」

「どうして〈バンソン校〉に？」

「そりゃもちろん、もう一台の通信装置がそこにあるからさ。とにかく、その試作品に何か問題が起こったみたいだね」

「モニクが隠したの」

ビエーヴが驚いた。「本当に？　どうして知ってんの？」

「ちょうどその場に居合わせたの。あたしが入学したとき」

「それがモニクのフィニシングの課題だったわけ？」

「そう。そして失敗した」

「だから新入生と寝起きしてるわけか。それでモニクも劇に行けなかったんだね」ビエーヴのえくぼが消え、またしても九歳とは思えない真剣な表情になった。

この小さな情報にソフロニアは驚いた。ディミティに〝モニクをしっかり見張ってて〟と厳命して送り出したばかりなのに。さぞディミティは困惑してるに違いないわ！「モニクも行ってないの？　じゃあ、どうして部屋にいないの？」

「教員区あたりでこそこそしてるんじゃない？　まったく鼻持ちならないね、モニクは。しかも悪いことに要領がいい」

ソフロニアは口をすぼめた。いまはモニクのバカげた行動につきあってる場合じゃない。

「じゃあ、どこにあるか知ってる？」

「試作品のこと？」

「そうじゃなくて〈バンソン校〉の通信装置」それを見れば、どうしてみんながこれほどほしがるのかわかるかもしれない。それに、原則女子禁制の〈バンソン校〉のなかも見てみたかった。

ビエーヴが顔を上げ、いぶかしげに緑色の目を細めた。「どうしてきみがトラブルに巻きこまれつづけるのかわかったよ。きみ、ほんとに女の子？」

「あら、あなたに言われたくないわ」

「だって女の子っぽくないんだもん」ビエーヴが首をかしげた。「どうしても見たい？」

ソフロニアはうなずいた。「どうしてこんな大騒動になるのかを知りたいの」

ビエーヴもうなずいた。「そうとなれば助っ人が必要だね。この飛行船は、そう簡単には乗り降りできない」

「こんなときこそ煤っ子との友情が役に立つんじゃない？」

ジュヌビエーヴ・ルフォーは自分の手並みに満足そうにえくぼを浮かべ、「たしかに。そのとおり」そう言ってバンバースヌートをもとどおりに立たせた。「さあ、これでいい」

バンバースヌートは濡れた犬がするように身体をぶるっと震わせ、部屋をとことこ駆けまわった。しっぽを元気よく振っている。チクタク、チクタク！

ソフロニアが見つめた。「ずいぶん動きがなめらかになったわ。きしんでもいないし。

たいした腕前ね」

ビエーヴが顔を赤らめた。「まあね。ひょっとしたら……あ、やっぱり」

見ると、バンバースヌートが居間の隅にうずくまり、灰の山をこんもりと排出した。

「あら、やだ。なんてお行儀の悪い！」

ビエーヴが弁護した。「バンバースヌートの蒸気機関はすごく小さいんだ。少しばかり出るものが出るのはしかたないよ」

「貯蔵室の容積はどれくらい？」

「きみの握りこぶしぐらいかな。それより大きいものはなかで詰まってしまう」

ソフロニアはうなずいた。後学のためによく覚えておこう。「それで、あなたはよじのぼるのは得意？」

「うん、でも、さいわいその必要はないんだ」そう言ってビエーヴは片方の手首を突き出した。手首に巻いた太い革バンドに小さな真鍮製の宝石箱のようなものがついている。ビエーヴは蓋を開け、ソフロニアが見えるように装置をかかげた。

最初はオルゴールかと思ったが、よく見るといくつものダイヤルと回転盤と小さなつまみがついている。

「何、これ？」

ビエーヴはにやりと笑った。「メカ作動停止磁場破壊フィールド発射スイッチ。でも、ソープは〝妨害器〟って呼んでる」

五分もたたないうちにソフロニアは自分専用の妨害器がほしくてたまらなくなった。

ビエーヴはすたすたと廊下を歩きだした。向こうからメカメイドがゴロゴロとおどすように近づいてくると、さっと手首を突き出し、反対の手でカチッとスイッチを押した。

そのとたん、メカメイドはその場で凍りついた。背中の金属板の下から出ていた蒸気が止まり、顔部分の歯車とダイヤルの動きも停止した。何かとんでもないものを見て失神の発作に襲われたかのようだ。なんてすごい発明品！

「急いで！」ビエーヴがソフロニアの手をつかみ、引きずるようにしてメカメイドの脇をすり抜けた。「効果は六秒しか続かない。時間延長に取り組んでるけど、いまのところはこれが精いっぱいだ」

メイドの脇を走り抜けた二人は廊下の角で立ちどまり、別のメカがいないか――ひょっとして謹慎の罰を受け、同じように脱出癖のある生徒がいないかと、あたりをこっそり見まわした。

こうして二人は石けり遊びよろしく区画や階をぴょんぴょん移動しながら船内を進んだ。メカに出くわすたびにビエーヴは六秒間停止させ、そのあいだに猛然と脇を駆け抜けた。校舎の中心部まで来ると、すぐさま下層デッキに向かった。ビエーヴの説明によれば、

〝まだ教師が二人、残ってる〟らしい。

「ブレイスウォープ教授ね？　なぜなら吸血鬼は船を離れられない。そしてもう一人は」

――ソフロニアは一瞬、考えこみ――「あなたのおばさん？」

「あの人は、楽しみとか気晴らしとかにはまったく興味がないから」ビエーヴがさりげなく応じた。

やがてボイラー室の入口にたどりついた。いつもは下のハッチからもぐりこむので、上から近づくのは変な気分だ。二人は真鍮製の巨大な両開き扉を押し開けた。扉には炎と危険を表わすあらゆるシンボルが色鮮やかに描かれている。しっぽが燃えているアナグマ。海賊の旗によくある髑髏《どくろ》マーク。でも、ここのは大きく口を開け、吸血鬼の長い牙が描いてある。これが吸血鬼を表わすとしたら、燃えるアナグマは人狼の意味？　もうひとつのシンボルを見て、ソフロニアは首をかしげた。山高帽のなかのコマドリ？　これのどこが危険なの？

二人は短い階段をおり、ボイラー室が一望できる内バルコニーに出た。ここからだと、劇場のボックス席のように眼下のボイラー室全体が見わたせる。オレンジ色に燃える口を大きく開けた四基の巨大なボイラー。部屋の片側に山と積まれた石炭。ボイラーの近くに点々と見える石炭の小山。大型ポンプやピストン、回転歯車やベルトといった大型機械。ぐるぐるまわるものもあれば、上下に動くもの、まったく動かないものもあるが、どれもボイラーのちらちらする明かりを受けて光っている。石炭の粉塵や空気中の蒸気にさらされても輝いているところを見ると、おそらく定期的に磨いているのだろう。そんな光るマシンのあいだを煤っ子たちがすり抜け、周囲を駆けまわり、内部にもぐりこんではアリのように動きまわっている。ところどころに大柄な修理工や機械工、火夫たちが支点のように立ち、そこにときおり煤っ子たちが指示をあおぐために集まるのが見えた——それこそおいしいチーズのかけらを見つけたアリのように。

「すごいわ、ここから見ると」と、ソフロニア。

「きれいだろ?」ビエーヴが目を輝かせた。「いつか、これとそっくりな自分専用の大きな研究室を持つのが夢なんだ」

「へえ?」

「〝発明室〟って呼ぶことに決めてる」ビエーヴは本気らしい。

「いい名前ね。さあ、機関士に気づかれる前に移動したほうがいいんじゃない?」

「そうだね」ビエーヴは先に立ってボイラー室に続く急ならせん階段に向かい、小走りで駆けおりた。何枚ものペチコートがついた濃紺のよそゆきドレスに身を包んだソフロニアも、ペチコートが許すかぎりすばやく追いかけた。

階段を下りた先は、まさにビエーヴの庭だった。少しも迷わず装置のあいだをすり抜け、石炭の山を迂回し、修理工たちをやすやすと避け、煤っ子たちに近づいては離れ、まるで仲間の一人であるかのようにすいすい歩いてゆく。帽子を目深にかぶり、両手を乗馬ズボンのポケットに深く突っこんださまは、まわりよりちょっと小柄で、少しばかり身ぎれいなだけで、まさに煤っ子そのものだ。

かたやソフロニアはいかにも場違いだった。お上品なドレスを着てこんなところにいると、ミートパイのなかのパイ菓子のように目立つ。ビエーヴが部屋の隅にある大型回転エンジンの後ろで足を止め、ソフロニアはほっとした。ここなら誰からも見られない。

ビエーヴが金髪の腕白そうな少年の肘をつかんだ。「ラフェ、ソープを連れてきてくんない？」

「自分でやれよ、うるせぇな」

「それができないんだ。大事な連れがいてさ。こんな危険なところにレディを一人残しておくわけにはいかないだろ？」

「レディ？」金髪少年が、ソフロニアの立つ暗がりに目を細めた。「女の子がこんなとこで何してんだ？」

「誰にだってそれぞれ事情ってもんがあんの。だからソープを頼むよ」

金髪はふんと鼻を鳴らしながらも、けだるそうにソープを呼びに行った。

「ずいぶん感じのいい人ね」と、ソフロニア。

「みんながみんな、あたしみたいに愛想がいいってわけじゃないよ」ビエーヴが笑って答えた。

「そして、おれみたいに魅力的ってわけでもない」ソープが後ろから声をかけ、ビエーヴの帽子をひょいと取りあげた。「こんばんは、ミス・テミニック、ビエーヴ。二人おそろいで何ごとだ？　いまごろは町で芝居だかなんだかごたいそうなもんを観てるんじゃなかったの？」

「返して！」ビエーヴは帽子を取り返そうと手を伸ばしたが、ソープはビエーヴが届かない位置にかかげた。「劇場なんかつまんないよ」

「あたしは罰で参加できないの」と、ソフロニア。「でもね、ソープ、あたしたちが外に出るのに手を貸してくれない？」

「外？」

「〈バンソン校〉に忍びこむの」

「なんで？　誰もいないんじゃないの？」

「だからさ」ビエーヴがうれしそうに答えた。

「あそこに見たいものがあるの」

ソープがけげんそうにたずねた。「見たいもの？」

「通信装置」と、ソフロニア。

ビエーヴがにっと笑ってうなずいた。

ソープは二人の顔にかわるがわる見やり、最後にソフロニアを見て言った。「まさかきみまで？　メカ狂いになっちまったの？　きみたちを紹介するんじゃなかったな。あとで泣きをみても知らないぞ、油まみれになって」

「そうじゃないの。あたしはその装置がどんなにすごいかを知りたいだけ」

「どういうこと？」

「空強盗がほしがってるの、少なくともその一部を。そのせいでモニクはしくじったの。その行方をめぐって、これまでに二度も空中戦を見たわ」

最後の言葉にソープが反応した。「中央気球で起こったことを見たの？」

「ええ。あなたが修理してるところも」

「あれにはまいったよ。ヘリウムのおかげで一時間ちかくも声がキーキーだった。まったく気球の修理は最高だ。それで？」

「誰かが校舎に砲弾を放ったの」

「その通信装置のために？」

「そうじゃなくて、通信装置どうしの交信を可能にする部品のために」

ソープは困惑しながらも協力に応じた。「よし、わかった。だけど、おれも一緒に行くよ。監督者もなくきみたち二人を忍びこませるわけにはいかない」

ソフロニアは眉を吊り上げた。「言っとくけど、あたしはこれまで何年もあちこち忍びこんできて、捕まったことは一度もないんだから」

ソープがじろりとにらんだ。

「いいわ、わかった」と、ソフロニア。これ以上、時間を無駄にはしたくない。

ソープは非番の煤っ子を数人かき集め、薄汚れた一団にソフロニアとビエーヴをボイラー室のもうひとつのハッチまで案内させた。前に来たときは気づかなかったが、ハッチは部屋の隅――校舎内にくねくねとめぐらされた暖房設備のための湯沸かしポンプとおぼしき装置の後ろにあった。階上《アップトップ》にある生徒室の暖房装置は壁に埋めこんだ格子のような形で、凍えるような夜になるとスイッチが入り、たいていは暑くなりすぎる。ディミティとソフロニアの寝室の暖房装置はガタガタ、ブンブンとすごい音を立てるので、ディミティが〝消化不良のボリス〟と名づけた。なるほど、ボリスの熱源はこれなのね。

ハッチのそばにはぐるぐる巻きにした縄ばしごが置いてあった。ハッチを開けると、校舎は地面ちかく――せいぜい二階くらいの高さ――を低空飛行していた。しかも荒れ地のはずれだ。縄ばしごをおろして伝いおりると、スウィフル＝オン＝エクセの町が見えてきた。

校舎は町の高台にあるヤギ道からはずれた小山の上空に浮かんでいた。町からはかなり離れている。ソフロニアは不安になった――まんいち荒れ地に霧が立ちこめたら、帰り道がわからなくなるかもしれない。空には満月――つまり町はお祭り騒ぎで、ナイオール大尉はいないということだ。今宵、大尉は抑えるすべもなく本物の怪物になるのだろう。シドヒーグの解説によれば、ナイオール大尉は満月の数日前から休みを取り、月の狂気に支配される人狼の自分が誰にも危害を加えないよう、文明社会から遠く離れた荒れ地の奥に身を隠すそうだ。残念ね――ソフロニアは思った――人狼は芝居好きのはずなのに。

ソフロニア、ビエーヴ、ソープの順に草地に降り立ち、ソープが飛行船の煤っ子に合図すると、縄ばしごが巻き上げられた。はしごはきっかり二時間後――芝居が終わる直前にふたたび下ろされる約束だ。ソフロニアは時間が足りないのではないかと心配したが、ビエーヴは二時間あれば充分だと請け負った。

町に続く道は煌々《こうこう》と輝く満月で明るかった。銀色に輝くスウィフル＝オン＝エクセは藁葺き屋根と教会の尖塔を寄せ集めたような町で、左手に巨大な〈バンソン校〉がそびえている。三人は小走りで進み、十五分もしないうちに正門に着いた。

ソープがポーターの呼び鈴を引くあいだ、ソフロニアは隠れていた。メカポーターには最初にビエーヴを対面させることにした。いざとなれば妨害器があるし、ポーターがビエーヴを女性と認識するかどうかを確かめるためだ。ビエーヴはメカの認識モジュール――それがなんであれ――は人間の下半身の形で男女を判別するはずだと主張した。だから、ソフロニアが分別のある誰かのようにズボンをはきさえすれば……。

ビエーヴの説が正しかったのか、それとも性格の一部がもともと男の子っぽいせいか、いずれにせよ門扉が開いて現われたメカはビエーヴを拒否しなかった。

ビエーヴはメカに近づいて大きく胸を張り、「ルフォー教授からミスター・アルゴンキン・シュリンプディトルに伝言です」と甲高い声で言った。

「こちらにお渡しください、ヤング・サー」メカポーターが歯車の集合体でできた顔の奥からとどろくような声で言った。

「それはできない」と、ビエーヴ。「直接、手渡すよう命じられた」

ポーターがいかにも不満そうにシューッと蒸気を吐き出すと、首につけたクラバットがひるがえり、ぜんまいじかけの顔が一瞬見えなくなった。ポーターはブーン、ガチャンと音を立てて頭の煙突から煙を吐き出し、ようやく言った。「わかりました、どうぞこちらへ」

ポーターは複数の軌道上で大きく輪を描いた。〈マドモアゼル・ジェラルディン校〉にある単一軌道型メカの旋回機能や敏捷さはないらしく、背負った手押し車をガタガタと左右に揺らしながらゴロゴロと進みはじめた。

ビエーヴがソフロニアに振り返ってささやいた。「いまだ！　飛び乗って！」

「えっ、手押し車のなかに？」

「背中に認識モジュールはないんだ」

ソフロニアはビエーヴに疑いの目を向けた。でも、たしかにメカポーターはビエーヴを女の子と認識しなかった。ソフロニアはソープと目を見交わした。

ソープは両手を小さくひらひらと振った。〝きみにまかせる〟を意味する万国共通のしぐさだ。

ソフロニアは肩をすくめると、ポーターを小走りで追いかけ、スカートをひるがえして背中の手押し車に飛び乗った。ソープも猛スピードであとを追ってソフロニアの横に軽々と飛び乗り、肩が触れ合うくらいそばに寄ってにっと笑った。ソープは煤のにおいがした。ソープに似合いの、いいにおい。ソフロニアも笑い返した。ジュヌビエーヴ・ルフォーの言うとおり、ポーターは二人の存在には気づきもしなかった。

ビエーヴは散歩でもするようにメカポーターと並んで歩いてゆく。小柄なビエーヴと、背丈がゆうに二倍、胴まわりが三倍はありそうなメカが並ぶさまはなんとも滑稽だ。

メカポーターの軌道は中央校舎の正面で終わっていた。

そこは〈マドモアゼル・ジェラルディン校〉と比べるとはるかに学校らしかった。正面に立派な階段があり、精巧な模様を彫りこんだ、木と鉄でできた両開きの大きな扉に続いている。メカポーターが階段に近づくにつれて、ソフロニアは手押し車のなかで身を低くかがめた。ポーターは使者の来訪をどうやって内部に知らせるのかしら？

軌道がとぎれる階段の一段めにポーターがぶつかった。これが変形の引き金だったらしく、一段目の下から大量の蒸気が噴き出したかと思うと、キー、ガシャンという大きな音とともに階段がみるみる縮まりはじめた。扉のある校舎の正面全体がアコーディオンのように下に向かって蛇腹式に圧縮され、みるまに扉は地上と同じ高さになり、平らになった階段に軌道が続いていた。

ポーターはゆっくりと扉に向かい、そのままがつんと衝突した。これを合図に両開きの扉の片方が開き、奥に暗い廊下が見えた。ポーターは平らになった階段からかなりあとずさって軌道を切り替え、屋外周回路に乗り替えるべく、またしても迂回しはじめた。そのあいだにソフロニアは背中から飛び降り、開いていないほうの扉の後ろにさっと駆けこんで身体をぴったりつけた。誰が見ていないともかぎらない。

ソープとビエーヴはゆうゆうとメカポーターのあとに続いた。

扉をすり抜けるとき、ソフロニアは表面に細かく彫りこまれた模様に気づいた。何匹ものタコがたがいの触手を握り合い、長い鎖状につながっている。

身を隠したのは正解だった。というのも扉の反対側から新たな軌道が始まり、またしても別の顔なしメカが立っていたからだ。こんどのメカは小型で、ひだ飾りのついた白いエプロンドレスをつけ、関節のあるハサミのような両手に集塵器を抱えている。〈マドモアゼル・ジェラルディン校〉のメカメイドとは違い、ずんぐりした体型で、何も言わず、ソフロニアにも無反応だ。きっとメイドからは戸陰にいるあたしが見えないのだろう。そう願いたい。

真後ろにビエーヴとソープが近づき、いざとなったら助けに入ろうと——さもなくばごまかそうと——身構えている。二人はソフロニアが隠れたのを見てメカメイドの前に立ち、激しい身ぶりを交えて話しだした。

そのすきにソフロニアは、ビエーヴのいう認識モジュールとやらが混乱することを祈りながらメイドの脇をすり抜け、廊下の奥に向かって走った。ソープとビエーヴもあとに続いた。

三人は廊下の片側にある小さな階段の上で息をついた。

背後では、校舎の表玄関があたりを白い蒸気で満たしながらもとどおりの高さに戻った。

「きみもズボンをはいてくればよかったのに」ビエーヴが不満そうにつぶやいた。

「たしかにあたしはまだレディじゃないけど」ソフロニアは精いっぱいの威厳をこめ、「男の子でもないわ！」そう言いながら、〈マドモアゼル・ジェラルディン校〉に入学する前より、はるかに身なりを気にしている自分に気づいた。

ソープがソフロニアを見た。「おれにはレディに見えるよ」

「ありがとう、ソープ」暗くてよかった。顔が赤くなるのを見られずにすむわ！

「どういたしまして」

三人は次の廊下に進んだ。

〈バンソン校〉のメイドの数はそれほど多くはなかった。おそらく生徒がいないあいだは任務をはずれているのだろう。男の子だらけの学校で、女子校よりメイドの数が少ないとはとても思えない。その後はすべて順調に進んだ。ビエーヴは校舎のなかを少しも迷わず、先頭に立ってどんどん階段をのぼってゆく。

「前にも来たことがあるの？」ソフロニアがささやいた。

「なんどもね。おばさんはいつも何かしらミスター・シュリンプディトルと話すことがあるんだ。レディ・リネットはあたしを監督者もなく一人で飛行船に残しておくのを嫌がるから。昔はよくマドモアゼル・ジェラルディンにお守《も》りを頼んだけど、なにしろこっちは脱走の常習犯だからね」

「だったら通信装置も見たことあるの？」

「それがまだなんだ。いつも外で待ちぼうけ。〝作業場は子どもの来る場所じゃありません〟って」ルフォー教授の口調をまねるビエーヴの声には怒りがこもっていた。おそらくこの九年間、さんざん聞かされてきたのだろう。「でも、どこにあるかは知ってる。屋上だ」

ソープとソフロニアは足を止め、驚きの声を上げた。「屋上？」

「シイーーッ！　劇場に行ってない生徒がいるかもしれない。〈バンソン校〉が校舎をメカだけにしておくとは思えない」ビエーヴはシャツの長い袖をまくり、細い骨ばった手首を剝き出しにした。

「でも、どうしてそんな精巧な装置を屋上なんかに？」と、ソフロニア。

「さあね。でも興味をそそられるでしょ？」えくぼを浮かべて笑うビエーヴは、ひどく幼く見えた。

そのときふとソフロニアは気づいた。あたしたちは子どもの手引きで敵の陣地に入りこんでいる。まったくどうかしてるわ。ああ、どうしよう。

そのとき目の前の扉が開き、奥の薄暗い廊下が見えた。高品質のガスだけに可能な、ちらちらしないまぶしい明かりが前方を照らし、その光のなかに――メカではない――少年の黒い影が浮かびあがった。

ずんぐりした体型で、ビエーヴと同じようにぶかぶかの服を着て、鼻歌まじりにいかにも古そうな大型本に顔を近づけている。

ソフロニアとソープとビエーヴはぎょっとして立ちすくんだ。

少年が目を上げ、薄暗い廊下にひそんでいた三人に気づいた。とたんに悲鳴を上げ、手にした本を落とした。少年の背後で扉がばたんと閉まり、あたりはまたもや真っ暗になった。

第十二課　社交場面での正しい意思伝達法

「誰だ？」暗闇からいらだった声が呼びかけた。「そこにいるのはわかっている。姿を見せろ！」

ソフロニアが前に進み出た。「怖がらないで、ピルオーバー。あたしよ」

ピルオーバーが目をすがめた。「ミス・ソフロニア？ ここで何してるの？ どうやって入ったの？ 一緒にいるのは姉さん？」

ソフロニアは嫌がるビエーヴとソープを前に引きずり出した。「違うわ。でも連れはいるの。ピルオーバー、こちらはジュヌビエーヴ・ルフォーとフィニアス・B・クロウ。ビエーヴ、ソープ、こちらはピルオーバー・プラムレイ＝テインモット——ミス・ディミティの弟よ」

ピルオーバーは紹介された二人を見くだすような目で見た。「下層階級の子？」

「見た目だけよ。二人とも信頼できるわ。こっちのビエーヴは発明家で、ソープは、ええと」——ソフロニアは答えに困り——「いわゆる機関士よ」ようやくふさわしい言葉を思いついた。

ソープは小さく鼻を鳴らしたが、ビエーヴはきちんと発明家と紹介されたことに子どもらしく喜んでいる。

ピルオーバーはビエーヴを見やり――相手が九歳児にもかかわらず――発明家の称号を認めたようだ。次に月明かりにちらっと照らされたソープを見て声を上げた。「でも、ミス・ソフロニア、こっちは肌が黒いよ！」

ソフロニアは首をかしげ、言われるまで肌の色には気づきもしなかったかのようにソープをしげしげと見て言った。「そんなの関係《イレラヴァント》ないわ。それとも無礼《イレヴァラント》だっけ？」

「本当に？」ピルオーバーが片眉を吊り上げた。

ソフロニアは力強くうなずいた。「本当に」

ピルオーバーは身をかがめて本を拾い上げた。「まあ、きみがそう言うんなら」

「それにしてもピルオーバー、劇場にも行かずにこんなところで何してるの？」

ピルオーバーは肩をすくめた。「〈ピストンズ〉の相手はうんざりだ。口先だけの嫌味なやつらさ、みんな」

「ピストンズ？」まさか蒸気機関のなかで動くやつじゃないわよね？

ソープがにじり寄った。「ミス・ソフロニア、しゃべってる時間はないよ」

「ああ、そうだったわ。あなたも来る、ピルオーバー？　これから屋上に通信装置を見にいくの」

「行く！」いつも不機嫌なピルオーバーの顔がぱっと輝いた。

こうして四人になった潜入隊は先へ進んだ。

「あの子、役に立つの？」ソープがソフロニアにたずねた。

「まあ、今にわかるわ」ソフロニアはわけ知り顔で答え、新入隊員に振り向いた。「それで、その〈ピストンズ〉って？」

「ああ、自分たちをすごく特別だと思ってて、乗馬ブーツでこそこそ歩きまわって、黒いドレスシャツを着て、いつも大英帝国の現状を憂えてる連中さ。上着の胸もとに意味もなく歯車を縫いつけて。正直、あれはまわりをこづきまわすためのただの免罪符だ。しかも誰もやつらには手を出せない。その半数がピクルマンの息子だと言われてるからさ。ぼくに言わせれば嘘っぱちだ。でも連中はひどく幅をきかせてる。ここを学びの場だと思ったら大間違いだよ」

ソフロニアはピルオーバーのおしゃべりに圧倒された。「ああ、わかるわ。うちにもモニク・ド・パルースがいるから」

ピルオーバーが鼻にしわを寄せた。「さぞ大変だろうね」

「まったくよ。あたしのことを告げ口したんだから」

「まさか？」

「ほんとよ」

「それで、うちの疫病神の姉さんはどうしてる？」

「あたしよりなじんでるわ。また失神したけど」

「血で？」

「血で」

「きみたちの学校の噂を聞くかぎり、避けられないね」

「人狼からナイフでの闘いかたを習ったわ」

「人狼？　すごいや！　ここには異界族の教師が一人もいないんだ。はっきり言って学長の怠慢だよ。名のある学校なら、せめて吸血鬼教授の一人くらいはいなきゃ。イートン校には三人いるらしい。そっちは女子校なのに吸血鬼と人狼の両方がいるなんて。まったく不公平だよ、ぼくに言わせりゃ」

しゃべりながら四人は階段をいくつものぼり、もうすぐ屋上というところでメカメイドと鉢合わせした。ビエーヴとソープがあわててソフロニアの前に飛び出し、あたりを跳びはねはじめた。

「あの二人、何やってんの？」と、ピルオーバー。

「あたしが女だってことをメカに気づかせまいとしてるの」

「ああ、そうか、忘れてた」一瞬ためらったあと、ピルオーバーもぎごちなくその場でくるくるまわりはじめた。ソフロニアはみんなのバカげた動きに必死に笑いをこらえ、メイドが気を取られているすきに脇をすり抜けた。ビエーヴに妨害器のことを思い出させようかとも思ったが、変な踊りを見るのが楽しくて言うのをやめた。

そうしてようやく最後の階段をのぼり、目的の尖塔にたどりついたものの、扉にはカギがかかっていた。ソフロニアが取っ手をガタガタ揺らしても、びくともしない。

ソフロニアは仲間を見まわした。「誰か錠前破りができる人？」

「たいしたスパイだな」ピルオーバーがぼやいた。

「入学してたったの一カ月よ！　これでもお辞儀ができるようになったし、まつげぱちぱちもすごくうまくなったんだから」

「だったらカギのかかった部屋にぱちぱちしてみたら？」

ソフロニアはピルオーバーの皮肉を無視してビエーヴに期待の目を向けた。「発明品とかないの？」

ビエーヴは首を横に振った。

「ちょっとおどきください、レディーズ」ソープが仰々しく言った。「助けてさしあげましょう」

ピルオーバーは〝レディーズ〟の一人に数えられてむっとしながらもソープに場所を譲った。

ソープが魔法の内ポケットから小さな革袋を引っ張り出した。なかから現われたのは、さまざまな大きさの金属棒一式だ。ソープはカギをじっくり検分し、一本の棒を選んでカギ穴に差しこんだ。さんざんあちこちいじりまわしたあと、ようやくカチッと音がした。なかに入ろうとしたとき、ピルオーバーが叫んだ。「気をつけて！　わながしかけてあるかもしれない」

全員が足を止めてピルオーバーを見た。

「いい？　ここは邪悪な天才の養成学校だよ？　ぼくならしかけるね。未熟な天才レベルのぼくだって、それくらいのことは考える」

ソフロニアが前に進み出た。「これを言いだしたのはあたしよ。あたしがやるわ」

ソフロニアは勘を頼りに――新入生はまだ〈住居不法侵入法〉や〈無断パーティ潜入術〉といった授業を習っていない――小さく扉を開け、隙間に指を差しこんでゆっくり下にすべらせた。床から十センチほどのところに麻ひもがピンと張ってある。扉にそって指を曲げ、ひもをたどって指をすべらせると、側柱の結び目に手が触れた。ソフロニアはほっとした――これでひものどちら側がわなにつながっているかがわかった。それがわからなければ、裏をかくことはできない。

ソフロニアは裁縫バサミを取り出し、片手で麻ひもをピンと張り、反対の手でひもを切った。わなは扉が開いてひもがピンと張ったら作動するの？　それともひもがぷつんと切れてゆるんだとき？　ソフロニアは裁縫バサミをエプロンドレスのポケットに戻し、ヘアリボンを取り出した。さすがはスパイ養成学校の先生――どんなときもハサミとハンカチと香水とヘアリボンを身につけておきなさいとしつこく言っていたのは、こういうわけね。そのうち、なぜ赤いレースの小ナプキンとレモンが必要なのかもわかるだろう。

ソフロニアはひもの片端にヘアリボンをしっかりと結びつけ、それを指に巻きつけて張り具合をできるだけ一定に保ちながら扉を押し開けた。

少年二人とビエーヴが感心した様子で言葉もなく見つめている。

ついにピルオーバーが言った。「いい教育を受けてるじゃないか！」

あたしもそう思うわ。ソフロニアはひもを巻いた手を伸ばしたまま、室内に入った。麻ひもの先は右側の扉の裏にある、うずくまったヒキガエルのような装置につながっていた。

ビエーヴが駆け寄った。「〈ゆでビーツ発射型圧縮張力ベント〉だ。すごい！　危険じゃないけど、これが作動するとあたりはゆでビーツだらけになってどんな侵入者も逃れられないんだ。ちょっと待って、発射機の武器をはずすから」

ビエーヴが何カ所か調整すると、ぐしゃっという情けない音とともにぴんと張っていたヘアリボンがゆるんだ。ソフロニアはリボンをひもからほどいてポケットにしまった。うわ、これって楽しい！

家具どころか椅子ひとつない灰色の石造りの部屋で、あるのは〈ゆでビーツベント〉と、空を見上げるための望遠鏡一式だけだ。望遠鏡は等間隔に並ぶガラスのない窓ごとに一台ずつ据えてある。まるでおとぎ話の世界に出てくるような古めかしい部屋だ。さしずめグリム童話の《ラプンツェル》？　もしラプンツェルが天体観測の熱心な愛好者だったとしたらだけれど。

ひとつだけ装置が置かれてない窓があり、外には誰が作ったのか今にも壊れそうなバルコニーがついていた。

「これだよ」ビエーヴが得意そうに言った。

四人は窓に近づき、外を見た。

「壊れそうだな」と、ピルオーバー。

ソフロニアはバルコニー脇のレバーと滑車装置を指さし、「おそらく配膳エレベーターのように上下するんだわ。ついてきて」そう言って窓枠をくぐり、バルコニーに降りた。

「いい考えとは思えないけど」そう言いながらピルオーバーもあとに続いた。

ソープはにやりと笑って勢いよく飛び降り、しんがりのビエーヴがさっそく滑車を調べはじめた。

「うん、頑丈そうだ」

まあ、少なくともここまではビエーヴの手引きに間違いはなかった――ソフロニアは自分に言い聞かせた。「用意はいい？」

ビエーヴが小さなクランクをまわした。何も起こらない。

「力が足りないんだよ」ソープがなじった。

ビエーヴは怒ったというより、はがゆそうだ。「体重が足りないんだ。子どもってのはつくづく不便だよ！」

「逆に言えば、体重以外は大人だってことよ」ソフロニアがなぐさめた。「あなたの行動はとても子どもには見えないわ」

ビエーヴはうれしそうに顔を赤くした。「わあ、サンキュー！」

ソープが近づいてレバーを動かすのを手伝った。ソープはひょろりとしているが、毎日あれだけの石炭を運んでいるのだから、実は力持ちに違いない。そしてそのとおりだった。

屋上まで上昇した四人はバルコニー型昇降機から降り、ようやく悪名高き通信装置と対面した。園芸小屋と旅行かばんをかけ合わせたようなしろものだ。

「これ？」

「たぶん」

「屋外便所がふたつ並んでるみたいだ」と、ソープ。

ソフロニアが肘で突いた。「下品なこと言わないで」

「だってそうじゃないか！」

四人は装置に近づいた。近くで見ると、ますますへんてこだ。それは、いかにも古めかしい石造りの銃眼つき尖塔のてっぺんに、冴えない格好で恥ずかしげにちょこんと載っかっていた。小屋の扉を開けると、大人が立てるくらいのふたつの部屋に分かれており、どちらもからみ合う奇妙な装置がごちゃごちゃと詰めこまれていた。チューブやダイヤル、黒い砂のようなものが入ったガラスケース、そしてどう見ても改良が必要そうな空っぽの架台があちこちに置いてある。

さっそくビエーヴが床に這いつくばり、小さな身体をよじってあちこちもぐりこんでは装置の下部や接続ポイントなどを調べはじめた。

ピルオーバーはつまらなさそうにあたりを見まわし、ときおり装置をつつきながらぶらぶら歩きまわっている。ソフロニアとソープは、わけのわからない通信装置そのものより、ビエーヴの奇妙な動きをおもしろそうに見つめた。

「こんなものを見るためにわざわざやってきたわけ?」と、ソープ。

「これを見れば試作品がどんなものかわかるかもしれないと思ったの、ついでにモニクが隠した場所も」ソフロニアがすまなそうに言った。どうやら無駄骨だったようだ。

そのときビエーヴが装置の下から出てきて叫んだ。「すごい装置だ！　時代遅れのテレグラフとはまったく違う。これには長距離配線がいらないんだ！」

「配線もないのに、どうやって離れた場所どうしで通信できるの？」ソフロニアは額《ひたい》にしわを寄せた。

「たぶん、なかにエーテル伝導体があるんだよ！」ビエーヴが小さな手を乗馬ズボンでぬぐいながら近づいた。ズボンには手の形に黒い油じみがついた。

大気に関する本をもっと読んでおけばよかったと思いながらソフロニアは眉を寄せた。

「つまりエーテル層を通して通信を反射させるってこと？」

「どうりで屋上にあるはずだ――だってエーテルに近いもん」ビエーヴがえくぼを浮かべた。

「なぜうちの学校が関係してるかもわかったわ。いざとなったらエーテル層の内部まで校舎ごと上昇できるからね」と、ソフロニア。

ビエーヴが目を輝かせた。「すごいよ、長距離相互通信システムなんて。世界を革命的に変えるかもしれない」

ソープとソフロニアは視線を交わした。ソフロニアは飛行船に乗りこんで以来、家族からの手紙がまったく届かず、こちらからも送れない現状を考えていた。ふつうに考えればスウィフル＝オン＝エクセに着く前に、生徒たちは〝送りたい手紙はないか〟とたずねられてもよさそうなものだが、手紙のことはまったく話に出なかった。ソフロニアに関して言えば、おそらく今回の罰が――モニクと同様――外部との通信禁止にまでおよんだのだろう。ピルオーバーは〈バンソン校〉に来て以来、何か郵便物を受け取ったのかしら？まあ、親というのはいったん子どもを追い出したら、それきり忘れてしまう可能性もあるけれど。

おそらくソープは通信装置のよからぬ使いかたを考えているに違いない。そして真の科学者であるビエーヴは装置の利点だけを見ている。なぜ空強盗がこれをほしがるのか、ソフロニアにはわかったような気がした。

「つまり、行方知れずの試作品というのは、この反射を促進する……バルブってこと？」

ビエーヴがうなずいた。「これできみが見たっていう十二面体の形に説明がつく。多方向に対応するためには多面体が必要だ。これまではエーテル流と同調するには台形でなきゃならないと考えられてたけど」

ソフロニアがソープとピルオーバーを見た。「意味、わかる？」

ソープは首を横に振った。

ピルオーバーは肩をすくめた。

「いずれにしても、これであの手袋は洗濯してもよさそうね」

「なんの話？」ピルオーバーがけげんそうに見返した。

「長い話よ。あなたも関係してたんだけど、すべては無駄だったわ」

「なんだかおもしろそうだね」

「郵便業務に興味がありさえすればね」

ピルオーバーはまんざらでもなさそうな表情を浮かべたが、ソフロニアは時間が心配になってきた。

ビエーヴは文字どおり興奮に震えている。「考えただけでわくわくするよ！」

「そうね、でも、そろそろ戻らなきゃ。これで少しは状況がわかったわ」

「うん、それがいいと思う」ソープが心配そうに月の位置を見上げた。

四人は〈バンソン校〉のなかを無事に通り抜けた――正確には、ほぼ無事に。

というのも校舎を半分ほどくだり、廊下の角を曲がったところでメカメイドと文字どおり、正面衝突したからだ。ソフロニアはぐふっとうめき、後ろによろけてピルオーバーにぶつかり、ソープの足を踏みつけた。そのせいで今回はごまかしダンスをするまも、ビエーヴが妨害器を使う余裕もなかった。メイドがソフロニアを女性と認識したとたん、警報が鳴りひびいた――甲高い警笛。それに続いて学校じゅうの警報が鳴りはじめた。

〈マドモアゼル・ジェラルディン校〉の鐘と違い、〈バンソン校〉の警報はノコギリ歯をうねうねとたわませたような音で、しかもはるかにうるさかった。うおん、うおんというふざけたような音が寄せ集めの校舎全体を揺るがし、たちまち廊下にメカがわらわらと現われた。人間も一人、二人混じっている。ソフロニアはとっさに手近な扉のなかに駆けこんだ。三人もあとを追ったが、気がつくとそこは掃除用具入れのなかだった。逃げ道はどこにもない。

「やったね。これからどうする気？」と、ピルオーバー。

「静かに」と、ソフロニア。

ピルオーバーはソフロニアを無視し、ぶつぶつ続けた。「もうおしまいだ。ぼくは退学させられる——未熟者の烙印を押されただけで。ああ、パパになんと言われることか。プラムレイ＝テインモット家でこれまで〝意地悪な天才〟にもなれなかった人間は一人もいない。ここで追い出されたら一族の名折れだ」

「なんできみまで一緒に隠れてんの？」ソープがたずねた。「きみはどこでも好きなだけ歩きまわれるんだろ？」

「そうだった」ピルオーバーは丸めた背を伸ばし、掃除用具入れから出ようとした。

ソフロニアがピルオーバーの腕をつかんだ。「いまはダメ！　あたしたちが隠れてることがばれるわ」

「時間の問題だよ」ピルオーバーは冷たく言った。「いずれメカたちが学校じゅうをくまなく捜《スゥイープ》すはずだ」そこでそばにあるホウキに目をやり、「掃除《スウィープ》か。はっ」と鼻で笑った。

「ああ、おもしろいこと。いまやあたしたちはだじゃれとともに掃除用具入れに閉じこめられたってわけね」ソフロニアはピルオーバーをじろりとにらんだ。「ちょっと待って、そうよ——あなたはここにいて当然なのよ。そうだ！　みんな、ちょっとあっちを向いて」

三人はきょとんとしてソフロニアを見た。

「お願いだから言うとおりにしてくれる?」

狭苦しい用具入れのなかで三人はなんとか身体をよじって背を向けた。

ソフロニアは腰を揺らして二枚のペチコートの一枚を脱いだ。「さあ、いいわ」

三人が振り向いた。

ソフロニアはペチコートをピルオーバーに渡した。

「げっ。なんだよ、これ?」

「あなたがこれをはいて外に出たら、学校はすべて誤報だったと思うわ」

「冗談じゃない!」

「ねえ、お願いよ、ピル?」ソフロニアはまつげをぱちぱちさせてみた。

しかし、まつげぱちぱちはピルオーバーにはなんの効き目もなかった。「そんなみっともないことできるもんか!」

「あなたがペチコートをはいている正当な理由を考えてあげる。それならいい?」ソフロニアがねこなで声で言った。

「ぼくが女性の下着をはいて駆けまわる正当な理由? あるわけないだろ」

ソープはいたずらっぽく目を輝かせ、ビエーヴはスカートをはいたピルオーバーを想像して大きなえくぼを浮かべた。ピルオーバーは劇薬でもついているかのように親指と人差し指でペチコートをつまんでいる。

「さあ、服の上にそれを着て、外に出て」と、ソフロニア。

「股間に危険がおよびそうな実験をしてたって言えばいい」と、ビエーヴ。

「メカメイドの反応速度をテストしてたっていうのはどう?」と、ソフロニア。

「いっそ〝女性の下着が好き〟って言えば?」と、ソープ。

「ああ、もうぼくはおしまいだ」ピルオーバーは天を仰いでペチコートをひらひらさせた。

「さあ、はいて、ピル」ソフロニアがせかした。

ピルオーバーがぼやきながらペチコートをはいた。ピルオーバーには長すぎて腋《わき》の下まで引っ張りあげなければならない。ソフロニアはベルト代わりのヘアリボンを渡した。ソープは必死に笑いをこらえている。ピルオーバーは深く息を吸い、ありったけの威厳と冷静さをかき集めて背を伸ばした。

ソフロニアが〝静かに〟というように片手を上げ、扉に耳を当てた。〝外の廊下の騒動がいったん収まったと判断すると、すばやく用具入れの扉を開けてピルオーバーを引っ張り出し、外に押し出してバタンと扉を閉めた。

廊下のゴロゴロという音が一瞬大きくなって、ふたたびやみ、静けさのなかに野太い声が響いた。「ピルオーバー・サディウス・プラムレイ＝テインモット、その服はなんだね?」

「ペチコートです、学長どの」と、ピルオーバーの不機嫌そうな声。

「それは見ればわかる。そんな格好をするからには、さぞ申しぶんのない不埒な理由があるんだろうね」

「ええと、それについては」ピルオーバーの弁明はすぐに悲鳴に変わった。「いたっ。ああ、どうか耳はやめてください」

「来るんだ！」

「はい、学長どの」

メカが軌道をゴロゴロ進む音と重い足音が続き、やがて廊下は静かになった。

「驚いたよ」ようやくソープがささやいた。「あの子があんなに役に立つなんて」

その後はたいしたピンチもなく、三人は〈バンソン＆ラクロス少年総合技術専門学校《ポリテクニック》〉を脱出した。ヤギ道を走りながらソフロニアは最後にもういちど校舎を振り返った。まるで趣味の悪い巨大なチェス駒をごちゃごちゃと積み上げたかのようだ。

「学園のほうがはるかにましね」ソフロニアが息を切らして走りながら言った。荒れ地はまだ霧が立ちこめてはおらず、三個の気球を押しつけ合った巨大イモムシ型の〈マドモアゼル・ジェラルディン校〉が絵のような黄金の月に照らされ、目の前に雄々しく浮かんでいる。

「そう？」ビエーヴは〝これのどこが？〟と言いたげに首をかしげた。「まあ、こっちは浮かんでるだけましだけど」

「つぎはぎ感があまりないってことよ」

「なんか帽子みたいじゃない？　巨大な空飛ぶターバンみたいな」と、ビエーヴ。

ソフロニアは首を傾けてみたが、どうもそんなふうには見えなかった。

三人は走りつづけた。

ソフロニアは心配になってきた。「まにあうと思う？」

ソープがうなずいた。「うん、でも別の問題がありそうだ」そう言ってはるか右手に見える丘を指さした。月明かりを背に狼の影が黒く浮かんでいた。しかも頭にはシルクハット。

「あれって、やっぱり、あれ？」ソフロニアはもしかして巨大な犬ってこともあるんじゃないかと、祈るような気持ちでたずねた。

「ほかにシルクハットをかぶって荒れ地をうろつく狼がいる？」

「満月の夜は人里には近づかないはずなのに！」と、ビエーヴ。

「どこかで手違いが起こったようだ」と、ソープ。

「まずいわ」ソフロニアは思わず言わずもがなのことを口にした。狼は鼻面を上げ、あたりのにおいを嗅いでいる。ソフロニアが言いおえたとたん、毛むくじゃらの頭がこちらを向いた。

「まだおれたちのほうが校舎に近い」と、ソープ。

「うん、でもあっちは異界族だよ」と、ビエーヴ。どうやら人狼がらみではいくらか経験があるらしい。いつものあっけらかんとした愛想のいい顔が恐怖に青ざめている。

ソフロニアが先頭に立った。「議論してる場合じゃないわ、みんな――走って！」そう言うやスカートをたくしあげ、ペチコート一枚だけで、全世界に足首を見せていることにもかまわず猛然と走りだした。

たちまちソープが追いついた。なにしろ脚が長く、邪魔なスカートもはいていない。先に校舎前方の真下にたどりついたソープはぴょんぴょん跳びはね、何やら必死に身ぶりしている。そのときソフロニアはボイラー室から縄ばしごが下ろされていないことに気づいた。

ソフロニアとビエーヴが息を切らしてたどりついた。「早すぎたの？」

「そうらしい」

ソフロニアは土くれを拾い、飛行船下部のハッチめがけて放り投げたが、まったく当たらなかった。飛行船は思ったより上空に浮かんでいる。ソープとビエーヴもソフロニアをまねた。ビエーヴははずしたが、ソープの投げた土くれは命中し、ハッチに当たって飛び散った。

それでも反応はない。そして人狼は三人のいる丘に迫っている。

もうダメだと思ったとき、ハッチがポンと開いて縄ばしごが下りてきた。

「ソープ、先に行って、あなたがいちばん身軽よ」

「でも、ミス・ソフロニア、きみはレディだ。いつだってレディ・ファーストだ！」

ソフロニアは肩をいからせ、ソープの目を見つめた。「あたしはこんなときのために訓練を受けてるの」本当はまだだが、ときには嘘も必要だ。「任務中のスパイの直接命令につべこべ言わないで」

ソープは顔をしかめたが、レディと言い争う気はない。ましてやソフロニアとは。ソープがはしごをのぼりはじめた。

「ビエーヴ、次はあなたよ」

「でも――」

「急いで！」

ビエーヴがのぼりはじめた。

続いてソフロニアがはしごにつかまり、のぼりながら最後にいちどだけ後ろをちらっと振り返った。

人狼が不気味なうなりを上げ、いまにも飛びかかろうとしていた。

この夜、ソフロニアがきちんとしたドレスを着ていたことに感謝したのは、これが二度めだった。ナイオール大尉はゴシック小説でなんども描かれてきた脅威のジャンプ力でソフロニアに襲いかかった。大きく開いたあご。ずらりと並んだ歯から唾液がしたたる怒れ《いか》る口。それががぶりと嚙みつき、容赦なくむさぼったのはソフロニアの……ペチコートだった。

ソフロニアは悲鳴を上げ、足を蹴り出した。

人狼の歯は縁《へり》を強化したペチコートの裾にがちっとはまった。手持ちのなかでもっとも硬いペチコートで、ドレスにふわりと女性らしいふくらみを持たせるためにデザインされたものだ。

ソフロニアがもういちど蹴り出した足が人狼の無防備な鼻にがつんと当たった。ナイオール大尉は毛むくじゃらの大きな頭を振った。痛みのせいと、ペチコートから歯をはずすためだ。シルクハットが前後に激しく揺れた。そのとたん、頭の重みと動きが相まってペチコートがすぽっと脱げ、人狼はペチコートもろとも地面に倒れた。ソフロニアは最初に大尉が飛行船に乗せてくれたときの驚くべき跳躍を思い出し、あわててはしごをのぼりはじめた。

ソフロニアのアンダーペチコートは上等の馬毛でできていて、分厚く、丈夫だった。なにしろ三人の姉が使ったおさがりだ。

しかし、異界族の力を持つ人狼は、その分厚い生地を繊細なモスリン地のように引き裂き、しばし格闘したあと、ぼろぼろになった生地から歯を振りほどき、ふたたび身をかがめてソフロニアに飛びかかった。

ソフロニアは腰をひねって縄ばしごを片方に揺らし、ギリギリのタイミングで攻撃をかわした。

「ナイオール大尉」ソフロニアはあえぎながら言った。「あたしは、あたしを殺そうとしてないときのあなたのほうが好きよ！」

頭上のハッチから誰かが石炭を投げつけた。人狼は着地して頭を振り、クーンと鳴いた。とびきり大きな塊がすでに痛めつけられた鼻を直撃していた。

ナイオール大尉は首をのけぞらせてほえた。

ようやくハッチにたどりつくと、煤だらけの手が何本も伸びてソフロニアをなかに引き上げた。そうするまにもソープは石炭をつかみ、人狼めがけて投げつけた。ソープの隣では年かさの煤っ子たちが数人、恐ろしい形相で火かき棒をつかみ、いざとなったら怪物を突き落とそうと身構えている。

だが、その必要はなかった。ソフロニアがハッチのなかに転がりこむとすぐに煤っ子は縄ばしごを引き上げ、バタンとハッチを閉めた。同時に人狼が飛び上がり、飛行船の下部に激突した。船体の木材が鉄の支柱で補強されていなかったら、間違いなく砕けていただろう。

「大尉は何をしようと考えたのかな？」息をととのえ、埃を払うソフロニアの横でビエーヴがたずねた。

「何かを考えていたとは思えないわ」ソフロニアはあえぎ、震えながら四つんばいの姿勢から立ち上がった。あれは、まさに子どものころに見た悪夢のなかの人狼だった。声の震えが治まるのを待ってソフロニアが続けた。「閉じこめておくべきよ！　危険だわ」

「しかもきみのペチコートをずたずたにした」

「ああ、なんてこと。どうやって取り戻せばいいの？　誰かがあたしのだって気づくかもしれない！」

「その心配はなさそうだ。ほら」煤っ子たちがかすかに開けておいたハッチの隙間からソープが下を指さした。

ソフロニアは隙間に顔を近づけて下をのぞきこんだ。

ようやく獲物を追うのをあきらめたナイオール大尉が、馬毛でできたペチコートをずたずたのこなごなに噛み砕いていた。

「ああ、あんな目にあうなんて、あたしのペチコートが何をしたっていうの？」

「きみの言うとおり、これでようやく女性のドレスがどれだけ役に立つかがわかったよ」と、ビエーヴ。

ソフロニアは九歳児を見返した。「じゃあ、ためしてみる？」

「そこまで役に立つとは言ってない」

その瞬間、ソフロニアは恐ろしいことに気づいた。「うわあ、大変、ほかの生徒たちが！　みんなはここにナイオール大尉がいることを知らないわ。劇から帰る途中に出くわしたらどうするの？　知らせなきゃ！」

「でも、勝手に飛行船を抜け出したことを言わずに、どうやって？」と、ソープ。

「部屋の窓から大尉を見たって言うわ。急がなきゃ」ソフロニアが立ち上がった。煤まみれで、顔は汚れ、スカートはぺちゃんこで、髪はざんばらだ。

「でも、ミス・ソフロニア、い、いい、そんな格好で！」

「しかたないわ。やるだけやってみるしかない。人命がかかってるのよ」

「でも、誰に知らせるつもり？　みんな劇場だろ？」

「みんなじゃないわ。来て、ビエーヴ！　ここでメカに阻止されるのだけはごめんだわ。あなたと妨害器の出番よ」

第十三課〈扇子と振りかけ〉攻撃

ソフロニアとビエーヴは房つきの立ち入り禁止区画のある上部前方めざして飛行船内を駆け抜け、ブレイスウォープ教授の部屋の前にやってきた。

「あなたは戻って、ビエーヴ。二人してトラブルに巻きこまれることはないわ」

ビエーヴはソフロニアを見上げ、うなずいた。「また近いうちにやろうね」

「こんどは人狼攻撃とペチコート喪失なしでね？」

「うん、なしで」

ビエーヴは帽子をひょいと上げて片手をポケットに突っこむと、妨害器を身体の前に突き出し、すこぶる満足そうにフランスふうの曲を口笛で吹きながら廊下の奥に消えた。

せめて今夜の冒険を楽しんだ子が一人でもいてよかった――そう思いながらソフロニアはブレイスウォープ教授の部屋の扉をドンドンと叩いた。

何かが派手にぶつかり合う音と何かをズルズルするような湿った音とゴムのこすれる音がして、ようやく扉がかすかに開き、ブレイスウォープ教授が顔をのぞかせた。

「は、は？」口のまわりに何か黒っぽいものがついている。

あら、もしかしてお茶の時間だった？　お茶の相手は誰だろうとソフロニアは周囲に目を走らせたが、それほど大柄でもない教授の身体にさえぎられて何も見えなかった。

「こんな時間にすみません。でも緊急事態で、いますぐ来ていただきたいんです」

「生徒か、は？　これはなんと、警報も解除せずにどうやってこの区画に？」

「いまはそれどころじゃありません」

「いや、これはゆゆしき問題だ」

「いまはそれどころじゃありません。大変なんです。ナイオール大尉が」

「人狼が、は？　人狼と、きみが付き添いなしに立ち入り禁止区画にいるのとなんの関係がある？」

「そうじゃなくて、大尉がうろついているんです」

「もちろんうろついている。ここから遠く離れたしかるべき場所で」

「いいえ、ここでうろついているんです」

「船内で、は？　それはありえない。人狼は空に浮かべない生き物だ」

「そうじゃなくて下です。ここの真下の荒れ地にいるんです。もうすぐ生徒たちが劇場から戻ってきます。部屋の窓から大尉を見たんです」

「いかにも女の子が見そうな幻想だ」

「そうかもしれません、でも、ちょっと確認していただけませんか？」

「は、は？　まあ、そうだな。そうしよう」

「急いでください。いまにも生徒が戻ってくるかもしれません」

「わかった、わかった。帽子はどこだ？」

ブレイスウォープ教授は一瞬、部屋に戻り、すぐに廊下に飛び出した。

いつもより少しくだけた格好だが、それでも外套をはおり、服の乱れを隠すようにボタンをきちんと留めてブーツをはいていた。そのせいでなんとなく人狼のように見える。なぜかあたしは吸血鬼びいきのようだ。

「やつはどこに？」

「ボイラー室の真下です。最後に見たときは」

「ではミス・テミニック」吸血鬼は帽子をひょいと上げると、またたくまに走り去った。

追いつこうなど考えるだけ無駄だ。ブレイスウォープ教授は吸血鬼——どんな俊足の人間も追いつけない。

ああ、行っちゃった。これからあたしはどうやって自室に戻ればいいの？

そのとき廊下の角にビエーヴの頭がひょいと現われ、妨害器をつけたほうの腕を振った。

「手を貸そうか、ていうか、手首かな？」

ソフロニアはにっこり笑った。

「それで、着飾った生徒たちが小道を通って船に戻る途中で何を見たかと言ったら！　それはもうお芝居よりだんぜん興奮したわ。もちろん《理想の浴槽》はすごく刺激的だったけど」ディミティは目を輝かせてぎゅっと両手を組み合わせ、今夜の驚くべきできごとを再現した。

きれいなエプロンドレスと二番めに上等のペチコートに着替えたソフロニアは、汚れが少し残った顔で熱心に聴いているふうをよそおった。

ほかのルームメイトが部屋をうろつき、きれいなドレスや、劇や、かっこいい男の子について——順番はこのかぎりではないが——ぺちゃくちゃしゃべる横で、二人は向かい合って長椅子に座っていた。

「あら、何を見たの？」

「それがなんと、外套を着たブレイスウォープ教授！」

「ブレイスウォープ教授も外套ぐらいは持ってるんじゃない？」

ディミティは組んだ手をほどき、首から下げたものをいじった。

ソフロニアが顔を近づけた。「ディミティ、あなたネックレスをふたつもつけてるの？」

「ひとつに決められなかったの。ねえ、話の腰を折らないで。どこまで話したっけ？」

「ブレイスウォープ教授が外套を着てたってとこ」

「ああ、そうそう。外套はどっちかっていうと人狼ふうじゃない？　だって吸血鬼は寒さを感じないんだから。それで、なんの話だった？　ああ、そうそう。外套を着たブレイスウォープ教授が人狼と闘ったのよ！　ナイオール大尉と！」

「まあ、なんて恐ろしい」ソフロニアはそれらしく驚愕の表情を浮かべた。少なくともそうしたつもりだった。これまでのところ〈芝居〉の授業は苦手だ。あたしがやるとリスのはく製みたいに見える。

だが、ディミティはそうは思わなかったようだ。「残念ながら取っ組み合いの場面はよく見てないの」

「目にもとまらないほどこぶしの動きが速かったの？　そうよね、なにせ異界族だもの」

ソフロニアはわけ知り顔でうなずいた。

「違うわ。血を見て失神したの」

コルセットとズロースだけをつけたプレシアが近づき、腰に両手を当てた。まあ、なんてはしたない！

「シドヒーグが支えたのよ。残念だったわね、ディミティ、もっと早く——若きディングルプループプス卿があなたを見てたときに——失神すればよかったのに」

ディミティが顔を赤らめた。「ディングルプループス卿とは両親どうしが知り合いなの、それだけよ！」

ソフロニアはプレシアを無視し、ディミティが失神したあとの話をうながすようにほかのルームメイトを見た。「それでなぐり合い《フィストカフ》はどうなったの？」

「実際はこぶし《フィスト》というより牙《ファング》とかぎ爪のほうが多かったわ」と、アガサ。

「なるほど、じゃあ、噛みつき合い《ファングカフ》はどうなったの？」

「まあ、ソフロニアったら、おもしろいことを言うわね」ディミティがふざけてソフロニアを親指で突いた。

シドヒーグは笑みを浮かべただけで寝室に引き上げた。モニクはわざとらしく片袖の縁の小さなほつれをいじり、プレシアはそっぽを向いて髪にカール布を結びつけ、寝る準備を始めた。

しかたなくアガサがおそるおそる続けた。「マドモアゼル・ジェラルディンも失神しちゃって。それでレディ・リネットが上級生に隠密行動を命じたの。ほら、上級生は〈集団連係反撃〉の授業を受けてるから。レディ・リネットの〈扇子と振りかけ攻撃〉が功を奏したわ」

「〈扇子と振りかけ攻撃〉？」

モニクが鼻を鳴らした。「まったくソフロニアったら何も知らないのね？〈扇子と振りかけ〉はそばに男性がいないときにレディが人狼に対抗するときの作戦よ。これに関する小冊子だって出版されてるわ！」

ソフロニアは詳しい説明を求めてアガサを見たが、ぽっちゃり少女は続ける勇気を失い、パラソル用語の本を手に部屋の隅に引きこもった。

「ディミティ、この攻撃について何か知ってる？」

ディミティは口ごもった。「ええと、聞いたことはあるわ、もちろん。でも、実際に行なわれるところは見たことないの」

「そして今夜もあなたは見なかった。はっきり言って、ディミティ、そろそろ正しい失神のタイミングを学んだらどう？」プレシアが小ばかにした口調で言った。モニクと寝室を一緒にしたことは、プレシアの性格に悪い影響をあたえたようだ。

モニクがいらだたしげに舌打ちした。「単純な作戦よ。人狼の気をそらすの」

「今回は吸血鬼にも効果的だったわ」そうプレシアに口をはさまれ、モニクは一瞬、顔をしかめてから続けた。

「まず、振りかけられる距離まで近づく。そして人狼——もしくはそのすぐそば——に有害なにおいをたっぷり振りかけるの。香草ならなんでもいいけど、もちろんバジルが最適よ。嗅ぎ塩もいいわ——吸入を促進するから。すごく鼻がきくのよ、人狼は。そうしておいて全員が扇子を取り出し、人狼に向かってにおいを送る。人狼はくしゃみが止まらない。そのすきに逃げるってわけ。ほら、このとおり！」

「本当にそうなったの？」ソフロニアが確かめるようにプレシアを見た。なんといってもモニクは劇場に行っていないのだから。

「だいたいね。でも気の毒にブレイスウォープ教授も大量のにおいを吸いこんだわ。それでもナイオール大尉のほうが立ちなおるまで時間がかかったから、そのあいだに教授が大尉を遠くに引きずっていったの。それでわたしたちは大階段を使って無事に船に戻ったってわけ」

階段？——ソフロニアは首をかしげた。この飛行船に階段なんてあった？

「一夜の締めくくりとしてはスリル満点だったわ。でも、荒っぽい話はもうたくさん。みんな、わたしが劇場で何人の男の子に取りかこまれたか、見た？」と、プレシア。

「まあ、あたしにはかなわないでしょうけど」モニクが負けじと口をはさんだ。「すでに〈バンソン校〉の生徒の半分はあたしに首ったけよ。今年は残りの半分を夢中にさせるわ」そう言って寛大な目を向け、「もちろん、あなたには少し譲ってあげるわ、プレシア。あたしはそこまで欲張りじゃないから」

プレシアは少しもうれしくなさそうにほほえんだ。「それとディングルプループス卿もね——彼はディミティにぞっこんだもの」

「知ってるわ、変わった趣味ね。まあ人の好みはそれぞれだけど。悪く思わないで、ディミティ」

ディミティは生きたウナギを飲みこんだかのように黙りこんだ。

モニクとプレシアは、プレシアが劇場で会った男の子の話をぺちゃくちゃしゃべりつづけた。モニクの知り合いの話が出ると、その子の見た目がどうの、経済状況がどうの、社会的つながりがどうのといったどうでもいいことをさげすむような口調でプレシアに話している。

誰も聞いていないのを見はからってソフロニアがディミティに小声でたずねた。「それで、あなたはそのディングルなんとかって人のことが好きなの？」

ディミティはまんざらでもなさそうに顔を赤らめた。それともまったく好きじゃないかのどちらかだ。「あの年齢にしてはとても背が高いわ」

ソフロニアは話を合わせた。「出だし快調ね。ほかに目立つ特徴は？」

「鼻の形がいいわ」

「そう、鼻がね。すてきじゃない」

めったに口をつぐむことのないディミティがふっと黙りこんだ。

ディミティが関心を持つとしたらどんなタイプだろうと、ソフロニアは必死に想像をめぐらした。「その人、なにか光りものを身につけていた？」

「帽子のリボンに真鍮製のピンをひとつだけ」ディミティは顔をくもらせた。大樹のような自分の装飾品に比べれば、まるでちっぽけな種だとでもいいたげだ。

なにしろディミティはネックレスをふたつもつけるタイプだ。ふたつも！　「それで、えっと、その人、頭がいいの？」

「あら、ソフロニア、それは伊達男に必要な資質じゃないわ！」

「違うの？　じゃあ、その人は伊達男なの？」

「わたし、十六歳になるまではおつきあいしちゃいけないの」

「あら、そう」

会話がとぎれた。

しばらくしてディミティが言った。「そう言えば、わたしのむかつく弟は劇場にいなかったわ。きっとさぼったのね。ほかの男子生徒から見れば、あの子はちょっと変わってるから。驚くことでもないわ。きっとささいな間違いを訂正してまわって煙たがられてるのよ」

「もしかしたらいじめられてるのかも」

「まさか。男の子にかぎってそんなことするはずないわ」

「そう？」男兄弟が何人もいるソフロニアに言わせれば、とんでもない誤解だ。

「女の子ならまだしも、男の子はありえないわ。男子はもっと素直よ」

「〈ピストンズ〉って聞いたことある？」

「ええ、でもどうしてあなたが……？」

ソフロニアは肩をすくめた。「あたしだってこの学校の生徒よ」

「〈ピストンズ〉は〈バンソン校〉のクラブみたいなものよ。ディングルプループス卿も会員なの」

「そうなの？」

「そう、工学研究クラブ。目のまわりに石炭の汚れをつけて。それがすごく陰鬱で物憂げなの」

「煤《すす》っ子みたいね」

「ソフロニアったら、なんてことを！」自分たちの会話がとぎれ、二人の話に耳を傾けていたモニクが思わず口をはさんだ。「名門貴族を……そんな……最下層民にたとえるなんて。とんでもないわ」

「煤っ子はそんなにひどくないわ」と、ソフロニア。自分でも驚くほどの大声だ。

プレシア、モニク、アガサがぎょっとしてソフロニアを見つめた。

ソフロニアはさらに語気を強めた。「煤っ子だからって非難される筋合いはないわ！」

「いいえ、おおありよ！」モニクは自信たっぷりだ。

「ああ、もうやめて。かわいそうな煤っ子たちは社会的矯正と身なりをよくする慈善の手が少しばかり必要なだけよ」ディミティがきっぱり言い放った。ソフロニアのやけに進歩的な見解を弁護しようと思ったようだ。

ソフロニアはソープを矯正しようとするディミティを想像し、恐怖に目を閉じた。最悪の場合、慈善の手が必要だとみなすかもしれない。

そのとき、部屋の扉を叩く音がしてレディ・リネットの声が聞こえた。

「もうすぐガスが切れますよ、みなさん。美容のためによく眠りなさい。あなたがたには睡眠が必要です。そして友人の眠りをさまたげないように」

「わかりました、レディ・リネット」全員が声をそろえて答えた。

レディ・リネットはそのまま立ち去った。生徒の自由時間を不当に邪魔してはならないというのが学園の方針だ。〝たとえ子どもでも〟――レディ・リネットは言った――〝共謀する時間は必要です〟。

ディミティはソフロニアに顔を近づけてささやいた。「どうして煤っ子の肩を持つの？　親しくなった子でもいるの？」

「情報収集よ、ディミティ、忘れたの？　あたしたちはいまそれをやってるのよ」

「ええ、でも、どうして煤っ子なの？　あの子たちが役に立つとは思えないわ。だってボイラー室で暮らしてるのよ」

ソフロニアは格好の言いわけを思いついた。「バンバースヌートの餌が必要なの」

ディミティは無言で目をぱちくりさせた。ディミティにとって煤っ子と親しくなるという発想は、ふたつのネックレスからひとつを選ぶのと同じくらい理解できないらしい。

「まあ、そうだけど。さあ、そろそろ寝ましょう」

だが、寝室に引き上げる前に、またしても扉を叩く音がして少女たちはびくっとした。いつもとは違うパターンだ。

扉ごしに男の声がした。「ミス・テミニック、できればちょっと話をしたいんだが、は?」

プレシアが小さく息をのんで寝室に駆けこんだ。なにしろ下着姿だ。

ソフロニアはルームメイトを見まわした。「アガサ、床から手袋を拾って。ディミティ、あなた、靴をはいてないわよ」仲間たちが身なりをとりつくろったのを見届けてからソフロニアは扉を開けた。

「なんのご用ですか、ブレイスウォープ教授?」

ブレイスウォープ教授は外套姿ではなく、いつものおしゃれな吸血鬼に戻っていた。

「ああ、よかった、まだ寝ていなかったようだね。できればちょっと散歩をしないか、ミス・テミニック?」

ソフロニアはお辞儀をして帽子かけからショールを取った。ルームメイトが無言で見つめている。ソフロニアは黙らせるような視線を返し、吸血鬼のあとについて部屋を出た。

教師と一緒ならば、消灯後にソフロニアが船内を歩きまわってもメカはまったく反応しない。ブレイスウォープ教授は先に立って階段をのぼり、中央区と前方区をつなぐ小さなバルコニーにソフロニアを案内した。二人はバルコニーに立ち、雲と、荒れ地の上空に浮かぶ月を見つめた。

ようやくソフロニアが口を開いた。「あの？」

「わかっているだろうが、ミス・テミニック、わたしは吸血鬼だ」

「はい。牙には前から気づいてました」

「生意気を言うんじゃない、お嬢さん」

「はい、すみません」

「そして有意義な社会から完全に隔絶され、このさまよう飛行船につなぎとめられている」

「ええ。でも、教授は地上に下りてナイオール大尉と闘われました」

「わたしは吸血鬼女王ではない。そんなこともできないほど動けないわけではない」

「わかります」わからなかったけれど、ソフロニアはそう答えた。どうして教授は弁解がましい口調なのかしら？

「今夜、きみがわたしの部屋に来たとき……」

ソフロニアは首をかしげ、ブレイスウォープ教授の口のまわりに血とおぼしきものがついていたのを思い出した。「何も聞かなかったし、何も見ませんでした。でも、ずっと不思議に思ってました――教授はどうやって食事をするんだろうって。というか誰を？」

吸血鬼は無言だ。

いまので血を見たことがばれたかしら？　ソフロニアは静かにたずねた。「それで……あたしのドレスについていた煤は？」

「わたしは何も見なかった」ブレイスウォープ教授はかすかに牙を見せてほほえんだ。

ソフロニアもにっこり笑い返した。「これでおたがいさまですね」

ブレイスウォープ教授は夜の闇を見つめた。「ここはきみにぴったりのフィニシング・スクールじゃないかね、は？」

「ええ、そう思います」

「ひとつ助言をあたえよう、ミス・テミニック」

「なんですか？」

「低い場所に友人を持つのはすばらしい才能だ。彼らもまたきみに何かを教えてくれる」

「あら、煤は見なかったんじゃないんですか？」

ブレイスウォープ教授は笑い声を上げた。「おやすみ、ミス・テミニック。きみなら警報を鳴らさずに部屋に戻れるだろう？　どうやら特殊な能力があるらしい」

「はい、でも今夜は部屋まで送っていただけませんか？」

「は、は？　これは驚いた」

「吸血鬼でも驚くことがあるんですね」

「ミス・テミニック、どうしてわたしが先生になったと思う?」

二人は並んで歩きながら生徒部屋に向かった。

永遠に生きるというのはどんなものだろうとソフロニアは必死に想像をめぐらした。すぐに退屈するんじゃないかしら? でも〈マドモアゼル・ジェラルディン校〉にいるかぎり、その心配はなさそうだ。今までのところ退屈にはほど遠い。ソフロニアは答えた。「街から離れて暮らすのもそう悪くはありません。教授は旅をする世にもまれな吸血鬼です」

「あまり上空にならなければね」

「そうなんですか?」

「は、は、また得意の好奇心が出たな、ミス・テミニック。それはもう充分じゃないかね、しばらくのあいだは」

二人は部屋の前に着いた。

「おやすみ、ミス・テミニック」

「おやすみなさい、教授」

その後の学園生活は校舎と同じように順調に進んだ——もっとも校舎じたいはブレイスウォープ教授の言う〝灰色《グレイ》のなか〟をただよっている。結局、郵便物は観劇で一時滞在したスウィフル＝オン＝エクセから回収され、生徒たちに届けられた。ソフロニアの戦利品は服の入った小包で、なかには冬用ケープとあまり内容のない母親からの手紙が入っていた。だが生徒たちは返事を送ることはできないと告げられた。すでにスウィフル＝オン＝エクセから遠く離れている。空強盗からあたえられた期限はとうに過ぎ、いまや学園は敵の目をあざむきながら逃げている状況だ。

巨大飛行船は荒れ地の灰色の奥深くに浮かんでいた。秋のおとずれとともに霧はさらに頻繁に立ちこめ、かつ長く居座るようになった。校舎は低空飛行ができなくなり、ナイオール大尉の授業は当分のあいだ休講になった。文明社会から長いあいだ隔離されてもいいように、燃料と必需品はたっぷり備蓄されている。これから〈良家の子女のためのマドモアゼル・ジェラルディン・フィニシング・アカデミー〉は冷たく湿った灰色のなかを、友人からも敵からも隠れてただよいつづけるのだ――まる三カ月ものあいだ。

霧にまぎれてひと月がたったころ、ソフロニアはモニクが外部と通信できないことをプレシアにぼやくのを耳にした。長びく通信制限に、いよいよモニクは我慢できなくなったらしい。ソフロニアとソープとビエーヴが〈バンソン校〉に忍びこんだ夜も、結局モニクは伝言を送れなかったようだ。

「信じられないわ、あたしに――このあたしに――通信を禁じるなんて」

「手紙を送れないのはあなただけじゃないわ、モニク。ついこのあいだもソフロニアがぼやいていたもの」

「でも、あたしの用件はものすごく、重要なのよ」

「そうなの？　来年の夏帽子の注文とか？」

「ええ、まあ、そういったことよ」モニクはたくみに話をごまかした。「それに手袋とか扇子とか」

その日の夜おそく、ソフロニアはさっきの会話をディミティに話した。

「モニクは試作品の隠し場所を外部の誰かに知らせようとしてるに違いないわ。観劇の夜、先生たちはそれを阻止するためにモニクを閉じこめておいたのかしら？　だって、あの晩はちらりともモニクを見かけなかったもの」

ディミティは丸い陶器のような顔をいぶかしげにしかめた。「ずいぶんと時代遅れなやりかたね。先生たちがモニクにそんな手荒なまねをするとは思えないわ」

ソフロニアはあおむけに寝転がった。「ねえ、ディミティ、どうも何か見落とし《ミッシング》てる気がしてならないんだけど」

「ここに足りないもの《ミッシング》？　おいしいチーズとか？」

「そうじゃなくて。もしモニクがどこかに隠したのなら、どうしてあたしたちはそれを見なかったの？　いまも馬車のなかにあるってこと？　旅の最初のほうでモニクと離れた時間があった？」

「モニクがあなたを面接しに行ったときだけよ」

「それよ！　ディミティ、なんて賢いの！」

「あら、そう？」

「あたしが荷造りしてたときよ。モニクは庭を散歩してもいいかって母さんにたずねてたわ。試作品はあたしの家にあるのよ！」

「ああ、そうね、きっとそうよ。でもソフロニア、もし空強盗がそれに気づいたらどうなるの？　それどころかモニクが空強盗よりもっと質《たち》の悪い誰かと取り引きしてて、その人たちが気づいたら？」

　ソフロニアの胃が恐怖にきゅっとねじれた。「そうなったら家族が危険にさらされるわ。なんとしても警告の手紙を送らなきゃ！」

　だが、モニクが手紙を送れないのと同じように、ソフロニアも手紙を送ることはできなかった。ソフロニアとディミティはハトの訓練までこころみたが、ハトはまったく興味を示さず、徒労に終わった。なぜみんなが通信装置と試作品をこんなにほしがるのか、ようやくわかってきた。ソフロニアは自分に言い聞かせた——とにかく、モニクがしばらくのあいだ一人になったことを知っているのはあたししかいない。それに、たとえ空強盗が隠し場所を突きとめたとしても、試作品を取り戻すのに乱暴な手段は取らないと思いたい。おそらく家族には危害を加えず、こっそり忍びこむはずだ。

第十四課　教え合いっこ

ブレイスウォープ教授はナイオール大尉に代わって武器の授業をいくつか引き受け、杖、パラソル、雨傘の使いかたのコツと、それらを状況に応じて脳天もしくは下半身に叩きこむ方法を教えた。ナイオール大尉と同様、ブレイスウォープ教授もこの分野におけるシドヒーグの能力にいたく感心した。

「軍人に育てられた者にも少しは取り柄があるってことだ」授業のあと、シドヒーグはほめられたことにもいたって控えめだった。

「それ以外にはなんの取り柄もないものね」モニクが鼻で笑った。

シドヒーグは肩を落とした。

ソフロニアとディミティは目と目を見交わし、シドヒーグの両脇に歩み寄った。

「モニクの言うことなんか気にしちゃダメよ。あんな性格なんだから」ソフロニアがなぐさめた。

ディミティはもっと露骨だった。「あの意地悪女」

シドヒーグは二人の顔を交互に見やり、肩をすくめた。「いずれにしても、ここに長くいるつもりはない。好きなだけ言わせておけばいいさ」

そのとたんソフロニアはシドヒーグのかたくなな性格に我慢ならなくなった。今まで何カ月も我慢してきた。プレシアとアガサは無理だとしても、シドヒーグとはいい友だちになれそうな気がする——本人がもう少し心を開いてくれさえすれば。ソフロニアはシドヒーグの腕をつかみ、次の教室ではなく、バルコニーに引っ張っていった。

「いったい何を——？」シドヒーグはすっかり仰天している。

ディミティも驚いて小さくヒッ！と声を上げつつ、ついてきた。

ソフロニアは足を踏ん張り、腰に手を当ててレディ・キングエアと向き合った。〈マドモアゼル・ジェラルディン校〉はいかなる状況においても正面対決を奨励しないが、シドヒーグが相手のときは別だ。

「そろそろあたしたちを怖がるのをやめたら？」と、ソフロニア。

何を言われるにせよ、こんな言葉だけは予想外だったらしく、シドヒーグは文字どおり言葉に詰まった。「怖がる？　怖がるだって！」

「ソフロニア、何を言ってるの？」ディミティは小声でたしなめ、二人からあとずさりはじめた。

「シドヒーグ、泣いても笑ってもあなたはここで数年を過ごす運命よ。こぼし屋みたいに背中を丸めてたってしょうがないわ。ちゃんと授業を受けて、みんなとうまくやってくほうがいいんじゃない？」

「ここじゃみんな人の陰口をたたいてるじゃねぇか。まったく、女ってのはどうしてああなのか」

ディミティがおずおずと口をはさんだ。「あなたがどう思おうと、シドヒーグ、あなたは現実に女なのよ」

「まったくなんの因果か」

ソフロニアはふと思った。シドヒーグは、たんに仲間がほしいだけかもしれない。ソフロニアはディミティをすまなさそうに見てたずねた。「ねえ、よじのぼるのは得意、レディ・キングエア？」

シドヒーグは話の変化にめんくらった。「それこそあたしの言いたいこった。どうして思わせぶりな質問をする？　どうすべきで、それがなんの役に立つのか、はっきり言ったらいいじゃねぇか」

ソフロニアは校内をこそこそ動きまわるビエーヴを思い出して首をかしげた。フィニシング・スクールに来たのに、どうしてあたしのまわりは〝男になりたい女の子〟ばかりなのかしら？　もちろんディミティは例外だけど。

会話は先に進んでいるのに、ディミティはなおも前の話題にこだわった。「女らしくてどこが悪いの？　あたしはペチコートが好きだし、ダンスや、香水や、帽子や、ブローチやネックレスや——」ディミティは光りものを思い浮かべ、うっとりと目を細めた。

この調子で続けられたらたまらない——ソフロニアはあわててディミティの話をさえぎった。「あなたに会わせたい人がいるの、シドヒーグ。石炭調達者として」

ディミティが目をぱちくりさせた。「石炭がなんの役に立つの、ソフロニア？　あなた、正気？」

「まあ、いいから、ディミティ。ねえシドヒーグ、壁をのぼれる？」

「もちろん」

「じゃあ、今夜ね？」


こんなわけでソフロニアはレディ・キングエアを煤《すす》っ子たちに紹介することになった。

「やあ、こんばんは！」ハッチから現われたソフロニアにソープがにこっと笑いかけた。

校舎が灰色《グレイ》に入って以来、ソフロニアは一週間おきにボイラー室を訪ねており、ソープはますます気のおけない魅力的な友人になった。どうして一緒にいるのがこんなに楽しいんだろう——煤だらけで、上品さのかけらもなくて、真っ黒で、すべてが男の子なのに。

でも、ソープを好きになる気持ちは止められない。

「こんばんは、ソープ、ボイラー室の調子はどう？」

「いいよ、ソフロニア、最高だ！　友だちを連れて来たんだね？　一度も連れてこないから、きみには友だちがいないのかと思ってた。もちろん、おれたち以外にはってことだけど」ソープがくすっと笑った。

「こちらはミス・マコン。シドヒーグ、こちらはソープ。まわりにいるのは煤っ子よ」ソフロニアは、ソープを取りかこむ小集団と、その背後で駆けずりまわる少年たちをひっくるめて大きく手を動かした。シドヒーグの称号はあえて言わなかった。本物の〝レディ〟と知ったらおじけづくかもしれないと思ったからだ。

シドヒーグは〝ミス・マコン〟と紹介されても少しも気にもせず、ハッチをくぐり抜けたとたん、皿のように目を丸くして周囲を見まわした。「いったいここは？」

「ボイラー室さ。すごいだろ？　これが船の動力源。はじめまして。おれはフィニアス・B・クロウ。でも、みんなソープって呼ぶ」

シドヒーグがにこっと笑った。警戒心もなければぎごちなさもない、本物の笑みだ。ソフロニアは思った——そのほうがずっといいわ。

ソープが新客にボイラー室のすばらしさを誇らしげに説明するあいだ、ソフロニアはほかの子たちのほうを向き、前日のお茶の時間にくすねたお菓子や食べ物をポケットから取り出して待ちかまえる一団に配りはじめた。ボイラー室に通いはじめてからすぐにソフロニアは、煤っ子たちの食事が生徒ほど恵まれておらず、せいぜいポリッジとパンとシチューしか食べていないことを知った。

ソフロニアは小さいレモンタルトの配給に熱中するふりをして、ソープがシドヒーグに不思議な魔法をかける時間をあたえた。誰だってソープを好きにならずにはいられない。出会った瞬間、その肌の色とか社会的地位に拒否反応を示さない人なら、誰だってソープと一緒にいたくなるに決まってる。たしかにシドヒーグには難しいところがあるけど、それほど偏屈とは思えない。

タルト配りは、矯正の必要性を主張するディミティのアイデアだ。ソフロニアは、それ以外の慈善行為をいっさいしないという条件で、煤っ子たちにお菓子を配ることに同意した。それでもディミティは夜中にこっそり部屋を抜け出すソフロニアを見て、おびえと嫉妬の入り混じった表情を浮かべた。「どうしてわたしじゃなくてシドヒーグなの？」

「だってディミティ、あなたはよじのぼれないでしょ？」

「やってみなきゃわからないわ！」

「それに汚れるのも嫌いでしょ？」

「いちばん古いドレスを着るわ」

「ボイラー室に興味もないでしょ？」

「でも、あの子たちにはわたしの助けが必要なのよ！　りっぱなレディになりたければ、早いうちに慈善活動を始めるべきだわ。わたしは善良な人間になりたいの」

「善良の前に冷静になってよ！」

ディミティは口をとがらせた。

そんなわけでソフロニアはレモンタルトを配るのに忙しく、シドヒーグとソープがケンカを始めたのに気づくのが遅れた。まさか二人がケンカなんて！ ああ、なんてこと。あたしはシドヒーグを見る目を誤ったの？

だが、本気でないことはすぐにわかった。

二人は火かき棒を持って闘いの構えを取り、恐ろしい顔で相手の攻撃をかわしていた。ほぼ同じ背丈どうしの一戦に二人を取りかこむ煤っ子たちは興奮し、どちらが勝つか、ソフロニアがあれほど気をつかって公平に分配したレモンタルトをさっそく賭けはじめた。

「二人とも、どういうつもり？」

「すごいよ、ソフロニア。ソープは街の正しいケンカのやりかたを知ってる」いつもいかめしいシドヒーグが生き生きと顔を輝かせてうれしそうに言った。

「そうなの？」街のケンカ？ 飛行船のなかに住んでるのに？

「すごく汚いやりかただ。すごいよ！ 見ててごらん！」

シドヒーグが火かき棒をひと突きすると同時にソープはひょいと身をかがめ、シドヒーグの足首に蹴りを入れた。

ソフロニアはぎょっとした。足蹴りなんて！ そんなの紳士的じゃないし、不作法だし、許されないわ！「ソープ、反則よ！」

ソープは動きを止め、にっと笑い返した。「そうさ、でもこれが効く」

ソープが気をとられたすきに、シドヒーグが火かき棒でソープの脇腹を突いた。

ソープは〝ぐふっ〟とうめいて身体を折り曲げた。

シドヒーグが近寄り、ようやく身を起こしたソープの煤だらけの肩に親しげに腕をまわした。こんなにリラックスした表情のシドヒーグを見るのは初めてだ。「まったくだ。どうして紳士的に闘う必要がある？　いつもあんたが言うように、ソフロニア、あたしたちは紳士じゃない。軍人でもない。スパイの卵だ。だったらスパイらしく卑劣な闘いかたを学べばいいじゃねぇか。あたしたちはあたしたちにふさわしい闘いかたを学ぶべきだ」

ソフロニアは疑いつつも冷静に考えてみた。でも、そう簡単には納得できない。「たしかに道理だけど。でも、足蹴りなんて？」

「いいかい、ソフロニア、バカにするわけじゃないけど、きみたちは煤っ子でもなけりゃ軍人でもない。きみたち女性はあまり腕の筋肉がない。だからもっと蹴りを利用すべきだ。脚のほうが力が強い、だろ？　しかもきみたちはたいてい先の尖ったブーツをはいてる」

ソフロニアがうなずいた。「たしかに。でも、スカートも何枚もはいてるわ」

「特別に金属で補強した凶器つきブーツを作ればいい」と、シドヒーグ。

「まあ、シドヒーグ・マコン、あなたいま装飾品のデザインに関することを言った？」ソフロニアは驚いた口調で言いながらも考えた。ビエーヴならそんなブーツを作れるかもしれない。

シドヒーグがにっと笑った。またもや心からの笑みだ。きれいとは言えないが、仏頂面よりずっといい。印象的なキャラメル色の目もとにしわが寄り、いつもの険しい表情がやわらいでいる。シドヒーグを煤っ子たちに引き合わせたのは大正解だったようだ。

そのとき頭上にぬっと大きな影が現われた。「おいおい、何をやってる？」

「修理工だ――ずらかれ！」ソープが叫んだ。

ソフロニアとシドヒーグは言われるままに煤っ子たちと一緒に駆けだし、石炭山の後ろの狭い隙間に身を隠した。

しかし、誇りたかき大バカ者のソープは修理工の前に立ちはだかった。

「このせいで学校から追い出されたりしないわよね？」ソフロニアが心配そうにたずねた。

「ソープが？　仕事をさぼってチャンバラごっこをしたせいで？　まさか」煤っ子の一人が笑い飛ばした。

「きみたちが上の子《アップトップ》だってばれないかぎり、せいぜい耳をなぐられるくらいさ」別の煤っ子が言った。

「ソープは修理工たちのお気に入りなんだ。みんなをきちんと統率するし、おれたち二人ぶん合わせた以上によく働くから」と、最初の子。

ソフロニアとシドヒーグはほっとため息をついた。

シドヒーグがソフロニアに向きなおった。「なんだか楽しくなってきた！」

「フィニシング・スクールもそう悪くないでしょ？」

「ずるいわ。わたしのほうが先にあなたの友だちになったのに！　どうしていつもシドヒーグとばっかりこそこそつるんでるの？」ディミティが今にも泣きそうな声で言った。

「いつもじゃないわ。せいぜい週に一度よ」

「そして二人だけでくすくす笑ってる」

「意味もなく笑ってるわけじゃないわ。レディ・リネットも言ったじゃない――決して忍び笑いの使いかたを間違ってはいけませんって。それにシドヒーグはくすくす笑いなんて一度もしないわ」

「それでもやっぱりずるい」ディミティはベッドの端にちょこんと座り、さみしげに足もとを見下ろした。

「シドヒーグはあたしに闘いかたのコツを教えてくれてるの」

「わたしだって闘いかたの課外授業を受けたいわ」

「でもディミティ、あなたはそもそも覚える気がないでしょ？　〈格闘〉の授業は完全にあきらめたって言ったじゃない。〝わたしはレディになりたいだけだ〟って」

ディミティがため息をついた。「そうね、あなたの言うとおりだわ」

そこへバンバースヌートが、あわよくば石炭のかけらが落ちていないか……燃やせる小型グモでもいないかとベッドのまわりを嗅ぎまわりながらよたよたと近づいた。

ディミティが頭をポンポンと叩くと、バンバースヌートは片方の耳から小さく煙を出した。

ソフロニアは指先を噛みながら考えた。「いい考えがあるわ――あたしに宮廷マナーと舞踏会の準備のしかたを教えるっていうのはどう？　あなたはあたしより席次を覚えるのが得意だし」

ディミティが顔を輝かせた。

こういうわけでディミティとソフロニアは夜の勉強会をすることになり、最初はその気のなかったシドヒーグも加わった。おかげでディミティは嫉妬から立ちなおり、シドヒーグを得意の高速おしゃべりでからかい、強情なスコットランド娘の心を解きほぐした。代わりにシドヒーグはディミティに簡単なナイフの使いかたを教えることにした。もちろん血の出ないバージョンだ。これ以降ディミティは二人の深夜の遠出に何も言わなくなった。

「あたし、この勉強会にあまり貢献してない気がする」ある晩、眠りにつく前、ソフロニアが言った。

「なに言ってるの、ソフロニア。あなたは誰よりも優秀よ」

ソフロニアは顔を赤らめた。「そんな！」

「ううん、本当よ。ただ、あなたの得意科目がまだないだけ」

「得意科目？」

「あなたは機会をとらえるのがうまいわ。そしてほかの誰にもまねできない方法で学び、物ごとを関連づける」

ソフロニアは考えこんだ。「そう？」

「あなたは頭のなかでわたしが思いもつかないことを次々に結びつけてるわ。わたしが聞いたこともないことを先生に話して、わたしが飛行船内にあることすら知らない場所に足を運んでる。もっとも、それがレディらしいかどうかは別だけど」

ソフロニアは無言で聞いていた。

「たとえば、あなたは上等のペチコートを二枚もなくしてる。なくしたのは観劇の晩よ」

「気づいてたの？」ああ、恥ずかしい。ディミティが気づいてるとしたら、ほかの誰が気づいてもおかしくないわ——モニクとか、ブレイスウォープ教授とか！

「これでも服に関してはめざといの。そして、あの晩あなたが一人でこの部屋にじっとしていたとも思えない」

「でも……！」

ディミティは得意げに頭を枕に載せた。「あなたはわたしが礼儀作法の分野にしか関心がないと思ってるかもしれないけど、ほかのこともちゃんと見てるのよ。たしかに夢はレディになることだけど、いずれにせよスパイ学は学ぶつもり。なんと言ってもあなたはいちばん身近な人だもの」

「あたしをスパイしてたの？」

ディミティは毛布の下で小さく肩をすくめた。「わたしはモニクじゃないわ。あなたをおとしいれるようなことはしない」

「例の告げ口以来、モニクはあたしに何もしかけてこないわ」

「知ってる。かえって不気味じゃない？」

「そうなの。おそらくモニクはいまも伝言を送ろうとしてるわ。さいわい、あたしと同じように阻止されてるけど」ソフロニアはふと、自分たちが霧のなかに浮かんだまま永遠に忘れられてしまったかのような突拍子もない思いにとらわれた。すでに時間の感覚は空気のようにつかみどころのないものになっている。

「モニクはあたしたちがありかに気づいてることに気づいてると思う？」

「そうでないことを心から願うわ」

二人は黙りこみ、しばらくしてソフロニアが言った。「衣類とファッションについては本当に鋭いのね、ディミティ？」

「ええ、とっても。服は重要よ――レディ・リネットも、身なりは人をあやつるひとつの手段だって言ってたわ。宝石はもちろん、ふさわしい手袋をはめているかどうかでまわりの見る目が変わるって」

ソフロニアは空強盗の二度めの襲撃を思い出した。「上等の夜会服に緑色のリボンのついたシルクハットをかぶって飛行船に乗りこんでいる男性を見たら、あなたどうする?」

「逃げるわ」ディミティが即答した。いつもの陽気でふざけた調子ではなく、ひどく真剣な口調だ。

「どうして?」

「あなたはどうか知らないけど、ソフロニア、わたしはまだピクルマンと正面対決する勇気はないわ。いまはまだ」

「ふうん。それで、その〝ピクルマン〟っていったい何?」

「知らないの?」

「あたしが知ってると思う?」

「ああ、ごめんなさい。あなたが秘密候補生だってことをつい忘れてしまって。だってわたしたちとちっとも変わらないから」

「そう言ってくれてありがとう」

「気をつけて——あなたがここを気に入ってることはモニクに知られないほうがいいわ。すきあらば追い出そうとするに決まってるんだから。とにかく、ピクルマンというのはあらゆる重要な問題に関与してるの。法に触れることもするし、やりかたもあくどいし。おカネと権力を集めるのが好きなんですって。わたしが知っているのはそれくらいだけど。あ、それからピクルマンのリーダーは〈偉大なるチャツネ〉と呼ばれてるわ」

ソフロニアが驚いて眉を吊り上げた。「まあ、そうなの」

ディミティは心配そうに上体を起こした。「モニクは彼らと手を組んでるのかしら？」

「そうとは思えないわ。どうみてもピクルマンは空強盗を援助してるか、もしくは雇っているかよ。だってほら、モニクは協力を拒否したでしょ？　モニクがピクルマンと手を組んでるとしたら、どうして道のまんなかであんな芝居を打たなきゃならないの？　すんなり試作品を渡せばいいじゃない？　どうしてあたしの家に隠すの？」

「ピクルマンのためでもない、学園のためでもない……だとしたらモニクは誰のためにこんなことを？」

「自分のため？　家族のため？　それとも――もしかして吸血鬼？　それを言うなら人狼ってこともありうるわ。あるいは教師のなかに裏切り者がいるのかもしれない。すでにモニクの味方が一人はいるのは確かよ」

ディミティは不安の表情を浮かべた。「こんなことにかかわって大丈夫？　これって大人の問題じゃない？」

ソフロニアは小さく不敵な笑みを浮かべた。「あたしはこれを訓練と考えてるの。それにもし試作品があたしの家にあるとしたら、あたしはすでにかかわってるわ。モニクがあたしを巻きこんだのよ」

ディミティがうなずいた。「いずれにしてもモニクがおとなしいのが気になるわ。油断は禁物よ」

「そうね」

ディミティの警告はすぐに現実のものとなった。ついにモニクは伝言を送ることをあきらめ、その腹いせにまたしても愚かな行動に出はじめた。

いつものようにソフロニアは自分のことで頭がいっぱいで、遅れて昼食に駆けこんだ。このときはまだ時間厳守がどれだけ重要かを学んでいなかった。なにしろシスター・マッティの〈家庭の医薬と毒薬〉の授業に三度めの遅刻をしたときも、〝何かが始まってからでないとおもしろいことは起こらないじゃない?〟と言ったほどだ。ソフロニアの遅刻癖は、すべての授業に全力をそそぎこむせいでますますひどくなった。扇子用語を覚える宿題をしながらフルコースの食事計画を立てて、ボイラー室に通い、シドヒーグとディミティとの秘密の課外練習をこなし……。時間はいくらあっても足りない。

そんなわけで、またもやソフロニアがあわてて食堂の扉に駆けこんだとき、誰かがブーツをはいた片足をさっと出して引っかけ、ソフロニアは宙を飛んだ。

さいわい生徒たちは正しい転びかたを学んでいた。ソフロニアは宙返りして片膝をつき、反対の膝を折り曲げて着地した――正式な宮廷のお辞儀をするかのように。それだけなら優雅に終わるはずだったが、立ち上がろうとした拍子にスカートの裾をびりっと引き破いてバランスを崩し、無防備な上級生の一人に倒れこんだ。

その瞬間、全員がソフロニアに注目し、食堂じゅうに失笑の波が広がった。

ソフロニアは恥ずかしくて消え入りたくなった。これまで正しい振る舞いを学ぼうと――せめて形だけでも学ぼうとがんばってきたのに。

マドモアゼル・ジェラルディンの声がした。「ミス・テミニック！　どうしました？」

「なんでもありません、学長どの」ソフロニアは顔を真っ赤にしながら配膳エレベーターとトライフルの一件を思い出した。あのときは平気だったのに、いまは恥ずかしくてたまらない。なんてひどいフィニシング・スクール――この程度のことが恥ずかしくなるような教育をするなんて。

「バランスはどうしました、お嬢さん？」

「誰かのブーツの上に置き忘れたようです、学長どの」

ルフォー教授がにらんだ。「いまのはなんですか？　言いわけ？　ませた口をきくんじゃありませんよ、お嬢さん」

「いいえ、そんなつもりではありませんでした、教授。すみません、学長どの」

レディ・リネットが静かな厳しい声で命じた。「ミス・テミニック、戻って正しく入りなおしなさい」

「はい、マイ・レディ」ソフロニアは背を向けて食堂を出、ふたたび入りなおした。全員が注目している。つい先日、鼻をつんと上げて歩く授業を受けたばかりだが、今回だけは床から目を離さなかった。

案の定、もういちど引っかけようとばかりに誰かのブーツが片方ぴくっと動いた。桃色の子ヤギ革のブーツ。ひもがピンクのリボンで、とんでもなくかかとが高い。モニク・ド・パルースのブーツだ。

モニクはソフロニアににこやかに笑いかけてから顔をそむけ、大声で言った。「ミス・テミニックが青を着るのはとても賢明じゃないこと？　あの肌の色に合うのは青しかないもの。残念ながらドレスのデザインはあまり今ふうじゃないけど」

ソフロニアはふつふつと怒りをたぎらせながらテーブルの反対側に座った。どうしてモニクはあたしたちと一緒のテーブルにいるの？　たんなる嫌がらせ？　モニクは落第させられたけれど、本人が望めばいまでも上級生と同じ席に座れるんだから、好きなだけお仲間たちに才気あふれる会話を聞かせればいいのに。

「心配しないで、ソフロニア」モニクが言った。「誰もあなたのへまなんか見てないから」この言葉にプレシアがへつらうような笑いをもらした。

ソフロニアはモニクに足を引っかけられたことは言わなかった。言っても弁解がましく聞こえるだけだ。

「あんなにぶざまに転ぶなんてあなたらしくないわね」と、ディミティ。

「そうよ、わたしならともかく」アガサが恥ずかしそうな笑みを浮かべた。

ソフロニアはテーブルの端にいるモニクを見やりながら言った。「そうね、いつもならあんなにぶざまなまねはしないわ」

モニクの意地悪はこれで終わりではなかった。お茶のあとはマドモアゼル・ジェラルディンによるカドリーユの授業で、生徒たちはレディ・リネットから〝学長に気づかれないようこっそり秘密のメモを渡す〟という課題をあたえられており、それに気を取られてアガサがいないことに気づかなかった。アガサはそれほど友だちではないが、バンバースヌートに目をかける程度には気にかけている。

授業が始まって十分ほどしてようやくアガサが教室に現われた。目を真っ赤に泣きはらしている。マドモアゼル・ジェラルディンが遅刻を厳しくとがめると、アガサは泣きだした。

「あらあら、わたくしに涙を見せても意味がないわ——涙は男性のために取っておくものよ。それに、そんなふうに身も蓋もなく泣くものではありません。顔がまだらになってしまうわ」

少し遅れて、モニクが生徒たちの背に隠れるようにこっそり教室に入ってきた。マドモアゼル・ジェラルディンの目をあざむくのはお手の物だ。

「はい、学長どの」アガサは必死に涙をこらえた。

「ああ、ダメダメ、袖はダメよ。なんど同じことを言わなければならないの？　顔のどこであれ袖でぬぐってはなりません。こんなときのためにハンカチがあるのよ。たとえハンカチでも押さえるだけです。レディは押さえるだけよ！　あなた、ハンカチは？」

アガサがむなしく小物バッグをがさごそ探した。

「ハンカチがないの、アガサ・ウースモス？　ハンカチもないなんて、どんなおじょおひんなレディなの？」

「すみません、学長どの」

マドモアゼル・ジェラルディンが生徒たちに向きなおった。「みなさん、いつも予備のハンカチはどこにしまっておくの？」

「胸もとです」全員がいっせいに答えた。

学長はにこやかにほほえんで赤い巻き髪を払いのけ、そのとおりとばかりに豊かな胸もとを突き出した。

「マドモアゼル・ジェラルディンなら綿織工場ひとつぶんのハンカチをしまえそうね」ソフロニアがディミティにささやいた。

ディミティは唇をすぼめて必死に笑いをこらえた。

マドモアゼル・ジェラルディンが続けた。「さあ、見せてちょうだい、みなさん！」

言われるままに全員が胸もとに手を入れ、繊細な四角いモスリン地を引っ張り出した。まだ十三歳と十四歳なので、ハンカチを探るほど谷間のある生徒はいない。例外はモニクだけだ。シドヒーグの文字どおり支柱のような胸を見て、あたしもまんざらじゃないとソフロニアは思った。プレシアの胸は立派だけれど、ディミティによれば、プレシアは詰め物をしているらしい。「ほら、ローズマリーのにおい袋と一緒に」そういうディミティは自分の胸を〝嘆かわしいほど小さい〟と表現した。

シドヒーグはマドモアゼル・ジェラルディンの指示にとまどった。

「レディ・キングエア、あなたのハンカチは？」

「変だな。入れたはずだけど、ずりさがってコルセットのなかに落ちたみたいだ」

マドモアゼル・ジェラルディンは扇子で顔をあおいだ。「レディ・キングエア、そこまで詳しく言う必要はありません。おじょおひんなレディはそんなことを口にするものではありませんよ」

「は？　あたしがなんて言った？」シドヒーグは心から困惑している。

「コルセットよ」ソフロニアがささやいた。

「ミス・テミニック！　あなたまで」

「申しわけありません、学長どの」ソフロニアはほぼ完璧なお辞儀をした。マドモアゼル・ジェラルディンの怒りも少しは治まったようだ。

「シドヒーグはハンカチを入れておくほど厚みがないようですわ、学長どの」モニクが口をはさんだ。

「口をつつしみなさい、ミス・パルース。人前で他人の体型をとやかく言うものではありません。レディ・キングエア、あなたが今朝ハンカチを入れたのはひもを締める前、それともあと?」

「前です――そうでなければ忘れたか」シドヒーグが即座に答えた。

「いいですか? ハンカチを入れるのはひもを締めたあとです。そうすればなくなることはありません。ミス・テミニック、ミス・ウースモスに予備のハンカチを貸してくださる? それでなんとかまにあうでしょう。さて、みなさん、どこまでいったかしら? ああ、そうそう、カドリーユよ」

アガサはシドヒーグとディミティの組に加わった。ソフロニアが一歩なかに踏み出し、パートナーのアガサにハンカチを手渡すと、アガサはハンカチを胴着《ボディス》に突っこんで「ありがとう」とつぶやいた。

「ではみなさん、ザ〈ル・パンタロン〉から始めますよ。はい、一、二、三、四。前に出て相手に挨拶――違うわ、ミス・バス、あなたは男性のパートを踊ってるのよ、忘れないで。はい、そこでお辞儀」マドモアゼル・ジェラルディンがモニクとプレシアと帽子をかぶせたモップのいる組の四人めとして参加したので、メモをこっそり渡すのはますます難しくなった。もちろんモップはまったくなんの役にも立たない。

「何があったの、アガサ？　大丈夫？」ソフロニアがダンスの合間に話しかけた。

「あなたには関係ないわ」

「もしかして——モニク？」そうたずねながら、ソフロニアは小さく折りたたんだ紙をさっとディミティに渡した。紙には何も書かれていない。純粋に技を習得するためだけのものだ。

「見えた」と、シドヒーグ。

「紙を渡すのは〈レテ〉のあいだのほうが簡単そうね？」ディミティがささやいた。

アガサがソフロニアの問いに答えた。「モニクは意地悪よ。しかも質《たち》が悪いわ」

「なんと言われたの？」

「たいしたことじゃないわ」アガサの顔が赤くなった。「とにかくあなたには関係ないから」その口ぶりからして、どうやらソフロニアに原因がありそうだ。

カドリーユは〈ル・パンタロン〉から〈レテ〉に進んだ。ディミティの予想どおり、紙を渡すのは楽になったが、アガサは落としてばかりだ。アガサがしくじり、紙切れを見つけるために広がったスカートの下を探すたびに全員がダンスを中断した。これでは秘密どころではない。ソフロニアたちは動きがとまるたびにアガサがブーツのひもを結んでいるふりをした。

一時間後、マドモアゼル・ジェラルディンが手を叩いて呼びかけた。「まあ、いいでしょう、みなさん、でも、あくまでもまあまあよ。カドリーユの最初の二パートを今夜、十回は練習しておくこと。次の授業ではザ〈ラ・プル〉に進みますから、ぜひともザ〈ル・パンタロン〉を覚えておくように」

「ねえ」学長の教室を出ながらソフロニアがディミティに声をかけた。「マドモアゼル・ジェラルディンは自分が定冠詞《ザ》を重ねて言ってることに気づいていると思う（〈ラ・プル〉のラ[la]や〈ル・パンタロン〉のル[le]はフランス語の定冠詞）？」

ディミティは片眉を吊り上げた。「まあ、ソフロニア、それってマドモアゼル・ジェラルディンが本当はフランス人じゃないってこと？　大胆な意見ね」

「レディ・リネットがレディじゃないってことより？」

「そうね、レディ・リネットはいかにもレディらしいけど、人は見かけによらないわ。だって、シドヒーグもレディだけど、そう思う人はまずいないもの」

「そりゃどうも、ディミティ」シドヒーグが後ろからそっと近づいて言った。

ディミティは巻き髪を傾け、にやりと笑って肩ごしに長身のシドヒーグを見上げた。

「あら、怒ったふりなんかしないで。あなたのことはすっかりお見通しよ。あなたはほめ言葉と思ってるんでしょ？　あなたはそもそもレディになる気がないんだから。そこがあなたの根本的問題よ」

シドヒーグは〝人狼になれるのに誰がレディになんかなりたいもんか〟とかなんとかつぶやいたが、みな聞こえないふりをした。そんな考えはどうみてもバカげている。女性が人狼になれないことくらい、誰だって知っていた。

アガサに何があったのかを突きとめたのはディミティだった。試作品とか、帝国支配とか、明日のティーケーキに関する情報にはうとくても、ゴシップにだけは耳ざとい。

「今日の午後、モニクが廊下でアガサに詰め寄ってたって聞いた？　〝どうしてあなたみたいな不格好な人が〈マドモアゼル・ジェラルディン校〉に入学できたのか不思議だ〟って言ったらしいわ。〝いくらあなたが代々続くスパイ家系の出でも、冬休みが終わったら呼び戻されないでしょうね。ほかにましな候補生もいないから、あなたの代わりにソフロニアが正式に採用されるだろう〟って」

「ああ、なんてこと。それでアガサはあたしに怒っていたのね。まさか本当じゃないでしょう？」

通常のフィニシング・スクールなら生徒は多ければ多いほどいいが、ここは違う。おそらく飛行船の乗員制限のせいだ。

ディミティが唇を噛んだ。「ありえなくもないわ。あなたが代わりになるってことじゃなくて、アガサが学校に戻れないんじゃないかってこと。悪く言いたくはないけど、アガサはあまり優秀じゃないもの。ふつうのフィニシング・スクールのほうが向いてるんじゃないかしら。まあ、ふつうの学校でも……わかるでしょ？　体型というより自信のなさが問題よ」ディミティは巻き髪を揺らし、心配そうに首を振った。「せめて、あの姿勢だけでもよくなれば」

そのとき扉の向こうで小さく息をのむ声が聞こえ、二人が顔を上げると同時にアガサの丸い、しょんぼりした顔がさっと消えた。

「てっきりあなたが閉めたものとばかり！」ディミティが恐怖に顔を引きつらせてソフロニアを見た。

「閉めたわ。アガサはあなたが思うほどスパイに向いてなくもなさそうよ」

ディミティはすっかり動揺していた。いろいろと欠点はあるが、ディミティを意地悪という者は誰もいない。「追いかけたほうがいいかしら？」

ソフロニアはため息をついた。「あたしもそうしたほうがよさそうね」

アガサの寝室をノックすると、険しい表情のシドヒーグが扉を開けた。いつもよりさらに険しい。「あんたたちとは話したくないってさ」

「あやまりに来たの」と、ディミティ。すがるような口調だ。

「遅すぎたんじゃねぇか」シドヒーグは骨ばった胸の上で腕を組み、二人をじろりとにらんだ。

「あたしたちの前でそんな態度を取らないで、シドヒーグ・マコン。あなたが見かけほど意地悪じゃないことは知ってるわ」ソフロニアがシドヒーグを押しのけてなかに入ると、ディミティも続いて扉をバタンと閉めた。

アガサとシドヒーグの部屋の構造と配置は、ソフロニアとディミティの部屋とほぼ同じだ。狭い空間にベッドと衣装だんすがふたつずつ、洗面台つきの鏡台がひとつあるだけでほかには何もない。違うのは、ディミティの趣味を思わせるものがないことだ。ソフロニアとディミティの寝室は、あらゆる表面に色鮮やかな絹のスカーフをかけて光るガラスのブローチで留めるというディミティの趣味が反映されていた。ソフロニアは気にならなかった。ちょっとオペラ歌手の楽屋みたいだけれど。

ディミティがベッドに近づいた。アガサは背を丸め、顔を枕にうずめて突っ伏している。

「ごめんなさい、アガサ。あんなこと言うべきじゃなかったわ」

アガサはぴくりとも動かない。

ソフロニアも近づいて声をかけた。「あなたもあたしたちにちょっと手を貸してくれない？　その、あたしたち、シドヒーグと一緒に勉強してるの」

シドヒーグがふんと鼻を鳴らした。

「そうなの。シドヒーグがあたしたちに男の子ふうのことを教えて、あたしたちがシドヒーグに女の子らしい振る舞いを教えてるの」

シドヒーグがまたしても鼻を鳴らした。

ソフロニアがシドヒーグをちらっと見た。「だってそうじゃない。あなたはそれが苦手なんだから!」

ディミティがアガサの背中をさすった。「あなたも一緒にやらない?」

アガサは鼻をぐすぐす鳴らしながらごろりとあおむけになった。アガサの顔はマドモアゼル・ジェラルディンが言ったとおり、みごとなまだらになっていた。「でも、わたしに何ができるの?」アガサが震える声でたずねた。

ソフロニアとディミティは必死に考えをめぐらし、ようやくソフロニアが名案を思いついた。「あなたは算数と家政学の計算がうまいわ。この前シスター・マッティがほめているのを聞いたの。それにおしとやかな振る舞いも。それこそあなたの得意技よ」

ディミティも言葉を添えた。「そうよ、わたしはしゃべりすぎるし、ソフロニアは大胆すぎるわ」

「それはどうもご親切に、ディミティ」ソフロニアが片眉を上げた。

「もちろんシドヒーグは完全に絶望的だし」

「そりゃどうも、ディミティ」

「あら、だって本当じゃない！」ディミティは容赦ない。

アガサが涙まじりにくすくす笑いだした。「ほら、またしゃべりすぎよ、ディミティ？」

ソフロニアが言った。「そう、その意気よ！」

第十五課　正しい記録の保管法と盗みかた

そういうわけで秘密の小さな勉強会の会員は三人から四人になった。アガサはソフロニアとシドヒーグがときどき夜中にボイラー室に行くことに気づいていたかもしれないが、口が堅いのもアガサの取り柄だ。しかし、この秘密クラブもモニクの行動を牽制することはできなかった。その週の終わりには、ディミティがお芝居の最中にディングルプループス卿と出ていった――しかも二人きりで、付き添いもなく――という噂が広まった。

ディミティはすっかりしょげかえった。「そんなことしないわ！　わたしはいい子よ――ママががっかりするほど。わたしたちが会うのは人が大勢いるときだけよ。そもそもディングルプループス卿はそんなにわたしを好きじゃないわ」

ソフロニアは部屋をうろうろしはじめた。「噂を広めたのはモニクよ、間違いなく。もうこれ以上、放ってはおけないわ」

「でも、本格的な〈秘密中傷術〉に対抗するのは、まだ無理よ。モニクはわたしたちより四年も長く訓練されてるんだもの。モニクは生まれながらのスパイじゃないかもしれないけど、生まれながらの性悪女であることだけは間違いないわ」ディミティは腹立たしげに唇を噛んだ。

「それを言うなら生まれながらのほらふきだ」シドヒーグはディミティの肩を持つようになった。さすがはディミティ、結局は相手を味方につける。

「シドヒーグ、言葉に気をつけて！」ディミティは驚いてたしなめ、ソフロニアを振り返った。「何か考えがある？」

「まだ思いつかないけど、よほどの名案でなきゃダメね。あたしが捕まったり、告げ口されたりしないような計画でないと」

シドヒーグのベッドに突っ伏していたディミティがくるりとあおむけになり、天井を見ながら言った。「それを言うならわたしたちが捕まらない計画よ」

「わたしたち？」

「わたしも手伝う」と、シドヒーグ。

「あたしも」と、ディミティ。

「わたしも――あまり役には立たないと思うけど」と、アガサ。

「それにバンバースヌート――この子にも手伝ってもらうわ」と、ディミティ。

「そう？　バンバースヌートも何かモニクに恨みがあったっけ？」

ディミティは真剣に考えこんだ。「わからないけど、ひとつくらいあるはずよ。そうだ、前にいちど蹴られてお腹がへこんだことがあったわ。そうよね、かわいいスヌーティ？」

ソフロニアは深く息を吸った。「とにかく試作品を見つけることとね。そうすればすべてあきらかになって、モニクが誰に雇われていようと渡すことはできないわ」

ソフロニアの秘密捜査をあまり知らないシドヒーグとアガサは、話についていこうと真剣に耳を傾けた。

「それで、計画ってのは？」と、シドヒーグ。

「あなたは気に入らないと思うわ」

「なんで？」

「舞踏会がらみだから」

この言葉にシドヒーグとアガサは青ざめた。

「舞踏会なんて無理だ！」シドヒーグにはめずらしく動揺している。

「わあ、舞踏会！」ディミティは手を叩いた。

「家に帰る日の夜に舞踏会があるの。あなたたち三人を連れていくいい口実になるわ。事前に手紙で知らせることはできないけど、執事のフロープリッチャーやほかのメカが忙しくしているあいだ、家のなかや庭を探す絶好のチャンスよ」

「でもそれは冬休みの初日でしょ？　どうやってしかるべき相手に試作品を渡すの？」ディミティがたずねた。「たとえ見つけられたとしても」

「それがもうひとつの計画よ。あたしを学園に推薦した人がいるの。問題は誰があたしのことをレディ・リネットに話したかよ。それがわかれば、その人にあずければいいわ」

「でも、誰なのか見当もつかないんでしょ？」

ソフロニアはにっこり笑った。「そう、でも——」

「あ、その顔」ディミティが言った。「あなたがどこかに探検に行こうとしてるときの顔だわ」

「でも？」シドヒーグが先をうながした。

「でも、記録室に忍びこめば突きとめられる」

「ソフロニア、あなたなんてことを！」ディミティが反対の声を上げた。

「どうかしてる」と、シドヒーグ。

アガサは大きく目を見開くだけだ。

「大丈夫。奥の手があるの」

「奥の手？」

「そう。妨害物と石けんを借りるつもりよ」

「いいけど時間はかかるよ。おれだって覚えるのに何年もかかったんだから。どうしても休暇の前に必要なの？」

ソープとソフロニアは並んで座り、深夜作業の休憩時間に煤《すす》っ子集団の挑戦を受けてサイコロゲームを始めたシドヒーグを見ていた。ソフロニアとシドヒーグは石炭をもらいに来てそのまま話しこみ、いつのまにかシドヒーグはギャンブルに熱中している。まったく、これだからシドヒーグは！　ソフロニアはソープに、カギのかかった扉をこじあける技を教えてもらえないかと頼んだところだった。

ソープの問いにソフロニアはむっつりとうなずいた。

「なんのために錠前破りなんか？」と、ソープ。

「自宅近くに住む学園出身のスパイで、あたしを〈マドモアゼル・ジェラルディン校〉に推薦した人物を突きとめたいの」

「記録室に押し入ろうってわけ？」

「まあ、そういうこと」

「おもしろそうだな」

「ねえソープ、あなたが上の階にいるのがばれたらどうなるの？」

「あのさ、ソフロニア、きみがここに来るたび、おれたちが危険にさらされてないとでも思う？　ここには煤っ子が大勢いて、隠れる場所もたくさんあるからいいけど。それに、きみはいつも小さなケーキでおれたちを手なずけてる。そうでもなきゃ、とっくの昔にきみは出入り禁止になってるよ」

びない。

ソフロニアはソープをじっと見返した。あたしのせいでソープに危険がおよぶのはしのび
ソープはにっと笑って近寄り、ソフロニアに肩をぶつけた。「心配するなって。逃げ足は速いんだ。それに、おれがいなけりゃどうしようないんだろ？」
ソフロニアは心配しつつも、うれしくて眩暈《めまい》がしそうだった。「ああ、よかった！でも今回は困難な探検になりそうだわ」

それから一週間かけて記録室襲撃の計画を立てた。ビエーヴはあっさりとソフロニアに妨害器を貸してくれた。目下ビエーヴは新しい発明品に日夜没頭していて、真夜中の記録室押し入りという誘惑にも見向きもしなかった。ついでに記録室の場所まで教えてくれた。

「そのくらい知ってるよ。あたしを誰だと思ってんの？素人じゃないんだから。あそこには発明の記録も保管されてるんだ」

このあと、誰が同行し、誰が残るかで大いにもめた。

ソープが来ることは誰にも言わなかった。〝場所さえわかれば忍びこむ方法がある〟と告げただけだ。

いちばん強く行きたがったのはディミティだった。「行きたい！　だって、まだ一度も秘密の遠出をしてないんだもの」

「行くとしたら、あなたかシドヒーグのどちらかよ。人数は少ないほうがいいわ」アガサにもともと行く気はない。

ディミティがすがるような目でシドヒーグを見ると、シドヒーグは意外にも肩をすくめた。

ディミティはこれを承諾の印と受け取り、うれしそうに手を叩いた。

「でも、光りものはダメよ。目立たないことが重要なんだから」

ディミティはしぶしぶすべての宝石をはずし、手持ちのなかでいちばん色の濃いロイヤルブルーのドレスを着た。

「これでどう？」

「完璧よ」

事前の約束どおり、誰もいないシスター・マッティの教室の外デッキに並ぶ鉢植え植物のあいだに隠れていたソープが、丈の高いジギタリスの背後の暗闇から現われた。ジギタリス――大量に使えば毒になり、少量なら呼吸困難の治療薬になる――ソフロニアは頭のなかでシスター・マッティの言葉を復唱した。

「こんばんは、レディーズ」

「こんばんは、ソープ。準備はいい？」ソープはいつもよりこぎれいで、服もほぼ身体に合っている。あたしのために一張羅を着てきてくれたのね。ソフロニアはうれしくなった。

「万端だ。妨害器は持った？」

「もちろん」ソフロニアは手首を見せた。

ディミティはソープを見て言葉を失い、口を完全な〝O〟の形に開けた。

「ディミティ、こちらはソープ。本名はフィニアス・B・クロウよ」

ソープは白い歯を見せてにっこり笑い、なおも呆気にとられているディミティに向かって縁なし帽をひょいと上げた。「やあ、はじめまして」

「こちらはディミティ・プラムレイ＝テインモット」

ディミティはお辞儀し、ようやく声を取り戻した。声をひそめることを覚えていたのはさいわいだった。「はじめまして、ミスター・ソープ」

「ただのソープでいいよ」

ディミティは目を丸くしてソープを見上げた。「あなたとそっくりな馬番の少年がいたわ。その、肌の色がそっくりの。あなたなら知ってるんじゃないかしら、名前はジムで——」

「話を中断するのは心苦しいけど、そろそろ移動したほうがいいわ」ソフロニアはディミティが変なことを言いだす前に話をさえぎった。

三人はあたりをうかがいながら教員区に向かった。途中、何度も立ちどまっては妨害器の見えない魔法を作動させ、凍りついたメカの脇を大急ぎですり抜けた。

った。

　さいわい記録室はビエーヴが言ったとおりの場所——飛行船の前方上部デッキ——にあった。

　だが、そこまで行くのは思ったより大変だった。なにしろディミティはよじのぼりが得意ではない。最初から最後までよろよろけ、地面までの距離を見ては〝遠いわ！〟と叫び、デッキとデッキの隙間をまたぐという試練に際しては〝無理よ！〟と悲鳴を上げつづけた。それでもなんとか、ルフォー教授のバルコニーから船体の外側にらせん状に巻きつく壊れそうな階段をのぼり、小さな食器棚のような扉の前に着いた。

　真上はソフロニアが初日にバンバースヌートを手に入れた前方キーキーデッキで、真下は教師の私室が並ぶ階。さらにその下に巨大なボイラー室がある。前方区は校内でも重要な部屋が集中しており、この屋根裏の階だけはまだ一度も足を踏みいれたことがない。ソフロニアはわくわくした。

　ディミティが声を落とすよう合図した。「ブレイスウォープ教授のことを忘れないで。まだ起きている時間だし、教授の部屋はほんのひとつかふたつ下の階よ。しかも吸血鬼は特別、聴覚が鋭いから」

　どうせなら自分が悲鳴を上げているときに思い出してほしかったけど。

　一行は無言で先を急いだ。屋根裏の階は天井が低く、三人のなかでいちばん小柄なソフロニアでさえ圧迫感を覚えた。パラソル型のガスランプもないため、三人は暗闇のなかを手探りで進んだ。

ようやく目的の部屋の前にやってきた。扉にはごていねいに大きな金文字で**記録保管室——重要記録あり**と書いてある。

扉の正面に一体のメカ兵士が立っていた。人の接近に気づくや、うなりを上げ、警戒心もあらわに兜《かぶと》の下から蒸気を吐き出すと、ソフロニアが妨害器を向けるまもなく機関砲のような腕を上げて何かを発射した。

ソープは反射的に身を伏せたが、ソフロニアとディミティはその場に立ちすくんだ。

気がつくと二人は海綿状のべたつく網にかかっていた。牛の胃のようだが、ものすごく強じんだ。そこへメカ兵士が恐ろしげに蒸気が吐きながら近づいてくる。

まるでベーコンにくるまれたヤマウズラになったような気分だ。うわ、気持ち悪い。網で腕を身体の脇に押さえつけられ、妨害器を向けることもできない。「ディミティ、あなた、裁縫バサミに手が届かない？」

「動けないわ」ディミティがか細い声を上げ、ペッと口からべたつく網を吐き出した。

「ソープ？」ソフロニアはやっとのことで首をまわし、ソープを探した。

「きみたちよりましだけど、まずい状況だ」

ソフロニアは下を見た。捕獲網を避けようと床に身を伏せたソープは、身体の一部がソフロニアのスカートの下になっていた。網がかかったのは半身だけで、もう半身はソフロニアのペチコートの下だ。

メカ兵士が目の前にやってきた。侵入者は誰であれ捕獲せよと命令されているようだが、いっぺんに三人も網にかかったせいで混乱していた。困惑したようにうなりを上げ、軌道上で身体を左右に動かしながら、正しい行動はどれかとプロトコルをあれこれ探っている。

「裁縫バサミを持ってない？」ソフロニアがソープにたずねた。

「ハサミはないけどナイフならある」

「ナイフを使ってあたしの手首を自由にしてくれない？」

ソープが身をよじり、自由なほうの腕を動かすと、ペチコートがふわっとふくらんだ。ディミティはこの無礼な振る舞いに押し殺した悲鳴を上げた。ソープはソフロニアが腕を動かして妨害器をメカに向けられるようになるまで、必死にべたつく繊維を切断した。だが、こんどはナイフにべたべたがくっついた。

ついにメカ兵士が決断を下したらしく、身をのけぞらせて反対の腕をかかげ、その腕から煙を噴き出した。

「焼き殺すつもりだわ！」ディミティが息をのんだ。

メカ兵士が次の行動に移る寸前、ソフロニアが妨害器から見えない一撃を放ち、メカはその場で凍りついた。でも身体には網がからまっている。ソープはソフロニアのドレスの縁でナイフの刃をぬぐいつつ、なおも下から網を切りつけた。ソフロニアは動くほうの手でようやく小物バッグをつかみ、裁縫バサミを取り出すと、ディミティの周囲の網を切りはじめた——ディミティが自分の裁縫バサミを取り出せるようになるまで。

「なんてべたつくしろものかしら。きっと原料は食べ物よ。生の食材をじかに触るなんて。ドレスは台なしだし、ドレスでぬぐってもあまり取れないわ」ディミティは顔をしかめた。

ソフロニアは網を指でつまんで粘着性を調べた。油ならくっつかないかもしれない。さっそく小物バッグからバラの香油を取り出し、できるだけ裁縫バサミをきれいにして刃に油を塗ると、油がみごとにべたべたをはじいた。

「うわ、すごいや」ソープが感嘆の声を上げた。ソフロニアは下にいるソープに香油の瓶を落とし、ソープもナイフに油を塗ってからディミティに渡した。その後はすばやくことが運んだ——全員がバラの香りまみれにはなったけれど。

網を切断するあいだもソフロニアは何度も手を止め、メカに妨害器を向けた。ようやくべたべた網から抜け出たとき、どういうわけか巨大重量メカ兵士は軌道に固定されていて、気づかれないように押しのけることはできなかった。

ソープがカギ開けに取りかかったが、妨害器一回ぶんの停止時間ではとても足りない。ソープが奮闘するあいだソフロニアはメカ兵士の前に立ち、六秒ごとに妨害器を向けつづけた。

いつ妨害器のエネルギーが切れて効き目がなくなるかと、ソフロニアは気が気ではなかった。ビエーヴから詳しいしくみは聞いていない。パワーが永遠に続くとはとても思えないが、いまのところ切れる様子はなかった。

ようやくカギが開いた。ソフロニアは最後にもういちど妨害器を作動させ、メカ兵士が動きだす前に部屋に忍びこんで扉をバタンと閉めた。

そこではまったく新たな問題が待ち受けていた。

記録室はまるで小型工場か製糸工場のようだった。装置やコンベヤーや回転ベルトが壁ぞいに並び、部屋の四隅を埋めつくしている。

「上を見て」ソフロニアがささやいた。

ディミティとソープが上を見た。

頭上から紙がぶらさがっていた。天井に埋めこんだコンベヤーにはさまれた状態で。ちょうど床のメカ軌道が天井にあるような、いわば〝ぶらさがり型メカ軌道〟だ。おびただしい数の記録紙が洗濯ひもにかけた洗濯物のようにぶらさがっている。手を伸ばしても届かないし、目的の記録がどれかを知る方法もない。数千とまではいかなくとも、数百枚はある。まさに悪夢だ。

「検索して取り出す方法がきっとあるはずよ」ソフロニアは必死に周囲を見まわした。

部屋には机が三台あって、それぞれに小さな革張りの椅子とオイルランプと便せんが備えつけてあった。机の表面には、てっぺんにレバーのついた大きな真鍮製のつまみがついていて、つまみの基部を囲むように文字の書かれた円形の羊皮紙が机いっぱいに敷いてある。

ソープが手前の机、ソフロニアがその隣、ディミティがいちばん奥の机に歩み寄ってオイルランプをかざし、円形の羊皮紙に書かれた文字に顔を近づけた。

「触っちゃダメよ。あたしたち、まだ身体じゅうべたべたなんだから」と、ソフロニア。言ってるそばから身を乗り出したディミティの胸もとに羽根ペンがくっついたが、本人は気づいていない。「ここには地名が書いてあるわ」ディミティは首をひねって円状に書かれた文字を読んだ。「市……州……郡や区の名前もいくつか。ロンドン……デヴォンシャー……」

ソフロニアも文字を読んだ。「ここのは知識や技能のようね。ナイフ……誘惑術……装甲雨傘……恋愛遊戯。あなたのは、ソープ?」

ソープは机の前でうなだれ、紙を見てもいなかった。

ぐずぐずしている時間はない。「なんて書いてあるの、ソープ?」

ソープは恥ずかしそうに顔を上げた。「ごめん、ソフロニア、言えない」

「あら、どうして? そんなにレディに聞かせられないような、おぞましいことでも書いてあるの?」ソープはふだんからソフロニア本人よりはるかにソフロニアをレディとしてあつかってくれる。

だが、ソープは首を振るだけだ。

ディミティが気づかうように言った。「あなた、字が読めないのね、ミスター・ソープ？」

「そうなんだ。ごめん」消え入りそうな声だ。

ソフロニアは目をぱちくりさせた。なんてかわいそうなソープ！　本が読めない人生なんて。「わかった」ソフロニアはソープの机に駆け寄った。「アルファベットよ。ほら、A、B、C、Dって並んでる」

ソープはひどく恥ずかしそうに少しあとずさった。ソフロニアは、前にソープがしたように軽く肩をぶつけてほほえんだが、それもソープをますます恥じ入らせただけだ。「ああ、そうだね」

「どういう意味かしら？」と、ディミティ。

ソフロニアは肩をすくめた。「確かめる方法はひとつしかないわ」

ソフロニアはソープの机のレバーを握り、Aに向かって倒した。

そのとたん、周囲でものすごい音がして記録室の装置が動きだした。ピストンと回転装置がうなり、とどろき、震え、うめきながら蒸気を吐き出し、頭上の記録紙が天井の軌道にそって部屋のこちらからあちらへ、離れたり集まったりしながら動きはじめた。紙がひゅーっとうなりながら移動するたびに机の羊皮紙がひるがえり、ぱりぱりと音を立てた。

やがて大きな紙束がソープとソフロニアのいるほうに決然と向かってきて、机の真上でぴたりと停止した。

「なんだ?」と、ソープ。

ソフロニアはほかに操作装置とかスイッチがないかと机のまわりを探した。

「ああ、こんなときにビエーヴがいてくれたら」ソフロニアは顔をしかめ、さっきのレバーに戻ってしばらく叩いたり引っ張ったりしていたが、ふと思いついてレバー基部の丸い真鍮のつまみを上からぐいと押した。

がちゃんという大きな音がして天井から紙束が下りてきた。

ソフロニアとソープはさっと頭を引っこめ、下りてくる記録紙の束からかろうじて身をかわした。紙束は机の真上からしゅっとまっすぐ下りてきたかと思うと、ぴたりと宙で——ちょうど机に座る人が手を伸ばせば取れる高さに——停止した。

ソフロニアは紙ばさみから書類をはずすと、べたべたがつかないよう気をつけながらなかの一枚に顔を近づけ、ソープのために声に出して読み上げた。もちろん、離れた机にいるディミティにも聞こえるように。

「〝ヘンリエッタ・アンデルキュオス伯爵夫人、旧姓キップルウィット〟——ファイルの一枚めにはそう書いてあるわ」名前の下には上品な若い女性の素描とともに、髪の色、目の色、社会的地位、服装の好みといった重要データが添えてあり、その下には地名と日付がずらりと記載されていた。おそらく最初が生まれた場所で、最後は伯爵夫人の現住所——フランス——だろう。さらにその下には得意技の一覧表があり、ヘンリエッタの場合は〝パラソル操作、隠蔽用髪型、弾道学、忍び足、テンポの速いワルツ、ライスプディング〟となっていた。

さらにきれいな手書き文字の紙が添付してあり、ソフロニアは二人のために内容を要約した。「おそらく任務の報告書よ。ほら、ここに〝フランス外務省に潜入〟って書いてある。こっちは伯爵との結婚に関する報告みたい」ソフロニアはディミティを見やった。

「つまり、あたしたちは学校が選んだ相手と結婚しなきゃならないってこと？」

ディミティは平然と答えた。「当然でしょ？　だってここはフィニシング・スクールなんだもの。いい結婚——これが花嫁教育《フィニッシュ》を受けた女の子の目的よ。それ以外に、どうやって力のある地位に潜入できると思う？」

反論はあとまわしにして、ソフロニアは目の前のことに注意を戻した。ヘンリエッタの書類を紙ばさみに戻してレバー下の真鍮のつまみを押すと、記録紙はするすると上昇して天井に戻っていった。

「地名を書いた机はどれだっけ？」

ディミティが目の前の机を指さした。

ソープとソフロニアが近づいた。

「自宅周辺の地名を調べるわ。ウィルトシャー州のウートンバセットの近くよ」ソフロニアは地名に目を走らせ、「あ、スウィンドンでもいいわ」と言ってレバーを倒した。

記録紙がくっついたり離れたりしながらくるくる移動してひとかたまりになり、机の上方で停止した。今回はそれほど数は多くない——たったの三件だ。ソフロニアがつまみを押すと、書類がするすると下りてきた。

二度めなので、誰も首を引っこめもしなければびくっと驚きもしなかった。

ソフロニアの地元にゆかりがあり、かつて〈マドモアゼル・ジェラルディン校〉に在籍していた三人の女性の名前を読むのに時間はかからなかった。一人はすでに故人で、もう一人は一八四七年に短いあいだ住んでいただけ。そして三人めは……三人めは……。

「ミセス・バーナクルグース！」ソフロニアが叫んだ。

「知ってるの？」と、ディミティ。

「知ってるどころじゃないわ」

「これで目的は果たせたんだね？」と、ソープ。

ソフロニアは、母親の古い友人にして長年のお茶仲間のファイルを隅から隅まで読みたくてたまらなかった。これまでずっとバーナクルグース夫人のことは、腰まわりが増大しつづけているにもかかわらず最新流行の服を着つづける、ただのおせっかいおばさんとしか思っていなかった。「ちょっと待って！」

「ソフロニア、そろそろ戻ったほうがいい。ここの装置は騒霊《ポルターガイスト》も驚くほどの音を立てる。耳のいい吸血鬼がいつ聞きつけても不思議はない。記録紙をもとどおりに戻して、ここを出よう」ソープはひどく落ち着かない様子だ。書類の束に囲まれているせいかもしれない――ソフロニアは思った。

「不法侵入をごまかそうとしても無駄だと思うわ」

「無駄？」ディミティが首をかしげた。

「そう。だって、あたりはバラ油のにおいがぷんぷんしているし、廊下はべたつく網だらけ。誰かに罪をかぶせるしかないわね。〝スウィンドン〟の項目だけはもとに戻して、あとは適当に別の項目につまみを合わせておくわ。そうすれば何を調べていたかだけはごまかせる」

ソフロニアはつまみを押し、スウィンドンの三件が天井に戻るのを見届けると、まんなかの机に駆け寄り、レバーを〝紅茶葉を使った暗号術〟の枠に向かって押した。新たな紙束が机に向かって下りてきたが、それは宙に浮かせたままにしてオイルランプを消し、三人は記録室を出た。

そこでふたたび妨害器を発射し、三人はメカ兵士の脇を駆け抜けた。メカは混乱して前後に揺れていた。侵入者をとらえたことと、とらえた侵入者が複数で、しかも消えてしまったことで命令系統の自閉ループにおちいっていたようだ。決断できないせいで機能が停止し、警報も鳴らしていなかった。幸運――ソフロニアは思った――どうやらこれもスパイには必要のようね。

ソフロニアは必要に応じて妨害器を使いながら来た道を逆にたどり、レディ・リネットのバルコニーでソープと別れた。

「手を貸してくれてどうもありがとう」と、ソフロニア。妙にかしこまった口調だ。

「どういたしまして」ソープはふいに身を寄せ、ソフロニアの耳の後ろの後れ毛を引っ張ってから軽々と手すりを越えて消えた。

ディミティが疑わしげにソフロニアをじっと見つめた。

ソフロニアは気づかないふりをして言った。「向こうを向いて、ディミティ。ボタンをはずすから」

ディミティが唾を飛ばした。「でも、ここは外よ！　しかも夜中に！　しかもバルコニーの上で！」

「そうよ、でも先生たちに気づかれないためには礼儀を犠牲にしなければならないときもあるの。だってあたしたちにはバラ油のにおいがしみついてて、しかもべたべたたまみれなのよ！　お願い、ディミティ」

二人は手を貸し合ってドレスを脱ぎ、ディミティがバルコニーの端から悲しげに青いドレスを放り投げた。「ああ、大のお気に入りだったのに」

「ナイオール大尉が見つけないことを祈りましょ」そう言ってソフロニアは自分のドレスを惜しげもなく投げ捨てた。正しい身なりの重要性はようやくわかってきた。だからといって手持ちの服にとくに愛着があるわけではない。「朝になったら厨房から酢を失敬してくるわ。それに下着をつけておけばにおいがとれるはずよ」ソフロニアは唇を噛んで思案した。「裁縫バサミをきれいにするのに牛脂も必要ね」

その言葉にディミティはかすかに顔をしかめた。「バラの香りに包まれるのもこれまでね」

第十六課　押し入りと泥棒と正しい朝食

レディ・リネットは気づいたはずだが、記録室押し入り事件は朝食の席では公表されなかった。マドモアゼル・ジェラルディンに知られるわけにはいかないからだ。学長は記録室の存在すら知らないに違いない。それでも朝食の席にはあきらかに不穏な空気が張りつめ、モニクの意地悪さえ鳴りをひそめた。

それでもその日の遅く、モニクはレディ・リネットの授業に向かう途中の廊下でソフロニアに詰め寄った。

「ちかぢかお姉様のデビュー舞踏会があるそうね。あなたの家の実力では、お気の毒にロンドンの社交界にデビューさせることはできないようだけど。それともデビューを急ぐ特別の理由でもあるの？」

ソフロニアは不快そうに唇をゆがめた。「少なくとも姉のペチュニアはデビューまぢかよ。あなたはまだのようだけど。それであなたはいくつ？　もうすぐ十八？　若さの無駄づかいとはこのことね」

「あら、どうぞご心配なく。教育が終わりしだい、ママが盛大な舞踏会を開催してくれるの。それにうちのママは上の娘に家族の財産を使い切ったりしないわ」

「どうして今そんな話を？」

「あら、言わなかった？　あたしも招待されてるって」

「嘘でしょ！」

「あら、本当よ。学園に着いてすぐパパに手紙を書いたの。パパは顔が広いのよ」

いったいどうやって飛行船から手紙を送ったの？　ソフロニアは首をかしげた。てっきりモニクも外部との接触は阻止されてると思ってた。あたしは何かを見落としてる。いったい何？

「あなた、どうやって……？」そう言いかけて思い出した。モニクのお友だち。

そうよ、先生か誰か知らないけど、モニクには協力者がいる！　その人たちがモニクの代わりに〈バンソン校〉から手紙を送ったんだ。そうとなれば、こっちにも考えがある。この機会をうまく利用すれば、モニクのあとをつけられるかもしれない。「とても楽しい舞踏会になりそうね」ソフロニアはにやりと笑った。「すごくおもしろくなりそうだわ」

モニクの顔が険しくなった。「邪魔するつもり、おチビさん？　いくらあたしでも自分に関係ないことにまで首を突っこんだりしないわ」

「あら、あたしたちは日々、他人ごとに首を突っこむための訓練を受けてるんじゃないの？」

モニクが一歩、歩み寄ったとたん、ソフロニアは喉に何か尖ったものが当たるのを感じた。ふくらんだ袖とボンネットのリボンの下で、モニクが金属製の鋭いヘアスティックをソフロニアの首に当てていた。「いつだって予期せぬことは起こるものよ」

ソフロニアはひるむことなくさっと身を引き、「予期せぬ発見もね」鋭くささやいてレディ・リネットの授業に急ぎ足で向かった。モニクもあとからついてくる。どうやら家族の心配をする必要はなさそうだ――ソフロニアは思った。モニクは誰にも隠し場所を教えるつもりはない。自分で試作品を取り戻す気だ。作戦の主導権は誰にも渡さないつもりらしい。それこそこっちの思うつぼだ。

ルームメイトはすでに席に着いていた。ソフロニアから見ると、新学期のころより、みなはるかに洗練されてきた。ディミティの巻き髪は前より整っているし、プレシアも前ほどしかめつらではないし、アガサは襟ぐりにしゃれたレースをつけている。シドヒーグでさえ姿勢がよくなった。あたしの見た目はどれだけ変わったかしら？

レディ・リネットがモニクから数分遅れて現われた。ほぼ遅刻といっていい。レディ・リネットはたっぷりのフリルと塗り固めた化粧の下に悩ましげな表情を浮かべて言った。

「みなさん、昨夜、何者かが記録室に侵入したことが判明しました。心当たりのある人はいませんか？」

生徒たちはたがいに顔を見合わせた。

モニクが片手を上げた。「ソフロニアとディミティ、シドヒーグとアガサは最近、何かたくらんでいるようです」

レディ・リネットが青い目を向けた。「そうなの、ミス・パルース？　何か具体的な話を耳にした？」

「いえ、そうじゃありませんけど、レディ・リネット」モニクは椅子の上で身じろぎした。

レディ・リネットがソフロニアに視線を向けた。「あなたたち、何かたくらんでるの？」ソフロニアは、どうして自分がリーダーと目されたのがわからなかったが、ここは素直に認めることにした。たしかに、いつも計画を立てるのはあたしだ。

「ディミティとシドヒーグとアガサを姉の舞踏会に招待しようと思ったんです。それで、ずっと家に手紙を送ろうとしていました」と、ソフロニア。

「なるほど。ミス・バスとミス・パルースは含まれないのね？」

ソフロニアは肩をすくめた。「さすがに全員は誘えません。そんなことをしたら母さんにしかられます。〝次は学園じゅうの人を誘うつもり？〟って」

モニクがつんとすまして言った。「あたしはすでに招待されています。ソフロニアの助けを借りるまでもないわ」

ディミティがソフロニアを心配そうに見た。

ソフロニアは動じない。「あら、そう？　あなたがうちの姉と知り合いだとは知らなかったわ」

「わたくしも知りませんでした」と、レディ・リネット。「前回、ミス・パルースがあなたの家に立ち寄ったときに変装していたことを考えると、今回は身なりに充分、気を配ってもらわなければなりませんね。それで、あなたがたはいまの技量で舞踏会に出られると思う？」

シドヒーグは肩をすくめた。ディミティは力強くうなずき、アガサは自分の手を見つめている。

レディ・リネットは聞こえよがしにため息をつき、「では、記録室については何も知らないのね、みなさん？」よりによってシドヒーグをじっと見つめた。「本当に何も見ていませんね？」

シドヒーグがちらっとすまなそうにソフロニアを見て肩をすくめた。ソフロニアは眉を寄せた。どうしてシドヒーグがすまなそうな顔をするの？

「記録室から何かなくなったんですか？」ソフロニアがたずねた。

「なくなったのは羽根ペン一本だけです」レディ・リネットはソフロニアの質問を教材に変えた。「侵入者の目的はなんだったと思いますか、みなさん？」

「情報」プレシアが即座に答えた。「だって記録室ですもの」

「たしかに、ミス・バス。たいへんけっこう」

「犯人は飛行船内の人物だと思います。メカに気づかれずに飛行船を乗り降りできる人間でないかぎり」

「鋭い指摘です、ソフロニア」

「だから生徒に尋問してるんですね」

「レディ・リネット」ディミティが背を伸ばした。「その部屋には生徒の記録も保管されているのですか?」

レディ・リネットがうなずいた。

ソフロニアはディミティが会話を誘導しているのに気づき、言葉を引き継いだ。「だとすれば犯人は記録を見て書き換えようとしたか、もしくは盗もうとしたんだと思います。つまり、既得権を守ろうとしたのです。権利がおびやかされると判断した場合、上級生ならなんらかの危険をおかしてでも忍びこむ技術があるんじゃないでしょうか?」

ソフロニアはそこで言葉を切り、わざとモニクを見ないようにした。このくらいでやめておこう。他人に罪をなすりつけるのは周囲の判断を惑わす古典的手法だが、やるときは細心の注意が必要だ。とりわけ相手がその手法を教えたレディ・リネットの場合は。

「それで、アガサとシドヒーグとディミティは姉の舞踏会に行けるでしょうか?」疑惑の種をまきおえたソフロニアは、わざとらしく話題を変えた。「公《おおやけ》の場に出ても恥ずかしくない社交儀礼を身につけたと言えますか？」

「ご両親が認めれば。いずれにしても灰色《グレイ》を出てからの話です。さて、今日の授業はなんでした？　あ、そうそう、〈姿勢〉です」

その晩、モニク・ド・パルースほか数人の上級生がレディ・リネット、ルフォー教授、ブレイスウォープ教授に呼びだされて尋問を受けた。そしてたちまち〝モニクが任務に失敗した記録を書き換えるために記録室に押し入った〟という新しい噂が広まった。

「すごい噂を広めてやったわね」無事、部屋に戻り、ダンスの授業のために着替えながらディミティが誇らしげに言った。「バラ油をモニクの部屋に隠しておいたの？」

ソフロニアはにっと笑った。「もちろん」

「これでちょっと仕返しできたわね」ディミティは洗面器で酢のにおいのついた下着をすすぎはじめた。

「モニクはどうやって姉さんの舞踏会の招待状を手に入れたのかしら？」

「縁故よ。あなたのお父様はどこかの紳士クラブの会員じゃない？」

「そうでない父親がいる？」ソフロニアはベーコン脂で裁縫バサミをぬぐい、残りをバンバースヌートにあたえた。バンバースヌートは満足そうに黒い煙を吐き出した。

「モニクはわたしたちが学園に着いてすぐ愛するパパに手紙を送って、あなたのお母様があのやせこけた金髪少女に追加の招待状を送ったんじゃない？」

「そうじゃなくて、モニクがどうやって手紙を送れたのかってことよ」

「ああ、いい質問ね。協力者がいたとか？」

「たぶん」

「誰？」

「それこそ本当にいい質問よ、ディミティ」ソフロニアはゆっくりとディミティに近づき、服をしぼるのを手伝った。どうやらディミティは洗濯日の様子を見たことがないようだ。ましてや自分で服をこすった経験など一度もないらしく、まるで布に悪霊が取り憑いていて今にも濡れた生地に顔をはたかれるのではないかとでもいうようにこわごわあつかっている。

「案外うまくゆくかも」と、ソフロニア。

「そうかしら？　どうみてもモニクはドレスの着こなしがうまいし、ダンスのレパートリーも多いわ」

「試作品を隠した場所に取りに行くかもしれないわ」

「舞踏会のあいだじゅうモニクを見張ってなきゃならないってことね」

「考えただけでぞっとするわ。でも、こっちは四人で向こうは一人よ」

「訓練の年月は向こうが長いけど」

「あたしたちだって昨夜はよくやったじゃない」ソフロニアが勇気づけるように言った。

ディミティがうなずいた。「でも、レディ・リネットの授業ではシドヒーグがうっかりしゃべるんじゃないかとはらはらしたわ」

ソフロニアがうなずいた。「それよ。あれはシドヒーグらしくなかったわ。いったいどういうこと？」

ディミティは首を横に振った。

ソフロニアはベッドにどさりと寝転がった。実際はコルセットをつけているので、思いきりどさりとはいかないけれど。ソフロニアはしばらく考えてから、ふと立ち上がり、シドヒーグとアガサの部屋に向かった。

シドヒーグはいなかったが、アガサがなかに入れてくれた。

「なあに、ソフロニア？」

「悪いけど、ちょっと窓から外を見せてくれない、アガサ？」

「ええ、まあいいけど」

ソフロニアは窓に近づいた。外を見るにはシドヒーグのベッドの上に立たなければならない。窓といっても、海洋汽船についているような小さな舷窓だ。

「あたしのベッドになんの用、ソフロニア？」鋭い声がたずねた。

「こんにちは、シドヒーグ。おもしろいわね——こんなふうに外のバルコニーが見えるなんて」

「ほら、あたしが探検するときに通るバルコニーよ。あなたも一緒によじのぼったから知ってるでしょ」

「おもしろい？」

「そういうことか」

「ええ、そういうこと」ソフロニアはシドヒーグをにらんだ。「アガサ、悪いけど二人きりにしてくれない？」

「言い争ったりしないわよね？　パパがママをどなる前にいつもそう言ってたわ。お願いだからケンカはしないで。いままでずっと仲よくやってきたじゃないの」

「アガサ！」シドヒーグが鋭く言うと、アガサは部屋を出て、そっと扉を閉めた。

ソフロニアが口を開いた。「あなたがここにいたくないことは知ってるわ、シドヒーグ、でも、まさかあなたに裏切られるとは思ってもみなかった」

シドヒーグは気まずそうな表情を浮かべた。「てっきりあんたは否認すると思った。それですべて終わると思った」

「おかげさまで否認が最善の方法だってことはまだ知らなかったわ」

「それであんたは罰を受けた。そのことはすまないと思ってる」

「すまない？　言えるのはそれだけ？」

「あんただってモニクに同じことをした。いや、もっと悪い。モニクは実際にやってないんだから」

「当然の報いよ」

「あのときはあんたも報いを受けて当然だと思った。あたしたちが部屋に閉じこめられてるときに、どうしてあんただけがいつも抜け出して壁をのぼってる？」

「密告したのがあなただったってこと、もっと早く言ってほしかったわ。モニクはあたしが思ってるほど悪くはないのかも」

「いや、モニクは性悪だ」

ソフロニアはため息をついた。シドヒーグに腹を立てたのではない――自分には人を見る目がないのかと心配になったからだ。

シドヒーグは反抗的で弁解がましい表情から少しすまなそうな顔になり、アガサのベッドに座ってソフロニアに正面から向き合った。シドヒーグはディミティとは違う――隣に座って親しげに肩にもたれるタイプではない。

「あんたにはあたしだって知られたくなかった。きっと嫌われると思った」

「だったらなんのためにあんなことを？」

「告げ口すれば、あたしが学園にふさわしくないことを証明できると思った。フィニシング・スクールは告げ口するような人間を追い出すはずだって。でも学園側はがっかりしたふりをして成績表に記録しただけだった。そしてさっきも言ったように、あんたは否認するはずだと思った。そうすれば両者の言いぶんの相違で、なんの影響もないはずだった。

あのころはあんたを好きになるなんて、これっぽっちも思ってなかった」

「学校をやめるつもり、シドヒーグ？　たしかにあなたはタフだけど――」

「学校なんかどうでもいい。家のことが心配だ」

「人狼団に何か問題でも？」

「まあそんなとこだ」シドヒーグはそれ以上、話そうとはしなかった。

「じゃあ、姉の舞踏会には本当に来たくないのね？」

シドヒーグはやけに強い調子でうなずいた。「家に帰らなきゃならねぇ」

「あの」おずおずとした声がして背後の扉が小さく開いた。どうやらアガサは会話の一部始終を聞いていたらしい。スパイ養成学校の生活は――ソフロニアは思った――なんとも複雑だ。

「なあに、アガサ」ソフロニアが硬い声でたずねた。

「だったらわたしも行かなくていい？　誘ってもらったことは本当にうれしいけど、わたしはまだ自信がないし、シドヒーグが行かないのなら……」そこで〝わかるでしょう？〟というように言葉を濁した。

「あんたとディミティがいればきっとうまくやれる」シドヒーグがはげますように言った。うまくやれるかどうかはわからないが、ここで引きとめるのはルール違反だ。〝いちど招待して断わられたら無理じいしてはなりません。ふられた男がしつこく相手に言い寄るのと同じくらいみっともないことです〟――マドモアゼル・ジェラルディンはそう言った。

ソフロニアは礼儀正しく別れを告げて部屋を出た。

「シドヒーグとアガサはペチュニアの舞踏会に来ないことになったわ」寝室に戻るなり、ソフロニアはディミティに告げた。

「あら、どうして？」

「まだ自信がないんですって」

「まあ、美しく着飾って一晩じゅう踊るチャンスを棒に振るなんて」

「それを言うなら〝美しく着飾って一晩じゅうモニクのあとをつけまわすチャンス〟じゃない？」

「ってことはわたしたち二人だけ？」と、ディミティ。「簡単にはいきそうもないわね」

学期末は、澄みきった青空から襲いかかる空強盗のように、またたくまにやってきた。生徒たちは一週間かけて〈楽しみと実益を兼ねたハンカチの使いかた〉の仕上げを学び、さまざまな休暇パーティを視野に入れた〈扇子を使った会話術〉の特別授業を受けた。その翌週には校舎の巨大プロペラが精いっぱいまわりだした。もはや飛行船は霧のなかをただよってはいない。灰色《グレイ》という安息の地を離れて一路スウィフル＝オン＝エクセに向かっていた。

教師陣は戦々恐々としていた。高度を下げて霧の外に出たとたん、地平線に追っ手の飛行船とおぼしきかすかな点が見えたからだ。校舎は姉妹校〈バンソン&ラクロワ少年総合《ポリ》技術専門学校《テクニック》〉のある町をめざしてスピードを上げた。

移動の二日のあいだに郵便物が投下された。おそらくナイオール大尉が拾って近くの郵便局に届けるのだろう。ソフロニアは――相手にされないと思いながらも――家族あてに、空強盗がやってくるかもしれないこと、そしてモニクを招待しないでほしいという旨の手紙を書いた。手紙にはディミティを連れて帰ることも書いておいた。

〈バンソン校〉は〈マドモアゼル・ジェラルディン校〉と同じ日に休暇に入った。姉妹校という理由のほかに、安全面も考慮したのだろう。さすがの空強盗も邪悪な天才養成学校の防衛力と一戦を交える気はないはずだ。しかも生徒たちの背後には、高位で強大な権力を持つ保護者がついている。〈マドモアゼル・ジェラルディン校〉は町の上空低く浮かび、〈バンソン校〉の壁から四、五百メートル離れた場所に錨《いかり》をおろした――具体的には雑木林に数本の係留ロープを結びつけた。午前十時ごろゆえ、下船にナイオール大尉とガラスのプラットフォームは使えない。かといって縄ばしごを伝って下りるとも思えない。となれば、もっと上品な下船方法があるはずだ。ソフロニアは胸をおどらせた。いよいよ階段が見られるかもしれない。

ソフロニアたち新入生は必要最低限のものだけを荷物に詰めた。家に帰れば、ドレスがぎっしり詰まった衣装だんすと買い物ツアーが待っている。新入生が上級生とともに校舎中央の大デッキに出ると、たちまち広いデッキはさんざめく少女と広がったスカートととりどりの派手な装飾品で埋めつくされた。しかもそれぞれが帽子箱や旅行かばん、小荷物を抱えている。ソフロニアは人混みをかき分けてデッキの最前列に進み出ると、校舎が地上すれすれまで下降し、中央デッキの下から長い自動階段を下ろすのを興味ぶかく見つめた。どんなしくみだろうと手すりから落ちそうなほど身体を折り曲げてのぞきこむと、三人の煤《すす》っ子がクランクをまわしているのが見えた。ソフロニアは三人に小さく手を振った。

両校のあいだに広がる灰色のまだらな荒れ地では、何台もの馬車が生徒たちを待っていた。子どもの帰りを待ちわびる両親が乗った馬車もあるが、大半は迎えを命じられた使用人たちだ。生徒を十数名ほどまとめて最寄りの列車の駅まで運ぶためとおぼしき、四頭立ての大型馬車も見える。

ソフロニアは首を伸ばし、馬車の扉に描かれたテミニック家の紋章——戦場に立つハリネズミ——を探したが、双眼鏡を使ってもどこにも見あたらない。この双眼鏡は妨害器を返したときに、ビエーヴがせめてもの代わりとして半永久的に貸してくれた。〝正直なところ〟——ビエーヴは言った——〝これから二週間、この船で一人寂しく暮らすにはどうしても妨害器が必要なんだ。だから、ほら、代わりにこれを貸してあげる〟

「ミス・テミニック、なんて格好なの、下がりなさい！」集団の向こう側からレディ・リネットの声がひびきわたった。

ソフロニアが手すりから離れると同時に蒸気がしゅっと噴き出し、がちゃんという音とともにまさにソフロニアがつかまっていた手すりが折れ曲がり、目の前に長くて立派な〝階段とはしごの融合体〟とでもいうべきものが現われた。

それは女生徒たち――とくに新入生――にとってはなんとも難度の高い装置だった。なにしろ上下左右に揺れる階段を、旅行かばんを抱えつつ正しい姿勢で下りなければならないのだから。それでも全員が――あのアガサでさえ――転落することなく下りきった。

無事、地面に降り立ち、華やかな迎えの馬車のあいだをひとしきりうろついたあと、ようやくソフロニアは目当ての馬車を見つけた。

「ここです、ミス・ソフロニア！」仲よしの馬番ロジャーが立ち上がり、農場用のポニーがつながれた荷馬車から手を振った。ああ、なんてこと――これから八十キロ近い道のりを荷馬車で移動するの？　雨が降ったらどうするの？

しかし、心やさしいディミティは非難がましいことはひとことも言わず、震える声でこう言った――〝そんなに長い距離を屋根なしの乗り物で移動するなんてわくわくするわ〟

「あなたがミス・ディミティ？」と、ロジャー。「ミス・パルースも連れてくるよう仰せつかってます。おられますか？」

「あら、そうなの？　その話は忘れてくれない、ロジャー？」ソフロニアが期待をこめてたずねた。

「そんなことしたら暇を出されちまいます。奥様からしっかり言いつかったんですから」

そこへ背後からモニクが近づき、わざとらしい大声で言った。「あなたのお母様はそんなものを迎えによこしたの？　舞踏会の招待客の迎えに？　そんな荷馬車で一日じゅう移動しなきゃならないなんて！」

「あなたが勝手に来たがったんじゃない、モニク。嫌なら自分専用の馬車を頼めばよかったのよ。うちの馬車は街から来るもっと大事なお客様を駅に迎えに行ったんだと思うわ」

モニクは言葉に詰まり、さんざん騒ぎたててからようやくロジャーの手を借りて荷馬車に乗りこみ、これみよがしに全員に背を向けて座った。

双眼鏡を校舎に向けると、前方区のいちばん下のハッチから小さな顔がふたつ――ひとつは黒く、もうひとつは薄汚れた子ども――がのぞいているのがかろうじて見えた。二人とも必死に腕を振りまわしている。ソープとビエーヴらしい見送りかただ。向こうからは人混みにまぎれて見えないとわかっていたが、ソフロニアは力いっぱい手を振りかえした。

校舎の背後に双眼鏡を向けると、数個の小さな点がしだいに近づいてくるのが見えた。空強盗に違いない。

「準備はいいですか、お嬢様？」

「いいわよ、ロジャー」

ディミティが叫んだ。「待って。忘れてた！　ピルオーバー。あの子も連れていってい い？　ママはあの子の迎えを忘れてるかもしれないわ。ママは邪悪になるとすごく忘れっぽくなるの」

ソフロニアは肩をすくめた。「ピルオーバーは小柄よ。いいでしょ、ロジャー？」

ロジャーは陽気に答えた。「奥様には全員を連れてくるよう言われました。余分に連れてくるなとは言われてません」

ディミティは弟を探して人混みを見わたした。「ああ、あの厄介者はどこ？」

「〈ピストンズ〉を探してみたら？」と、ソフロニア。

「あら、ピルオーバーは会員じゃないわ。そんなにかっこよくないもの」

「かっこいいという意味で言ったんじゃないけど。ほら！」ソフロニアが人混みの端にけだるそうな姿勢で立つ陰鬱な雰囲気の少年たちを指さした。全員が茶色と黒の服に身を包み、髪をたっぷりのポマードで後ろになでつけ、正式なシルクハットをかぶっている――まだ社交の場に出る歳でもなければ、お茶の時間でもないのに。

「いったい何様のつもり？」と、ソフロニア。

「〈ピストンズ〉のつもりじゃない？」と、ディミティ。

少年たちはみなシルクハットに真鍮色のリボンを巻き、ベストに歯車をつけていた。伊《だ》達《て》ゴーグルらしきものを帽子のつばに載せている者もいる。全員が乗馬ブーツをはいているが、あたりに鞍をつけた馬は一頭もいない。

ソフロニアはぎょっとした。「なんだか化粧してる子がいない？」

「目のまわりにコール墨を塗ってるのよ」と、ディミティ。

「ロジャー、あの男の子たちが立ってる場所まで行ってくれない？」

「あのなよなよ集団のところに？」

「本人たちの前では言わないほうがいいわ」

ロジャーは嫌悪感もあらわにポニーを〈ピストンズ〉に向かわせた。

たしかにピルオーバーは一団の中心にいた。ぶかぶかのオイルコートに古びた山高帽という格好で小型トランクの上に座り、周囲の少年たちが動物園のエミューでも見るようにからかうのを無視して薄汚れた本を読んでいる。

少年たちは女の子を乗せた荷馬車がそばに近づいたとたん、さっと態度を変えた。

「ディングルプループス卿？」ディミティがやけに気取って言った。「わたしの弟に何かご用？」

赤毛でひょろりとした細いあごの若者がディミティに向かって帽子を取り、しらじらしくほほえんだ。「ちょっとふざけていただけです、ミス・プラムレイ＝テインモット」

荷馬車を振り返ったディングルプループス卿は一瞬ソフロニアに目を奪われ——ソフロ

ニアは少しもたじろがず、実にレディらしくない態度で正面から見返した——それからモニクに目を移した。モニクは年下の男性を前にした年上の女性らしく、〈ピストンズ〉などいないかのように前方の道をじっと見つめている。きれいな顔立ちと細い首を強調するポーズだ。

ソフロニアはピルオーバーが〈ピストンズ〉のことをどう言っていたかを思い出した。〝嫌味なやつら〟。とはいえ、なかには——しゃくだけど——ハンサムもいた。ソフロニアは、黒髪で、青白い顔にすねたような唇の、生意気そうな男の子とちらっと視線を交わした。目が合ったとたん、少年は野生動物のようにさっと目をそらした。きれいな子だ。ぎごちない雰囲気はどことなくナイオール大尉を思わせた。もしかしてあの子はゴシップ紙によく書いてある〝人狼の餌〟？　ソフロニアは誰にも話しかけなかった。なにしろまだ紹介もされていない。代わりにピルオーバーにとびきりの笑顔を向けた。

ソフロニアの笑顔には——本人は気づかず、その使いかたを学ぶ必要は大いにあったが——ほかの誰にもない魅力があった。毎朝、鏡に映る顔はそこそこで、決して身震いするほど美しくはないが、ソフロニアが心から笑うと、表情は生き生きと輝き、驚くほどきれいに見える。モニクがソフロニアを目の敵《かたき》にする理由のひとつだ。

ソフロニアの笑顔にピルオーバーは本を閉じてにっこり笑い返した。不安の裏返しだった険しい表情もたちまち消えた。

「あなたも舞踏会に行く、ミスター・プラムレイ＝テインモット？」

「舞踏会？　まあ、行ってもいいけど」ピルオーバーがトランクからすべりおりるのを見てロジャーが御者席から飛び降り、乗りこむのに手を貸した。

「舞踏会？」〈ピストンズ〉の一人が興味を示した。「舞踏会はぼくたちも大好きだ」

ディミティが〈ピストンズ〉にとびきり高慢な視線を向けた。「そうね、でも舞踏会はあなたたちのことが好きかしら？」

「いまの、どういう意味？」ソフロニアがディミティにささやいた。

荷馬車に乗りこんだピルオーバーは新たな状況にすっかり気をよくした。まるで最初から姉と二人の女の子が荷馬車で迎えにくるとわかっていたかのような余裕の表情だ。

「意味はないわ」動きはじめた荷馬車のなかでディミティが言った。「でも、そう返すのがいいように思えたのよ」

荷馬車が走りだして十分ほどしたころ、本を読むふりをしていたピルオーバーがようやくたずねた。「これからどこに行くの？」

「あたしのうちよ」と、ソフロニア。

「ふうん」

旅のすべり出しは上々だった。最初の数時間、ソフロニアとディミティは舞踏会で何をどう着るかについてぺちゃくちゃと、とりとめもなく話しつづけた。ピルオーバーはあきれて目をまわし、女の子のおしゃべりと屋根なし馬車という状況下で可能なかぎり威厳を保とうとした。モニクはそんな同乗者を無視し、ロジャーは目の前の道路に集中している。

ソフロニアは一台の馬車――車高の高いハイフライヤー――がついてきているような気がした。でも距離はずいぶん離れている。きっと行く方向が同じなのだろう。

快適な旅に水をさしたのはバンバースヌートだけだ。ソフロニアはひとしきり考えたあと、メカペットを帽子箱に入れて移動させることにした。旅のおともに小さな石炭のかけらをあたえ、決して箱の内部を煙で汚さない、焦がさない、燃やさないことを厳しく言いつけた。結局バンバースヌートはこの全部をやらかしたが、楽しい旅が台なしになったのはそのせいではなかった。

ソフロニアが異変に気づいたのは、〝舞踏会では真珠とダイヤモンドのどちらが映えるか〟についてディミティと愉快に言い合いながらふと目を上げたときだった。荷物の山を見つめるモニクの青い目が恐怖に凍りついている。モニクの視線はソフロニアが座席の横に置いたペイズリー柄の帽子箱に注がれていた。荷物のなかで、それだけがガタガタと揺れている。

ソフロニアは帽子箱の上にしっかりと手を載せた。

あとから考えると、バンバースヌートはソフロニアに何かを伝えようとしていたらしい。その証拠に、数分後、低木の茂みの向こうから一隻の飛行艇が近づいてくるのが見えた。

「見て」ソフロニアがささやいた。「空強盗よ！」

ディミティが息をのんだ。

ピルオーバーがぱたんと本を閉じた。「こんどは何ごと？」そして二人が指さす先を見て「またかよ」と心底うんざりした口調で言った。

しかし空強盗は、それから長いあいだ距離を保ってついてくるだけだった。荷馬車に近づくべきかどうか、離れた場所からじっくりみきわめるつもりらしい。ポニーが引く荷馬車で空強盗を振りきれるとはとても思えない――ソフロニアは思った。通常、荷馬車が運ぶ荷物の中身を考えると、こんなものをわざわざ襲撃する者はいない。でも、空強盗たちが試作品奪還のためにモニクを追う必要があると判断すれば話は別だ。

前かがみで目の前の道路をにらんでいたロジャーがようやく連れがいることに気づき、ポニーの足を止めた。

「止まらないで」と、ソフロニア。

「えっ？」

「向こうがこのまま何もしかけてこないのなら、予定を遅らせる必要はないわ。ほしいものがあれば近づいてくるはずよ。それまではこのまま進んで。どうやらそれ以外にも連れがいるみたい」ソフロニアが背後の馬車を指さした。

「まあ、そうおっしゃるんなら」ロジャーは〝お嬢様は少し見ないまにずいぶん変わったな――しかもよくないほうに"と言いたげにソフロニアを見返した。ソフロニアはディミティとピルオーバーを振り返った。「今回はどんな防衛手段がある？」

ディミティが手持ちの道具を挙げた。「ハンカチ、扇子、パラソル二本、各種帽子箱、帽子、手袋、それに宝石――できればこれは使いたくないけど」

「前回よりずいぶん進歩したわね」

ディミティがにやりと笑った。「それに使いかたもよくわかってるわ」

ピルオーバーはあきらめ顔でコートの内ポケットに手を入れ、〈邪悪な精密拡大レンズ〉を取り出した。「これならあるけど」

ディミティが期待の目でソフロニアを見た。「それで、どうする？」

ソフロニアは双眼鏡ごしに飛行艇を見た。「敵は三人。こっちは四人。モニクを入れれば五人よ。あたしたちを追ってくるハイフライヤーが空強盗でなければ」

「たぶん〈ピストンズ〉だ」ピルオーバーはうんざりした口調だ。「舞踏会の話をしただろ？やつらは招待されないパーティに行って、パンチにジンを入れたり、スプーンをこっそり失敬したりするのが趣味なんだ。そんな悪ふざけがおしゃれだと思ってる」

「まあ、かっこいいこと」と、ソフロニア。

「ディングルプループス卿は違うわ」ディミティが反論すると、ピルオーバーがむっつりとにらみ返した。

モニクはビロードのショールを巻きつけ、同乗者も〈ピストンズ〉も空強盗もいないかのように周囲の田園風景を見つめている。よほど考えがあるのか、それともソフロニアの対処能力を信用しているのか、たんに興味がないのかのどれかだ。

ソフロニアは計画を声に出して言った。「ロジャーには運転に集中してもらうわ。手もとに飛び道具があるとよかったんだけど」

「でも、まだ実際には何も攻撃されてないわ。レディ・リネットの言葉を思い出して。〝よほどのことがないかぎり、先に手を出してはならない〟」と、ディミティ。

「それを言うなら前回、先にしかけたのはあっちよ」と、ソフロニア。「それに二度も学園をおどしたわ」どうやらモニクは、空強盗が追ってくるだけで攻撃する気はないと知っているようだ。最初のときも、結局それほど深刻な事態にはならなかった。だからといって、今回も空強盗とモニクの茶番につきあうつもりはない。

空強盗はそれから一時間ものあいだ荷馬車を追いつづけ、そのあいだにソフロニアとディミティはじっくり作戦を練った。だが、それも脇の茂みがとぎれ、飛行艇が道路ぞいに係留地点を見つけるまでのことだった。ついに荷馬車に襲う価値があると判断したらしく、午後の大半を使って追跡しつづけた空強盗は飛行艇の高度を下げて係留ロープを木にくくりつけ、飛行艇から飛び降りて荷馬車の前に立ちはだかった。

第十七課　舞踏会での正しい振る舞い

空強盗は、〝余裕の笑みを浮かべて撃鉄を半分起こした状態の拳銃を向ける〟という天地創造以来――少なくとも中世以来――守られてきた紳士的強盗スタイルで近づいた。今回も主な目的は荷物をずたずたにすることらしい。しかし今回の防衛隊は、ただ手をこまねいてはいなかった。二人の空強盗が充分に近づいたところでソフロニアは合図を出し、ディミティとピルオーバーとともに次々に帽子箱を投げつけた。

同時にロジャーがポニーに容赦なくムチを入れ、空強盗めがけて駆けだすと、驚いた二人はあわてて脇に飛びのいた。敵が振り向くまもなく荷馬車は飛行艇の真横に並び、ソフロニアとディミティは勢いよくジャンプして、あっというまにゴンドラに飛び乗った。

空強盗はすぐに退散するつもりだったらしく、係留ロープを小木にゆるくしか結んでいなかった。ソフロニアがロープの端を引っ張るとするりとほどけ、飛行艇はゆらりと浮き上がった。二人の空強盗は飛行艇を奪還すべく、荷馬車襲撃そっちのけで艇体をつかまえようとぴょんぴょん跳びはねながら駆けだした。

しかし、すべてはあとの祭りだ。乗りこんだのが大人の男二人ではなく少女二人だったせいか、それとももともとの構造によるものか、飛行艇はみるみる高度を上げた。ソフロニアとディミティはゴンドラの縁から身を乗り出し、もと追跡者を見下ろしてにやりと笑った。空強盗は銃を放ったが、ソフロニアとディミティはくすっと笑って難なくゴンドラのなかに隠れた。

そのときようやく二人は飛行艇の操縦法を知らないことに気づいた。

「しまった、ピルオーバーも乗せればよかったわ——あれほどの読書家だからこのくらい知ってるんじゃない？」ソフロニアは四隅の気球からぶらさがる大量のひもを見て顔をしかめた。ましてや艇体中央にそそり立つ帆や、その下についているプロペラ用レバーの使いかたがわかるはずもない。

「そうね、でも弟は気球のような実用品にはほとんど興味がないの。ごたいそうな哲学者だから。まったくどこに出しても恥ずかしい子よ」そう言ってディミティはひもの一本を引っ張った。

しかたなく二人は手当たりしだいに引っ張り、どうなるかを実際に確かめることにした。あるひもを引くと、飛行艇は一方方向に回転し、別のを引くと激しく上下した。クモの巣のようにつながったひもを引くと四つの気球の穴が同時に開いて、みるみる下降しはじめ、ソフロニアはあわててひもを放し、下降を食いとめた。

こうして三十分ものあいだぐらぐら揺れながらしくみを確かめた。飛行艇が上下に揺れ、旋回するあいだ、ロジャーとピルオーバーとモニクとポニーは、一定の距離を保ってついてくる〈ピストンズ〉をしたがえ、ガタゴト陽気な旅を続けた。空強盗は飛び上がり、どなりながら道路を離れ、ハリエニシダと農地のあいだをこけつまろびつ、途中で何度も茂みにぶつかりながら——それがアザミなら、なおいい気味だ——田園地帯の上空をゆらゆらとただよう飛行艇を追いかけた。

まぐれあたりか、ついにソフロニアとディミティは帆に風をとらえてぐんぐん速度を上げ、一時間もしないうちに荷馬車に追いついた。ディミティが上から係留ロープを垂らし、なんどか失敗したあと、ようやくピルオーバーがロープをつかんで荷馬車にくくりつけた。結んでしまえば、あとはらくちんだ。二人は飛行艇を荷馬車に引かせ、軽やかに空《くう》を切りながらウートンバセットを抜け、テミニック家の敷地の端にたどりついた。来るべき舞踏会に浮き足だっていた街は、通りを駆け抜ける飛行艇つき荷馬車に目をみはった。我慢づよい性質のポニーは、少し宙に浮かぶ荷馬車を引いていることに気づいてもいないようだ。

庭師と舞踏会用の花を選んでいたテミニック夫人が目を上げたのは、ソフロニアとディミティがはしたない格好でゴンドラの縁から荷馬車に乗り移ろうとしているときだった。飛行艇は何枚ものスカートをはいて乗りこむように作られてはいない。テミニック夫人の顔は、子どもが何人もいて、もはや子どもたちが何をしようと——たとえフィニシング・

スクールから飛行艇で家に帰ってこようと——驚かない母のそれだった。

「いったい学校で何を習ってきたの？」テミニック夫人がつかつかと歩み寄った。「何を持ってきたの？　気球？　まったくこの子ときたら、ソフロニア、次は何を持ってくるつもり？」

「ねえ、母さん、いいでしょ？　お願い」ソフロニアは荷馬車から降りると、優雅に腰を揺らして母親に近づき、完璧なお辞儀をした。「気球はいつだってパーティを盛り上げるわ。お客を乗せて野菜畑を空から案内することもできるし」

「いいかげんにしてちょうだい、ソフロニア！　いったい誰が操縦するの？　今夜は厳粛なお祝いよ、カーニバルじゃないのよ！」テミニック夫人は、大きなカゴを抱えて使用人通用口に現われた八百屋の少年に声をかけた。「どうするかはフローブリッチャーにきいてちょうだい」続いてパン屋の少年、チーズ店の少年、果物商の少年が現われ、全員が同じように、いらだたしげでそっけない指示を受けた。

テミニック夫人が末娘に注意を戻したとき、すでにソフロニアはポニーと荷馬車と気球を片づけるようロジャーを追い立てていた。「さしあたり馬小屋に置いといてくれる？」

ロジャーが〝馬小屋に飛行艇が入るはずがない〟と言いたげな表情を浮かべた。

「無理なら納屋でもいいわ」と、ソフロニア。

「ああ、ソフロニア、あんな大きなものをどうやって入れるというの？」テミニック夫人の両手がわなわなと震えた。

「ロジャーがなんとかするわ」ソフロニアは二人の弟の歓声に負けないよう声を張り上げた。その場に居合わせた弟たちは、ソフロニアの到着より気球の到着のほうにはるかに興奮している。「母さん、お願いだからあの子たちに触らせないで！　壊されたら困るわ」

「さあさあ、あなたたち、騒がないで」

ソフロニアはロジャーが首尾よく飛行艇を片づけ、弟たちが致命的いたずらをしないことを祈った。「そうだ、母さん、友だちを紹介するわ」

そこでテミニック夫人は礼儀を思い出し、あわただしい舞踏会準備の手を止めた。「ああ、そうね、そうだったわ」

「こちらはディミティ・プラムレイ＝テインモットと弟のピルオーバー。あちらはモニク・ド・パルース。モニクはあたしじゃなくて母さんが招待したんでしょ？」

「まあ、あなたがミス・パルース！　お父様には夫が仕事でいつもお世話になって。よくいらっしゃいましたわ。ソフロニア、ミス・パルースが旅の汚れを落とせるようになかへ案内してあげて。あ、もちろんあなたの小さなお友だちもよく来てくれたわね」

モニクは顔が隠れるようボンネットを深くかぶったままお辞儀した。前回マドモアゼル・ジェラルディンを名乗った女性だとばれなかったところを見ると、作戦は成功したようだ。テミニック夫人はおざなりな笑みを浮かべただけで、そそくさと立ち去った。

ソフロニアは小走りで母親を追いかけた。「母さん、あたしの警告、受け取った？」

「警告？　警告ってなんのこと？　ああ、あの変な手紙？　ええ、でも空強盗なんてただの作り話よ」

「もう、母さんったら！　作り話なんかじゃないわ。あたしがどこで飛行艇を手に入れたと思う？」

「ええと、それは、その……どこかでしょ」テミニック夫人はそっけなく手を振り、配達リストに注意を戻した。「あら、菓子屋の少年はどこ？　スミレの砂糖漬けを三ダースとシトロン皮の砂糖漬けをふた袋頼んだんだけど？　今夜はあれがなければ始まらないわ」

「でも母さん、それより大変なことになるかもしれないの。ピクルマンがやってくるかもしれないのよ」

テミニック夫人は笑いとショックの入り混じった小さなあえぎをもらした。「ねえ、ソフロニア、どうしてあなたはかわいい頭をそんなくだらないことで悩ませるの？　そんなことは父さんにまかせておきなさい。ピクルマンがこんな田舎のしけた舞踏会に現われるはずないでしょ？　さあ、もういい？　まだやらなければならないことがたくさんあるの。あなたは小さなお友だちと一緒に服を着替えてらっしゃい」

母親に相手にされなくてもソフロニアは驚かなかった。がっかりはしたが、驚きはしなかった。そうとなればすべて自力でなんとかすればいい。ソフロニアは身をひるがえし、ピルオーバーとディミティが忠実な小型プードルよろしく険しい顔でモニクをはさんで見張っている場所に駆け戻った。そうしてバンバースヌートを入れた帽子箱をつかむと、召使に残りの荷物を運ぶように頼み、先頭に立って最上階の子ども部屋に向かった。ここに脱出路がないことは経験上よく知っている。それでも念のために見張り役のピルオーバーを廊下に立たせ、三人の女の子は一緒に――モニクは文句を言いながら――顔を洗って舞踏会のために着替えた。

ソフロニアは手持ちの服を見て途方に暮れた。数カ月、家を留守にしたあいだに、それまで着ていたよそいきドレス――もともとあまり数はない――がどれも小さくなっていた。といっても、舞踏会にふさわしいりっぱなドレスがほしいのではない。公《おおやけ》の場にふさわしいドレスにはいろいろと便利な機能があるからだ――ましてや行方知れずの試作品を探すという任務があるときには。ソフロニアはモニクをプラムレイ=テインモット姉弟の監視下にあずけ、姉たちを探しにいった。

ほかの姉たちの姿はまだなく、いたのはペチュニアだけだった。

ペチュニアはまさに天国にいた――もし天国が華やかなリボンとフリルのついたピンクの薄絹《チュール》の舞踏会ドレスを着て、そばにくすくす笑う親友たちがいることならば。ペチュニアは厄介者の末の妹を見て顔をしかめた。

「あら、ソフロニア、戻ったの?」

「母さんが戻ってもいいって」

ペチュニアは値踏みするように妹を見た。「礼儀《フィニッシュ》を身につけたようには見えないけど」

ソフロニアは覚えたてのお辞儀を披露した。「心配しないで、必要なことはずいぶん覚えたわ」それから姉を見上げ、真面目くさった口調で言った。「とてもすてきよ、ペチュニア」本当はイチゴのメレンゲのようだと思ったが、今回は学校で習ったことをできるだけためす場だ。ペチュニアは実験台にすぎない。

ペチュニアと友人たち——全員がそろいもそろって巻き髪とリボンづくし——はうまい言葉にだまされまいと顔をこわばらせた。

「まあ、そういうことなら、あなたの帰りを歓迎するわ」

「それでね、ペチュニア、母さんはあたしが成長期なのを忘れたみたいなの。ドレスを一枚、貸してくれない？」

ペチュニアもそこまで意地悪ではない。「ええ、いいわよ。あなたには昨シーズンのドレスで充分ね。コルセットに詰め物が必要かもしれないけど。ちょっと待って、よく見せて……あら、必要なさそうだわ。まあ、本当に大きくなってる！」

ペチュニアは衣装だんすをごそごそ探し、スカートが大きく広がった、安っぽい生地の、白いレースがこれでもかとついた青いドレスを取り出した。

「どうもありがとう、ペチュニア！」ペチュニアは急ぎ足で立ち去った妹の変わりようを困惑気味に見ていたが、すぐに舞踏会の興奮と〝頬紅をかすかに載せる〟という重大事に気を取られた。

子ども部屋では淡い金色の優雅なドレスを着たモニクが部屋の隅でやきもきし、ディミティが興味なさそうな弟に装飾品のさまざまな利点を説明していた。

「まあ、なんてすてきなドレス！」大きくふくらんだスカートが好きなディミティが声を上げた。ディミティの今夜のドレスは深紫色で、この年齢の少女にはまったく似合わない。首に幾重にも巻いた真珠のネックレスが似合わないのは言うまでもなかった。

モニクが思わず声を上げた。「それって昨シーズンのデザインじゃない！」

ソフロニアがうなずいた。「そうなの、でもこれでもましよ。母さんはあたしのドレスを頼むのを忘れてたの。正直なところ、あたしが本当に舞踏会に出席できるとは思ってなかったみたい。これで充分よ」

「デビュー舞踏会に借りもののドレスで出るなんて、しかも昨、、、シーズンの！」モニクはあまりのみっともなさに首を振った。

身体をねじってドレスを着てみるとサイズはぴったりで、流行遅れのデザインもあまり気にならなくなった。ディミティに背中のボタンをとめてもらうあいだソフロニアはしばし考え、案外、役に立つかもしれないとバンバースヌートを抱え上げた。

「メカアニマルは装飾品じゃないのよ」ディミティがたしなめた。

その言葉にソフロニアはひらめいた。まずバンバースヌートのソーセージのような細長い身体をビロードのスカーフで包み、小さな顔と脚とチクタク動くしっぽだけが出るようレースで結び、四本の脚をレースでおおってリボン結びにした。さらに別のレースを首としっぽにつけると、真鍮製の頭がついた犬型小物バッグの完成だ。

「まあ、すてき！　ものすごくおしゃれで、なんだかイタリアふうね！」と、ディミティ。

ソフロニアはバンバースヌートを肩から掛け、これから三時間はもがかず、蒸気を吐かず、灰を出さないよう言いつけた。バンバースヌートはことの重大さを理解したかのようにゆっくりとしっぽを振った。

ソフロニアとディミティ、そしてどこから取り出したのか身体にぴったりのスーツを着たピルオーバーはモニクにへばりついていた。準備の邪魔にならないよう表の応接間で軽い食事を取り、お茶を飲んでいるうちに日が沈み、招待客が到着しはじめても、モニクが動くまで誰も動こうとはしなかった。モニクも会がかなり進むまでどの輪にも加わろうとはしなかった。舞踏会で早々に手持ちぶさたになることほど耐えがたいものはない！　ようやくモニクが衣ずれの音をさせて立ち上がると、ディミティ、ソフロニア、ピルオーバーも立ち上がった。

ピルオーバーは――その身長差にもめげず――堂々とソフロニアに腕を出した。ソフロニアがうやうやしく腕を取ると、ピルオーバーは葬儀屋なみの厳粛さでエスコート役を務めた。そのあとにモニク・ド・パルース、ディミティが続いた。ディミティは目を細め、モニクだけをにらんでいる。そのモニクが今まさに、きらびやかなファッションと魅惑的な光りものであふれかえる舞踏室に入ろうとしていた。

ピルオーバーとソフロニアの到着は告げられなかったが、モニクの名は告げられ、すべるように入ってきた姿に全員が注目した。そして誰もが息をのんだ。たしかにモニクは美しく、かわいそうに主役のペチュニアよりはるかに輝いていた。たちまち紳士たちがダンスの申しこみに押し寄せ、ペチュニアの目に涙があふれた。やはり到着を告げられなかったディミティは群がる紳士たちの脇を抜けて舞踏室に入り、ピルオーバーとソフロニアに合流した。そうして三人は宿敵モニクを取りかこむ男性陣の周囲をうろつきはじめた。

モニクがダンスを踊るときは、ソフロニアとディミティも交替で踊った。二人とも舞踏会で自分の弟と踊るのが——それを言うなら友だちの弟と踊るのが——みじめなことくらいわかっている。ディミティは顔を赤らめ、足を引きずるようにいやいや踊っていたが、ソフロニアはすぐにこの新たな訓練に夢中になった。獲物を追うスリルに比べれば、人の目などまったく気にならなかった。モニクがパンチを飲めば、ソフロニアもパンチを飲み、ディミティと内緒話をするふりをした。ディミティは周囲の宝石に目を奪われ、ピルオーバーは食べ物を取りに行くのに忙しかったが、ソフロニアはモニクとその崇拝者のことしか頭になく、自分とディミティにおずおずと近づいてくる若者たちにはまったく気づかなかった。丸顔でいかにも感じのいいディミティは——明るい笑みとハチミツ色の髪も相まって——陽気で人好きのする印象だ。かたや、くすんだ茶色の髪のソフロニアは、フィニシング・スクールの教育のせいでそこはかとなく謎めいた雰囲気と静かな自信を感じさせた。しかも見たこともないような犬型の小物バッグを提げている。これには〝来年の夏に大流行するかも〟という声さえささやかれた。

若者の一人——華奢なあごの赤毛の貴族——は、ディミティが自分ではなく金髪女性ばかり見ていることに気づき、さほどがっかりしたふうもなく立ち去った。いっぽう、青白い顔にすねた表情を浮かべた黒髪の少年は、長いあいだソフロニアの気を引こうと機会をうかがっていた——ソフロニアの関心が別のところにあってもかまわないというように。

ようやくソフロニアは視界の隅でしっかりとモニクをとらえつつ、黒髪の少年に気づいた。「ディミティ、ピルオーバーの言うとおり、姉のパーティは〈ピストンズ〉に乗っ取られたみたい。すでに二人、見かけたわ」

「あら、ディングルプループス卿もいた？」

ソフロニアが食べ物の並ぶテーブルにあごをしゃくると同時に、黒髪の少年が真横に忍びより、ソフロニアの手を握った。

「踊らない？」

ソフロニアは少年の大胆な誘いと、急に真横に近づかれたことに驚き、うっかりカドリーユを踊るはめになった。紹介もされていない、しかも〈ピストンズ〉の一員と！　よくもいちどにこんなにたくさんの無礼を働けるものだわ！　そう思いながらソフロニアは自分自身にも驚いた。身体が勝手に――意識の半分をすね顔のパートナー、もう半分をモニクに向けながらも――カドリーユの完璧なステップを踏んでいたからだ。これぞマドモアゼル・ジェラルディンの訓練の賜《たまもの》だ。

そのとき会場のどこかで騒ぐ声がした。見ると、フラスコのなかみをパンチボウルに注ごうとするディングルプループス卿をピルオーバーが阻止しようとしている。黒髪のパートナーはソフロニアが騒ぎに気を取られたのに気づき、ダンスに注意を戻そうとしたが、ソフロニアはいぶかしげに目を細めてダンスから離れた。黒髪の少年にこんな冷たいしうちをする理由はないが、騒ぎを放ってはおけない。

ソフロニアがダンスから抜けたとたん、モニクが会場から逃げ出した。

「見て！」モニクを追いかけようとしたソフロニアがはっと足を止め、ディミティの腕をつかんでささやいた。騒ぎの背後の暗がりのなかで一分の隙もない夜会服を着た年配の紳士がすばやく動いた。緑色のリボンを巻いたシルクハットをかぶっている。

ソフロニアと紳士の目が合った。ソフロニアはびくっとしてすばやくディミティを振り返った。「あなたはここにいて。あの男から目を離さないで。ほら、あそこに見えるでしょ？」

ディミティが息をのんだ。「ピクルマン？」

「そう。モニクはあたしが追うわ」

「わかった！」ディミティは一度だけうなずくと胸をそらせ、身を隠すためにじりじりとパンチボウル騒動に近づいた。

ソフロニアはモニクを追った。モニクは取り巻きのなかから優雅に抜け出し、見目うるわしい男性の腕を取って裏庭に向かってゆく。ソフロニアはできるだけ静かに、距離を保ちながら、両脇にツツジが茂るあまり使われない庭の小道を通ってあとをつけた。かさばるスカートが茂みに当たってこすれたが、足音はまったく聞こえない。ソフロニアはレディ・リネットの教えどおり、子ヤギ革の舞踏シューズをはいて、つま先からかかとの順に注意ぶかく歩いた。土の道は、練習で歩かされた干し藁よりずっと静かだ。

モニクと謎の男はレンガ道を通って木立を抜け、ライラックの大きな茂みに囲まれた東屋にやってきた。東屋にはフジが生い茂り、中央には小鳥用の水盤が据えてある。本物の鳥がいないときにクランクをまわすと小さな盤が回転して造りものの鳥が数羽、上がったり下がったりするタイプで、いまは動いていない。

「さて、ミス・パルース。ウェストミンスターにきみからの伝言が届いた。品物はそこか？」無言で立っていた男がようやく言った。

ウェストミンスター？　モニクは英国議会に雇われてるの？　ソフロニアはライラック

の茂みに身を隠し、向こうから見えないよう、広がる青いスカートを身体のまわりにかきよせながら少しずつ近づいた。

男は目がさめるほどの美男子だった。服も一流で、髪もきちんと整えられ、それがよく似合っている。すぐにソフロニアはブレイスウォープ教授の授業を思い出した。つまり吸血鬼っぽいってこと？　それともたんにめかしこんでるだけ？　両親の話が本当なら、この近くに吸血群はないはずだし、男に牙があるようにも見えない。ソフロニアはもういちど衣服に目を凝らした。たんに身なりのいい政府代表者？　それともドローン？

モニクはあたりをうかがいながら真鍮製の水盤を片足で倒し、台座のくぼみのなかに手を入れて茶色い紙包みを取り出した。こぶしくらいの大きさの、ひもで縛った、なんの変哲もない包みだ。

モニクは包みを小物バッグに入れて上体を起こし、両手をはたいて手袋をはめると、満足そうにほほえみ、腰のフックから小物バッグをはずして男の手の届かない位置にぶらぶらとかかげた。

「最初に支払いをお願いできるかしら？」

伊達男が小さな財布をかかげた。「約束どおり、数カ月の遅れでこうむった迷惑料は差し引かせてもらう」

モニクが唇をゆがめた。「報酬のどれくらい？」

「おやおや、ミス・パルース、レディは金銭のことを露骨にたずねるものではない」

モニクは試作品の入った小物バッグを握ったままあとずさりはじめた。

だが、いくらもいかないうちに緑のリボンを巻いたシルクハットの男が物陰から現われた。「こんばんは、ミス・パルース。わたしの所有物を持っているようだな？」

モニクが新たな敵に顔を向けた。「あら、それはどうかしら？」

「ああ、それともわたしがほしい物と言うべきかな」ピクルマンは伊達男に向かって帽子を取った。「ここでウェストミンスターと会うとは、いやはやうかつだった」

伊達男も帽子を取って挨拶した。「恐縮です、閣下」そう言うや小型拳銃を取り出し、最初にモニク、次にピクルマンに向けた。「さあ、渡してもらおうか、ミス・パルース」

ソフロニアは大きく目を見開き、モニクの手からぶらさがる試作品の入ったバッグを見つめた。重要なのは三人が気を取られているすきにこっそり奪い、人がたくさんいて安全な舞踏室に持ち帰ることだ。誰も大勢の客の前でみっともないまねをしたくはないはず——ピクルマンも、モニクも、ウェストミンスターから来た男も。

そのときピクルマンが笛を口に当て、鋭く鳴らした。その音に、ソフロニアの腰で小物バッグに変身していたバンバースヌートが目を覚まして暴れだした。蒸気を吐き、ドレスのスカートにからまんばかりに短い脚を激しく動かしている。レースひもからぶらさがっていてどこへも行けないのに、とんでもない音を立ててもがきはじめた。

さいわい暴れているのはバンバースヌートだけではなかった。それよりはるかに大きく、はるかにやかましいものが、はるかに大きな騒ぎを起こしていた。シュー、ガチャン、バキッという音とともに巨大メカが茂みをかき分け、テミニック夫人の庭を破壊しながらピクルマンの背後のライラックをなぎ倒し、東屋のそばにぐんぐん迫っていた。

それは人間の背丈ほどもあるブルドッグ型の巨大なメカアニマルだった。耳から煙を吐き、短い四本の脚はカバノキのように太く、大きく開けた口から炎を噴き出している。バンバースヌートと違って、こちらは持ち運べそうもない――何かを破壊するためだけに作られたマシンだ。

ピクルマンが何か小さなものを載せた片手をかかげ、モニクに向かっておどすように投げるふりをした。いまやモニクはメカアニマルと銃を構えた伊達男にはさまれている。宿敵がふたつの脅威に気を取られているあいだにソフロニアはライラックの茂みをすり抜け、モニクの背後にじりじりと近づいた。笛が鳴りやんだとたん、バンバースヌートはおとなしくなった。と、いきなり目の前の茂みががさがさと音を立て、ソフロニアはかろうじて悲鳴を呑みこんだ。

ディミティがひょこっと顔を出した。

「ピルオーバーはどこ?」ソフロニアは声を落としたが、巨大メカアニマルが立てる轟音のおかげで聞かれる心配はなさそうだ。

「〈ピストンズ〉とやり合ってるわ。〝クラバットのようにしっかり縛りつけておく〟って言ってた」あまり信用していない口ぶりだ。「それにしても、いったいあれは何？」

「モニク。怒ったピクルマン。政府から来たらしき伊達男。そして巨大メカアニマルよ」

暗闇のなかでもディミティの顔が青ざめるのが見えた。「あんな巨大なメカアニマルは製造禁止じゃなかった？　しかも軌道もないし。あれって合法なの？」

「ここで起こっていることは何ひとつ合法とは思えないわ」ソフロニアは作戦を考えた。「何か注意を引きつけるものが必要ね。あなたとピルオーバーで〈ピストンズ〉を外におびきだしてバカ騒ぎを起こしてくれない？　バカ騒ぎは彼らの得意技のようだから」

ディミティは鼻にしわを寄せた。「どうしても？　わたし、バカ騒ぎは嫌いなんだけど」

「いまはそれしか思いつかないの。それから今朝チーズ屋が届けたパイをひとつ持ってきてくれる？　ほら、あの茶色い紙に包んであったやつよ。母さんは全部をパーティには出さないわ。チーズパイには目がないから、きっと自分用にいくつか残してるはずよ」

「わかった」ディミティはそれ以上、反論せず、こっそり屋敷に戻っていった。

ソフロニアは目の前のやりとりに注意を戻した。

「そのかわり、きみには……きみの命を提供しよう」ピクルマンが芝居がかった口調でモニクに言った。

銃とメカアニマルにはさまれているのに、モニクは余裕の表情だ。「あなたの長男との婚約というおまけがつくなら考えてもいいわ」

伊達男はモニクがピクルマンと交渉するのが気にくわないらしい。「さあ、ミス・パルース！　われわれとはすでに話がついているはずだ」そう言って銃の撃鉄を起こした。

ピクルマンが笑い声を上げた。「きみがあの子の妻にふさわしくないというつもりはない――たしかにきみは充分ずるがしこく、よく訓練されている。だが、それには応じられない」そう言って手のなかのものをおどすように転がした。あれはブレイスウォープ教授のクロスボウのようなものかもしれない――ソフロニアは思った。きっとあれを投げつけた相手をメカアニマルが攻撃するんだわ。

「戻ってこい、チビ毛虫！」耳をつんざくどなり声に続いて、ヨーデルと叫び声が聞こえた。片手にフラスコを持ったピルオーバーが短い脚を懸命に動かして庭を横切り、ピクルマンとモニクと伊達男とメカアニマルがいる、ライラックに囲まれた東屋のまんなかに転がるようにやってきた。

そこへディミティが息を切らしながらソフロニアのそばに現われ、茶色い紙にくるんだチーズパイを渡した。

「ありがとう」と、ソフロニア。

ピルオーバーの後ろから、ディングルプループス卿と、ソフロニアとカドリーユを踊った黒髪の少年と、別の〈ピストンズ〉の二人が不機嫌そうな顔で、でも追いかけっこを楽しんでいる様子で追ってきた。ディングルプループス卿がピルオーバーに追いつき、あごのあたりをなぐりつけた。ピルオーバーはさっと東屋のまんなかで地面に伏せ、フラスコを抱えて地虫のように身体を丸めた。伊達男は銃口をモニクから少年たちに向け、ピクルマンはいまにもメカアニマルを少年たちにけしかけそうだ。

「あたしの合図でピルオーバーからフラスコを奪って、なかみをメカアニマルに振りかけて、ディミティ」ソフロニアが言った。「あたしは試作品を奪うわ」

ディミティは不安そうに小さくため息をつきながらもうなずいた。

ソフロニアがスカートをたくし上げた。「今よ！」

ディミティがさえずるような鬨《とき》の声を上げて茂みから飛び出し、弟めがけてダイブした。ひらひらのドレスを着た女性がいきなり地面に飛びこんだのを見て〈ピストンズ〉はたじろいだ。

ソフロニアはモニクに駆け寄った。「まあ、モニク、かわいそうに、この殿方たちに失礼なことでもされたの？　付き添いもなく、庭でこんな騒ぎにつきあうことないわ。さあ、なかに戻りましょう。せっかくの舞踏会のいいところを逃してしまうわ」

ソフロニアは取っ組み合う少年たちを避けようとしてわざと大きくよろけ、気を取られた伊達男の手から銃を払い落とした。「あら、ごめんあそばせ。あれえ――きゃあ！」ソフロニアは叫びながら、なおも転ぶふりをしてくるくると回転した——レディ・リネットが見たらさぞ誇りに思うに違いない。

そして今度はモニクにぶつかり、つかまるふりをしながら片手でモニクのドレスの前身ごろを引き破り、下着がたっぷり見えるよう、飾りボタンを引きちぎった。〝これはまぎれもない真実ですが〟——かつてマドモアゼル・ジェラルディンは自分の豊かな胸が何よりの証拠だというように指さして言った——〝レディの注目度は本人の持つ資質の状態や条件や高潔さに大きく左右されます〟

モニクは悲鳴を上げ、剝き出しになったコルセットの上に両手を当てた拍子に小物バッグを落とした。

地面に倒れたソフロニアは上半身をひねりながら小物バッグもろともモニクのふくらんだスカートの下にもぐりこみ、何枚ものペチコートの下に隠れて小物バッグから試作品を取り出すと、さっきディミティから受け取ったばかりのチーズパイの紙包みとすり替えた。

モニクが思いきり脚を蹴り出したとき、すでにソフロニアはスカートの下から転がり出ており、借りものドレスのおかげでたいした衝撃はなかった。スカートの外に出ると、ちょうどディミティがピルオーバーと〈ピストンズ〉からフラスコを奪い、なかの液体を巨大ブルドッグメカの頭にかけているところだった。

モニクは身をかがめて勝ち誇ったように小物バッグを拾い上げ、くるりと背を向けて走り出した。どさくさにまぎれて逃げるつもりらしい。この場で誰よりも冷静だったピクルマンが逃げてゆくモニクめがけて標的球を投げた。そのとたんブルドッグ型メカアニマルがうなりを上げてモニクを追いはじめた。加速するには内蔵ボイラーから四本脚に新たなパワーを送りこまなければならないはずだ。ソフロニアの計画が成功するには、メカアニマルがひとつ余分な火の粉を散らすだけでいい。フラスコのなかみはソフロニアの読みどおり酒——すなわちアルコールだった。つまり、引火しやすい。

メカアニマルに火がついた。テミニック夫人が大事にしているライラックの茂みと、東屋の一部と、燃えるメカアニマルに追われるモニクのドレスの裾にも火がついた。モニクは小道に倒れこみ、地面に転がって火を消しながらオーバードレスの残骸を引き破った。標的球はドレスにくっついていたらしく、モニクが身をよじって金色のドレスを脱ぎすてたあと、メカアニマルが過熱した鋭い歯でドレスをずたずたに引き裂いた。そこへ伊達男とピクルマンが駆けつけた。

〈ピストンズ〉はこの短くも激しい炎の追跡劇と、小柄ながらも怒りに燃えるディミティという新たな脅威の両方を呆気に取られて見つめた。ディミティは何を思ったか、舞踏会での正しい振る舞いに関するマドモアゼル・ジェラルディンのもっとも長い講義を——ディングルプループス卿がいる前で——怒りにかられた独裁者のように指を振り立てながら復唱していた。

ソフロニアは地面に座りこんだまま、試作品の包みをバンバースヌートに食べさせた。バルブはたぶん燃えないはずだが、たとえそうなったとしても悪者の手に渡るよりは灰になったほうがましだ。バンバースヌートは包み紙とひもを焼き払ってなかみをまるごと呑みこむと、蒸気をしゅっと吐き出し、黙考するような表情を浮かべた。金属のお腹のなかで水晶バルブがかちんとぶつかる音がしたが、さいわいあたりはまだ騒がしく、音を聞きつけた者はいなかった。

ソフロニアはバンバースヌート小物バッグを調整しながら立ち上がった。誰もソフロニアには気づかない。〈ピストンズ〉が叫びながらピルオーバーと取っ組み合い、ピルオーバーが負けじとわめき返す横で、ディミティが〝逃げて！〟と叫んだ。東屋がいよいよ炎に包まれ、いまにもくずれ落ちそうだ。東屋から少し離れた小道では半裸状態のモニクが悲鳴を上げながら横たわっている。そこへ燃える巨大メカアニマルがどすんどすんと接近し、ついに片足でペチコートを踏んづけてモニクの動きを封じた。ピクルマンはメカアニマルの火を消そうと自分のコートを打ちつけ、モニクを見下ろすように立つ伊達男は銃を振りまわして試作品を渡せと迫り、試作品がまだ手もとにあると信じているモニクは胸に小物バッグをしっかとつかんでいる。

「おりこうなワンちゃんたちね」ソフロニアは二体のメカアニマルにそっと呼びかけた。さあ、早く試作品を安全な場所に届けなきゃ。いつ伊達男かピクルマンがモニクの小物バッグを奪い、なかみが試作バルブではなくチーズパイであることに気づくかわからない。
取っ組み合う〈ピストンズ〉のなかから、さっきの青白い顔の若者がけだるそうなポーズでソフロニアを見やり、さりげなく頭を振って片目にかかった黒髪をさっと払いのけ、片方の口角を上げてどきっとするような甘い笑みを浮かべた。きっと〝放蕩者〟の訓練中に違いない。

ソフロニアは若者を見て首を振り、屋敷に向かって全力疾走しながらソープお得意のせりふを叫んだ。「ディミティ、ピルオーバー、ずらかれ!」

ソフロニアの指示を理解したピルオーバーはすばしこく身をよじって乱闘から抜け出し、ディミティは熱血講義を中断して走りだした。二人は息を切らしてソフロニアのあとからついてくる。

ソフロニアは小競り合いを闘い抜いたような気分で、ごった返す舞踏室というくらか安全な場所に駆けこんだ。ソフロニアが現われたことには誰も気づかない。ディミティとピルオーバーもすぐにやってきたが、〈ピストンズ〉は現われなかった。ディミティの講義を真面目に聞き入れたのか、それとも燃えさかる東屋のまわりではしゃぎまわっているのか。もしかしたらいつもの押しかけ騒動とは比べものにならないほど恐ろしい事態に居合わせたことにようやく気づき、馬車に逃げ帰ったのかもしれない。

ソフロニアとディミティとピルオーバーは一張羅の服で地面を転げまわったかのように

見えた――事実、そのとおりだ。すばやくおたがいの髪をなでつけ、ハンカチで顔の汚れをぬぐい、泥を払い落とすと、けっこう見られるようになった。ソフロニアに関して言えば、フィニシング・スクールに行く前のみっともない末娘に戻っただけで、たいして恥ずかしくもない。せいぜい会場にいた数人の年配既婚女性からさげすむような視線を浴びただけだ。

相手にされなかった理由のひとつは、舞踏会の主役であるペチュニアが部屋の隅でヒステリーを起こしていたからだ。誰かがペチュニアのパンチにいたずらし、最初は明るい赤色だったのが、いまや沼草のようなどす黒い緑色になっている。テミニック夫人が大麦飲料とレモネードを持ってくるよう命じたが、ペチュニアに言わせればどちらも夏の飲み物で、とんでもなく季節はずれだ。ああ、どうして温めたワインにしてくれないの？

ディミティ、ソフロニア、ピルオーバーは人混みをすり抜けながらバーナクルグース夫人を探した。と言っても実際に探したのはソフロニアだけで、夫人と会ったことのないディミティとピルオーバーは「あの人じゃない？　あの人じゃない？」としつこくたずねるだけだ。

ペチュニアのヒステリーが治まったころ、モニク・ド・パルースが舞踏室に駆けこんできた。モニクの登場に、会場はソフロニアが入ってきたよりはるかに大きくどよめき、全員の視線が、ペチュニアと変色したパンチからこの新たな見せ物に移った。

ミス・パルースはどうみても、その場にふさわしくなかった。ドレスは跡形もなく、焦げてぼろぼろになった下着姿で、まさに怒髪天を衝くがごとき形相で立っている。

背後の庭の暗がりのなかで伊達男とピクルマンがこっそり立ち去るのが見えた。二人がまともな考えの持ち主なら――つまり、誰かが試作品を盗んでもはやモニクの手もとにはないと信じたならば――〈ピストンズ〉の誰かが持ち逃げしたと思うはずだ。

モニクは、しかし、試作品を盗んだのが誰かよくわかっていた。髪を振り乱し、目をぎらつかせ、ずたずたのアンダースカートを身体のまわりになびかせたモニクは、官能的な古代神話から出てきた美しき復讐の女神のようだ。モニクは怒りをたぎらせ、舞踏室をつかつかと横切り、おざなりなワルツの輪にまっすぐ割りこんだ。

ソフロニアは気づかないふりをした。群衆が分かれて道を空けた。いつもと何も変わらないように振る舞うのよ――ソフロニアは自分に言い聞かせた。みんながほしがる発明品をおもちゃの小物バッグに隠すくらい、日常茶飯事だとでもいうように。

モニクは六歩か七歩ほど離れた場所で立ちどまり、手を腰に当て、純然たる怒りの叫びを上げながらソフロニアの頭にチーズパイを投げつけた。

ペチュニア・テミニックの社交界デビュー舞踏会は出席者全員から絶賛された。きわめて酔いのまわるパンチ、さまざまなダンス、いい音楽、そして幕間の余興。なぜ美貌のミス・パルースが服を脱いで庭を転げまわり、テミニック家の末娘にチーズパイを投げつけたあと、大泣きして舞踏室から連れ出されたのかを知る者は誰もいなかったが、この一幕は間違いなく楽しい夕べのハイライトだった。

パイまみれで部屋から連れ出されたソフロニアは、腹立たしげに舌打ちする母親に奇妙なお願いをした。

「母さん。どうしてもいますぐバーナクルグース夫人と話がしたいの。舞踏会のあいだじゅう探してたんだけど、来てないの？」

テミニック夫人にとってはさんざんな夜だった。長女はかんしゃくを起こし、飲み物はめちゃめちゃになり、ついには無作法と説明不能なパイ投げによってとどめを刺された。これ以上ソフロニアのわけのわからない頼みごとで恥の上塗りをする気はない。

「ああ、ソフロニア、どうしてそんなに手を焼かせるの？」

「お願いだから今回だけ。来てるんでしょ？」

テミニック夫人はそっけなく片手を振った。「表の応接間に引き上げてるはずよ。できることなら母さんもそうしたいわ。行きなさい――そこまで言うのなら」そう言って一瞬うらめしそうな表情を浮かべ、チーズパイの残骸を片づけさせるべくフロープリッチャーを探しに力なく歩き去った。

さいわい応接間では、バーナクルグース夫人が表の窓ごしに客の往来を見ながら一人で紅茶を飲んでいた。ソフロニアがなかに入ると、夫人が目を上げた。

「あら、ミス・ソフロニア？　どうしたの？　チーズとタマネギまみれで。フィニシング・スクールで何を学んできたの？」

「おかげさまでいろんなことを学びました」

「とてもそうは見えないけど」

「そのなかにはあなたに関することもありました」

「なんですって、お嬢さん？」

「気取った挨拶で話をそらしてる場合じゃありません、ミセス・バーナクルグース。もちろん、〈上品なはぐらかし術〉の授業を忘れたわけじゃありませんけど。いまごろモニクはあたしが持ち逃げしたことに気づいています。もしくはピクルマンが。あるいはウェストミンスターから来た男が。あなたにはその仮の姿をつらぬいてもらわなきゃならないんです」

ソフロニアは目の前のぽっちゃりした女性に近づいた。今夜のバーナクルグース夫人は、スカートのひだにピンクのバラを刺繍し、首と袖まわりにピンクの房飾りをたっぷりあしらった漆黒のタンブール織のドレスを着ていた。バーナクルグース夫人の半分の歳くらいの、あまり身持ちのよくない若い未亡人が好みそうなドレスだ。ミセス・バーナクルグースはこのとんでもない身なりで世間の目をごまかしている。みごとな戦略だ。

バーナクルグース夫人は、ソフロニアがスコットランドのタータンを身につけてアイリッシュ・ジグを踊りだしたかのように驚いて見返した。

ソフロニアは夫人にバンバースヌート小物バッグを差し出した。「このメカアニマルをあずかってください。さっき、この子にみんながほしがっている例のものを食べさせました。じきに、その……出すはずです。そうなったら、ここをすぐに離れてください。そしてそれをレディ・リネットか、しかるべき人に渡してください。あなたの分別を信じています。気をつけてください――飛行艇をあやつる空強盗も、ピクルマンも、おそらく政府や吸血鬼も、みなほしがっています」

バーナクルグース夫人はいぶかしげに目を細めた。「なんのことか、さっぱりわからないわ」

「ええ、そうかもしれません。でもこれは別のフィニシングに関することなんです」

「なるほど」バーナクルグース夫人はソフロニアを値踏みするように見た。「つまり、そのチーズはこれを手に入れた代償というわけ？」

「そうです」

「あなたも少しは学んでいるようね」バーナクルグース夫人は態度をやわらげ、満足そうな表情を浮かべた。

「ええ、ミセス・バーナクルグース、たくさんのことを学んでいます。あたしを学園に推薦してくださって感謝します」

「それはよかったわ。あなたにぴったりだと思ったのよ」バーナクルグース夫人はうれしさに今にも顔を赤らめそうに見えた。

「見る目があるんですね、ミセス・バーナクルグース」ミセス・バーナクルグースはあたしを学園に推薦した見識をほめてもらいたかっただけだ。どうして今までそのことに気づかなかったのだろう? これも新しい教育の賜《たまもの》であることにソフロニアはまだ気づいていなかった。他人の評価を信じる女性の多くは、好意的な評価だけを信じるものだ。

バーナクルグース夫人がソフロニアに笑いかけた。

ソフロニアがレディ・リネット言うところの〝勝利の笑み〟を浮かべて小物バッグにうなずくと、バーナクルグース夫人は珍妙なバッグを受け取り、たっぷりしたスカートの裾の下に差しこんだ。

「すべてわたくしにまかせてちょうだい」

ソフロニアがお辞儀をした。

バーナクルグース夫人は満足そうにうなずいた。「実にすばらしい教育です」

ソフロニアはもういちどお辞儀して応接間を出ると、ドレスを着替えるために階段を駆けのぼった。しばらく舞踏会から逃れるのに、これほど格好の理由はない。

ソフロニアは姉のドレスをもう一枚、失敬し――いずれにせよペチュニアの夜は台なしだ——メイドの手を借りずにできるだけ自分で身なりを整え、留められなかった背中のボタンはショールをはおってごまかした。ドレスは赤紫色の飾りのついた、手のこんだ灰緑色で、ソフロニアの肌の色にはまったく合わない。でも、とりあえずはこれで充分だ。

その晩、それ以降はたいした盛り上がりもなく過ぎた。結局、ピクルマンも政府の伊達男も〈ピストンズ〉も戻ってこなかった。二人の男が〈ピストンズ〉を追いかけ、どんちゃん騒ぎが好きなやんちゃな若者集団がよろこんで引きずりまわすところを見られるかと思ったのに、残念だ。バーナクルグース夫人は上品なレディにふさわしく早々に口実を作って立ち去り、誰も——目を光らせていたディミティでさえ——この上品なレディがハンドバッグの代わりにメカダックスフントを抱えていたことに気づかなかった。ペチュニアは夜更けまで次々に相手を変えて踊りつづけた。頭ひとつ背の低いピルオーバーは、下手なりに厳粛な顔でソフロニアとディミティと踊った。レモネードはパンチよりおいしいと評判で、とっておきのチーズパイがなくなったことにはまったく気づかれなかった。

舞踏会が終わるまでいちばん上等の客用寝室で過ごしたモニク・ド・パルースは、どうしても早朝に馬車を呼んでほしいと言い張った。仕事の関係上、大いに憂慮したテミニック氏は早朝のロンドン行き急行にまにあうよう、自分の馬車を貸し出した。

焼け落ちた東屋と押しつぶされたライラックの茂みを見たテミニック夫人は、頭から末娘のせいと決めつけ、したがってフィニシング・スクールの教育はまだまだ必要で、とても家に戻れる状態ではないと宣言した。たしかに前よりは上品で、礼儀も身につき、身なりもよくなったが、チーズパイまみれになったことに変わりはない。どうみても〈マドモアゼル・ジェラルディン校〉にはまだやるべき教育があるし、学校側がこのままあずかってくれるのならば、末娘を手放すのになんの異存もなかった。

ソフロニアは休暇後も学校に戻されることにショックを受けたふりをしたが、内心うれしかった。そして前回よりはるかに慎重に荷造りをした。母親が〝持っていきなさい〟としつこく言い、ディミティがたやすく〝仕立てなおせるから〟と請け負ったお下がりドレスのあいだに、乗馬用ムチ、耳つきボルト三個、小型解剖ナイフを忍びこませた。問題は飛行艇だ。どう考えても学校に置く場所はない——煤っ子たちに頼めばどうにかなるかもしれないけれど。結局ソフロニアとディミティは気球の空気を抜いて帆を下ろし、残りのゴンドラとマストを新しい東屋の屋根飾りに使うよう大工を説き伏せた。こうして飛行艇は姿を変え、誰の目にも見える場所に置かれることになった。

ディミティとピルオーバーは冬休みを丸々テミニック家で過ごした。テミニック家は子だくさんだ。母さんは二人増えていることに気づいていなかったのもしれない。テミニック夫人はペチュニアのロンドン社交界デビューの準備で頭がいっぱいだった。というのも田舎のささやかな舞踏会が大いに注目を集め、《モーニングポスト》紙にまで書かれたからだ。末娘の荷物を詰め、おまけでついてきた友だちとともに学校に送り返す段になってテミニック夫人はほっとした。テミニック夫人はいまも〈良家の子女のためのマドモアゼル・ジェラルディン・フィニシング・アカデミー〉が高名なフィニシング・スクールで、ソフロニアの目に余る欠点を直してくれると信じている。

知らぬが仏《ほとけ》とはこのことだ。

〈マドモアゼル・ジェラルディン校〉に戻ったソフロニアは、試作品が無事〈バンソン校〉に届き、すでに再生産が行なわれていることを知った。さらにソフロニアの成績表には大成功を収めた〈仮装大作戦〉に関する賞賛が——非公式ながら——記入され、居間ではお尻に紙切れを留めたバンバースヌートがおとなしく待っていた。

紙切れにはこうあった。〝次はもっと上品な輸送手段を使うこと。イブニング・ドレスは灰だらけ。敬具。B夫人〟

ソフロニアはメカアニマルの頭を軽く叩いた。「よくやったわね、バンバースヌート」

バンバースヌートは満足そうに蒸気を吐き、メカしっぽを振った——チクタク、チクタク。

訳者あとがき

〝正しいお辞儀のしかたを学ぶのと、正しいお辞儀をしながらナイフの投げかたを学ぶのとはまったくの別物です。フィニシング・スクールへようこそ〟

デビュー作〈英国パラソル奇譚〉アレクシア女史シリーズで一躍、人気作家となったゲイル・キャリガーの新シリーズ第一弾『ソフロニア嬢、空賊の秘宝を探る』*Etiquette & Espionage* を、本国とほぼ同時発売でお届けいたします。

舞台は前シリーズと同じく、吸血鬼や人狼が共存するもうひとつの英国ヴィクトリア朝ですが、時代は二十五年ほど古い一八五一年。現実世界で言えばロンドンで世界初の万国博覧会が開かれ、水晶宮が建設された年にあたります。

今回の主人公は英国南西部で育った、好奇心旺盛で木登りとメカ分解が大好きな十四歳の少女ソフロニア・テミニック。そのあまりのおてんばぶりに、ついに母親の堪忍袋の緒も切れ、ソフロニアは礼儀を学んで立派なレディになるべく〈良家の子女のためのマドモアゼル・ジェラルディン・フィニシング・アカデミー〉という有名な花嫁学校《フィニシング・スクール》に叩き入れられることに。しかし、そこは正しいお辞儀のしかたを教えるだけのフィニシング・スクールではなく、いろんな終わらせかた《フィニシング》を教えるスパイ養成学校だった！　という設定で、ソフロニアの世にも奇妙な学園生活が始まります。

　ダートムアの荒れ地に浮かぶ不格好な校舎、ベアトリス・ルフォー教授をはじめとする個性派ぞろいの教師陣、恐ろしくも興味をそそるスパイ学の授業、武器や毒薬の使いかた、そして謎の〝試作品〟をめぐる攻防戦……。想像していたのとはまったく違う刺激的な毎日に、たちまちソフロニアはこの学園が好きになります。脇役もそれぞれに魅力的で、仲よしディミティとその弟ピルオーバー、意地悪な上級生のモニク、ぶっきらぼうなルームメイトのシドヒーグ、ちびっ子発明家に、ボイラー室の気になる男の子といったキャラクターが生き生きと動きまわり、友情あり、対立あり、淡い恋心あり、冒険ありの学園生活が軽快にテンポよく描かれてゆきます。もちろん、飛行船型校舎、メカ執事にメカポーター、メカアニマルといった要素もそこここに配され、今回もキャリガーふう〝ちょっとおちゃめなスチームパンク〟を楽しんでいただけるはずです。

　ところで、〈英国パラソル奇譚〉をお読みくださったかたは見覚えのある名前に気づかれたかもしれません。そう、本作には前シリーズに登場したあの人、この人の二十五年前がちらほら出てきて、それもお楽しみのひとつになっています。実はこのフィニシング・

スクールのことも第二巻『アレクシア女史、飛行船で人狼城を訪なう』にちらっと出てきました。たとえばこんなふうに――

　アレクシアはシドヒーグが指を正しく曲げていないことに気づいた。紅茶カップの正しい持ちかたも知らないなんて、いったいどこの花嫁学校を出たのかしら？

もちろん、本作からお読みになられるかたにも充分に楽しんでいただける痛快ユーモア学園ファンタジィです。女スパイ養成学校に忍びこんだつもりで気軽に読んでくだされば うれしく思います。

　本シリーズは全四部で、次作は本国で今年の十一月に出版される予定です。著者の執筆メモによれば、巻が進むごとにソフロニアの学年も一年ずつ進んでゆくという構成になっているようです。スパイ学校二年生となるソフロニアが次はどんな騒動を引き起こすのか……。謎の人物ピクルマンの目的はなんなのか……。ひきつづきご紹介できる日がくることを祈りつつ。

二〇一三年二月

ローカス賞、ロマンティック・タイムズ賞受賞

クシエルの矢

ジャクリーン・ケアリー／和爾桃子訳

天使が建てし国、テールダンジュ。花街に育った少女フェードルは謎めいた貴族デローネイに引きとられ、陰謀渦巻く貴族社会で暗躍することに――一国の存亡を賭けた裏切りと忠誠が交錯するなか、しなやかに生きぬく主人公を描いて全米で人気の華麗なる歴史絵巻。

1 八天使の王国

2 蜘蛛たちの宮廷

3 森と狼の凍土

（全3巻）

ハヤカワ文庫

訳者略歴　熊本大学文学部卒，英米文学翻訳家　訳書『サンドマン・スリムと天使の街』キャドリー，『アレクシア女史、埃及で木乃伊と踊る』キャリガー（以上早川書房刊）他多数

HM=Hayakawa Mystery
SF=Science Fiction
JA=Japanese Author
NV=Novel
NF=Nonfiction
FT=Fantasy

英国空中学園譚

ソフロニア嬢《じょう》、空賊《くうぞく》の秘宝《ひほう》を探《さぐ》る

〈FT551〉

二〇一三年二月十日　印刷
二〇一三年二月十五日　発行
（定価はカバーに表示してあります）

著者　ゲイル・キャリガー
訳者　川《かわ》野《の》靖《やす》子《こ》
発行者　早川　浩
発行所　株式会社　早川書房

郵便番号　一〇一 - 〇〇四六
東京都千代田区神田多町二ノ二
電話　〇三 - 三二五二 - 三一一一（大代表）
振替　〇〇一六〇 - 三 - 四七七九九
http://www.hayakawa-online.co.jp

乱丁・落丁本は小社制作部宛お送り下さい。
送料小社負担にてお取りかえいたします。

印刷・星野精版印刷株式会社　製本・株式会社明光社
Printed and bound in Japan
ISBN978-4-15-020551-5 C0197

本書は活字が大きく読みやすい〈トールサイズ〉です。